濡れ衣を着せられまして
見捨てられた令嬢と深紅の公爵

東　万里央

Illustration
白崎小夜

この作品は書き下ろしです。

濡れ衣を着せられまして

見捨てられた令嬢と深紅の公爵

contents

プロローグ

王宮の西階段から、何か小さいものがコン、コン、コン……と小気味《こきみ》よい音を立てて落ちて来たかと思うと、ちょうど階下を通りかかったジュスティーヌの足元に転がった。腰を屈《かが》めて拾い上げてみると、獅子の紋章が刻印された、真鍮《しんちゅう》製の飾りボタンだった。

「あら、どなたのものかしら」

見覚えがあったので、名のある貴族のものなのだろう。ジュスティーヌが何家のものだっただろうかと首を傾《かし》げていると、「失礼……」と低くぶっきらぼうな男性の声が聞こえた。同時に、階段を下りてくる足音が響き渡る。

ジュスティーヌは飾りボタンを握り締めたまま、すぐさま指先でスカートを摘《つ》まみ、膝《ひざ》を曲げて体を低くした。貴族には必ず召使《めしつかい》から挨拶をしなければならない。

男性が自分の前に立つ気配がする。

「……挨拶は必要ない。顔を上げるといい。そのボタンは私のものだ。返してもらえないだろうか」

「返せ」ではなく「返してもらえないだろうか」とは、貴族にしては随分丁寧《ていねい》な物言いだ。自分は召使のお仕着《しき》せを着ているのだから、身分などすぐに見て取れるだろうに——一体どなたなのだろうかと恐る恐る顔を上げる。長い前髪の間から相手を盗み見たジュスティーヌは、思わずあっと声を上げそうになった。

（深紅《しんく》の……公爵……！）

まず目に飛び込んできたのは、夕陽や薔薇《ばら》を思わせる深紅の、意志の強さを形にした鋭い切れ長の目だった。整えられた髪と眉も瞳と同じ深紅で、それだけでも目立つというのに、通った鼻筋と薄い唇、鋭利な頬の線が生み出す甘さのない美貌に息を呑《の》む。

ジュスティーヌと頭一つ分は差のある高い背と、漆黒のズボンに包まれた長い足。同色の上着が引き立たせる均整の取れた体躯は、理想の男性の体型と言ってよく、担当の仕立屋はさぞかし腕が鳴っただろう。

――男性の名はシメオン・ドゥ・キャストゥル。

名門キャストゥル公爵家の現当主であり、フロリン国王アーベル二世の妹・エステル王女の息子……すなわち国王の甥《おい》に当たる。

エステル王女はキャストゥル家に降嫁し、長男のシメオン、長女のイレーヌ、次女のジュリエットの三人を産んだ。ただし、イレーヌは幼少期に夭折《ようせつ》している。

次女のジュリエットはすでに嫁いでいるが、シメオンはもう二十七だというのに、まだ独身だと聞いたことがある。浮いた噂《うわさ》一つなく、フロリン貴族一の堅物だと評判だった。昨今では「どの令嬢、どの貴婦人がキャストゥル公を落とすか」と、賭け事の対象にもなっているのだそうだ。

いずれにせよ、王宮で名を知らぬ者はいない。その理由は身分や容姿だけではなく、シメオンの深紅の瞳の色にもあった。

このフロリン王国では深紅の瞳は大変縁起《えんぎ》がよいとされており、〝深紅の瞳の持ち主にキスされると幸福になる〟という言い伝えがある。稀代《きだい》の名君と呼ばれた前国王・ロラン一世の瞳が深紅であったことに由来するらしい。息子の現国王アーベルも深紅の瞳を受け継いでいたが、彼の子どもたちは王妃に似たのか、全員が共通してサファイアブルーの瞳だった。

ところが、外孫のシメオンにはロラン一世の深紅の瞳が現れたのだ。

更には、キャストゥル家は深紅の赤毛の血統であり、シメオンも見事な深紅の髪色となったため、赤目の名君と赤毛の名門、二つの血を引いたシメオンは、その有能さも相まって〝深紅の公爵〟の二つ名がついているのである。

ジュスティーヌは大変な相手と遭遇してしまったと、ひたすら下手《したて》に出てこの場をやり過ごそうとした。やっとつけた王宮の針子《はりこ》の仕事をクビになるわけにはいかない。病気がちな妹が王都の下町の長屋《ながや》で待っているのだ。

「大変失礼いたしました。すぐにお返しいたします……！」

ジュスティーヌは捧げ持つようにして飾りボタンを返した。

ところが、シメオンは渡されたボタンを受け取ったまま、うんともすんとも言わずに立ち尽くしている。

さすがに微動だにせずに三分が過ぎると、まさか自分たちの周りだけ時が止まったのか、あるいは彫像の物真似でもしているのかと、ジュスティーヌも不安になり、「閣下……」と声を掛けざるを得なかった。

「あ、あの……どうなさいましたか？　お体の具合はいかがでしょうか？」

王都だけでなく近隣の領地にも屋敷を所有するシメオンが、今日王宮に出向いているのは、王族や有力貴族らの集《つど》う国政の定例議会に出席するためだろう。予定では十五分後に開催されるはずだ。このようなところで突っ立っていていいのだろうか。

するると、シメオンはようやく「……まずい」と、やはりぶっきらぼうな口調で呟いた。

「な、何がまずいのでしょうか……?」

ジュスティーヌが息を呑んで答えを待っていると、今度はきっちり三十秒の沈黙ののち、「……肝心なボタンが取れた」と返ってくる。果たして肝心なボタンとは何かを問う前に、シメオンの上着の第二ボタンが取れ、糸が解《ほつ》れているのにジュスティーヌは気付いた。

会議自体には支障はないだろうが、何かと目に付く箇所なので体裁が悪いのだろう。キャストゥル家の当主としては避けたい事態に違いない。貴族は何かと、様式と外聞《がいぶん》を取り繕《つくろ》わねばならないのだ。

「大変。閣下、こちらにおいでください。すぐにお直しいたします」

ジュスティーヌの申し出にシメオンが目をわずかに見開く。

「だが……」

「ご安心ください。私は王宮で針子として働く者です。閣下の名誉を汚《けが》す真似はいたしません」

真っ直ぐなジュスティーヌの瞳を信じようと思ったのか、あるいは単に恥を掻《か》きたくないと思っただけか、シメオンは何も言わずに後をついてきた。

ジュスティーヌはシメオンを自分の仕事場である、王宮二階の衣装室へと案内した。この時間には同僚らは休憩に出ている。ジュスティーヌは皆がいない間の留守番をしており、先ほどは水を飲みにたまたま外に出ていたのだ。シメオンも人目につきたくはなさそうなので、誰もおらずちょうどよかった。

衣装室は王族や侍女、召使らの衣装一式を管理している。ジュスティーヌを含む王宮専属の針子らは、全員ここに所属していた。

すべてを合わせた衣装数は膨大なもので、衣装室に一歩足を踏み入れた者は、広々した室内に所せましと並べられる衣装掛けと、そこに吊るされた数多の衣装の煌《きら》びやかさに圧倒される。シメオンも例外ではなかった。

「……初めて来たが、大したものだな」

興味深げに周囲を見回している。

「ええ、毎日見飽きません」

ジュスティーヌはそう言って微笑むと、シメオンを奥の仕切られた小部屋へと連れて行った。

「どうぞ、お入りください」

この小部屋の戸棚やタンスには、衣装の修繕のための様々な太さや鋭さの針、端切れ、予備のボタン、布地などが収納されている。

「ここは……?」

「こちらで針子らが刺繍のほつれや繕い物、縫い物を行《おこな》っております」

ジュスティーヌはシメオンの前に立つと、「失礼いたします。脱いでいただきますね」と声を掛け、残り

のボタンを一つ一つ外して脱がせていった。

シメオンの上着を脱がせて、内心感動する。漆黒の上着だから着痩せして見えていたようで、シャツになるとシメオンの胸板は予想以上に厚く、腕の長さ、逞《たくま》しさが際立っていた。

「どうぞこちらにお座りください」

ジュスティーヌはシメオンに椅子を勧めると、自分も針と糸を手に近くの椅子に腰掛けた。上着の第二ボタンの解れた糸をまず取り除くと、漆黒の絹糸を針穴に一度で通し、ボタン付けに勤《いそ》しむ。

シメオンは黙ってジュスティーヌを見守っていたが、仕事の速さに感心したのだろうか。やがて、「……手際がいいな」と呟き、体を屈めて膝の上に手を組んだ。

「……見ていて気持ちがいい」

「ええ、仕事ですから」

どのような雑用でも裁縫・刺繍に関わる仕事なら大好きだ。昔は趣味でしかなかった二つの特技が、今は食うための手段となっているのが皮肉だった。

ものの数分で仕上げると、「さあ、どうぞ」とシメオンに立つように促《うなが》す。

「お着せします」

すると、シメオンは立ち上がりながら残念そうな表情になった。と言っても、眉がわずかに動いた程度なのだが……。

「もうできてしまったのか？　まだ見ていたかったのだが……」

ジュスティーヌはシメオンに上着を着せ付けながら、「あら、意外と可愛い方なんだわ」などと、口にすれば不敬罪で罰せられそうな感想を持った。子どものような反応だと密かにくすりと笑う。

シメオンは黒ダイヤのような重厚、かつ高貴な存在感があるだけではなく、ニコリともせず近づきがたいと感じていたが、よくよく見ればちゃんと表情がある。少々無口でぶっきらぼうなだけらしい。社交には不向きな性質なのかもしれなかった。饒舌《じょうぜつ》で、口のうまい者の多い貴族には珍しい。

「またボタンが取れたらお見せしますよ」

ジュスティーヌは上着の最後のボタンを留めると、「急ぎましょう」と小部屋の扉を開けた。

「そろそろ議事堂に皆様がお集まりになる頃です」

その背にシメオンが問い掛ける。

「……女、名はなんと言う？」

ジュスティーヌはシメオンに向き直り、スカートの裾を摘まむと丁寧に名乗った。簡単にまとめた褐色の髪が揺れる。

「はい、『エリーズ』と申します」

この三年ですっかり慣れた名だった。母の付けてくれた『ジュスティーヌ』を名乗れないのは悲しいが、事情が事情なので仕方がない。

「姓はなんだ？」

「……ございません。私は卑しい身分の出身ですので」

――嘘だった。

ジュスティーヌは、貴族の身分もロレーヌ家の名も捨てたのだ。濡れ衣とは言え、家名を傷付けた自分が名乗っていいものではない。

「そうか……」

シメオンはそれ以上何も問わなかったので、ジュスティーヌはほっとしてシメオンを衣装室から出した。

ところが、立ち去り際にシメオンは、ジュスティーヌをその深紅の瞳で見下ろし、ぽつりとこう呟いたのだ。

「……卑しい身分の者にしては発音が美しい。……優雅な挨拶をする。まるで、貴族の令嬢のようだった」

ジュスティーヌはシメオンの言葉に青ざめ、次いで苦い思いを噛み締めた。

事実、ジュスティーヌはかつて貴族の令嬢だった。美しい婚約者もおり、幸せいっぱいだった。

だが、ある日突然、最愛の婚約者その人にすべてを奪われたのだ。

「先祖代々の家宝を盗んだ」と、身に覚えのない罪を着せられて――。

第一章　濡れ衣を着せられまして

四年前まで、ジュスティーヌはジュスティーヌ・ドゥ・ロレーヌと名乗っていた。

ロレーヌ家はかつて名門伯爵家だったが、ジュスティーヌの祖父の代に没落している。

当時フロリンでは即位前の前国王・ロラン一世と、その父親のアンリ五世が政治的に対立し、ロラン一世が勝利して国政を掌握した。ロラン一世は即位後、国内の政治・行政の大胆な改革に留まらず、それまでの国教をも半ば強引に変えた。当然、保守派の貴族らからは反発の声が上がった。

ロラン一世は保守派らを粛清こそしなかったものの、何かと理由をつけて彼らの領地を取り上げ、代わって遠方へ追いやる転封《てんぽう》を繰り返した。そうして中央の政治から遠ざけただけではなく、親族や先祖代々の領民との関係を断ち切り、勢力を徐々に、だが確実に削いでいったのだ。

今やフロリンの宮廷ではかつての革新派が保守派となっており、以前保守派と呼ばれていた貴族らは見る影もなくなっている。ロレーヌ家もそうして潰された貴族の一家だった。

ジュスティーヌにとっての不幸は、祖父が過去の栄光を忘れられず、息子である父に間違った教育を施《ほどこ》したことだろう。「いずれは中央に復帰するのだ」「ロレーヌ家は名門なのだ」――そうした時流を読まず、現実から目を背《そむ》ける教えは、父の中に見当違いの誇り高さを育てただけで、家族を背負って世の中を渡れるだけの経済力、生活力は与えなかった。

そんな父が事業に失敗し、失意の末に衰弱死してしまい、ロレーヌ家が借金返済のために土地を売り払う羽目になったのは、ジュスティーヌがまだ十六歳の頃のことだ。

母は父の死の数年前にすでに亡くなっており、ジュスティーヌは年の離れた病弱な妹を抱えて途方に暮れた。土地もなければ金もない。頼れる親族もない。

八方塞がりの状況に、身売りを覚悟していたジュスティーヌに、思いがけない救世主が登場した。

ロレーヌ家の土地の買い手となった貴族、フォーレ伯爵家の当主フェルナンである。


ジュスティーヌが彼と出会ったのは、ある秋の日。ロレーヌ家の土地の売買について正式な契約を結ぶ前に、フェルナンがロレーヌ家を訪ねて来たときだ。

この土地に母のための別邸を建てたいのだが、よからぬ噂がないのか確かめに来たらしい。「私や人の噂はあてにならない。住んでいる者が最もよく知っているだろうとおっしゃっている」と、仲介の男は説明した。

ジュスティーヌはそのような調査は召使に任せればいいのにと思ったものの、もうじき自分たちのものではなくなる、古びた屋敷にフェルナンを迎え入れた。

ジュスティーヌは花も恥じらう乙女らしく、貴公子然としたフェルナンに、ときめきと恋の予感を感じた。

だが、すぐに我に返り、無一文となる没落貴族の娘を誰が相手にするものかと己に言い聞かせる。そう戒《いまし》めなければならないほど、フェルナンは魅力的な青年だった。

年は二十一、二歳頃だろうか。緩くくせのある蜂蜜《はちみつ》色の髪に、明るいハシバミ色の瞳。口元には優しい笑みが浮かんでいる。女性的で整った顔立ちをしており、なのに背はすらりと高かった。複雑な刺繍の施された濃緑の上着とズボンがよく似合っている。生地の光沢から高価なものなのだと一目で見て取れた。

フォーレ伯爵家もまた古くからの名門だが、こちらはロラン一世即位後にすぐさま忠誠を誓い、フロリンが揺れ動いた時代を乗り切っている。その後、事業の拡大や宮廷での親族の出世の恩恵を受け、ジュスティーヌが暮らす一帯では、押すに押されぬ資産家となっていた。

「これは……」

屋敷の惨状に驚いたのか、フェルナンは足を踏み入れるなり、ひびの入った天井や壁や窓を見上げ、次いで雨漏りの跡のある床を見下ろした。ジュスティーヌは廊下を歩きながら、消え入りたい感情に駆られた。貧しさをこれほど恥ずかしく感じたことはなかった。

「……見苦しく、また絨毯《じゅうたん》もない家で申し訳ございません。歩きにくいでしょう。我が家にはもう長らく召使がおりませんので、手入れに手間のかかるものはすべて売り払っております」

かつて廊下の曲がり角に置かれていた大壺――幼いジュスティーヌが隠れては遊んでいた、見事な絵付けのされたそれも、とうの昔になくなっている。

ジュスティーヌはフェルナンを客間へ案内し、扉を開けた。

調度品だけではなく、ロレーヌ家代々の宝石も、ドレスや靴すらもう必要最低限の数しかない。だが、貧しい中でも客間にだけは花柄の布張りの長椅子、ニスで磨かれたテーブルや花瓶を置き、庭で摘む花を飾っていた。加えて、室内はチリひとつないよう掃除してある。

くだらない見栄《みえ》なのかもしれないが、ジュスティーヌはこの屋敷の最後の見届け人として、ロレーヌ家の直系として、客人にだけは少しでもよい印象を持ってほしかった。

「どうぞ、お掛けください」

ジュスティーヌはフェルナンに椅子を勧めると、一旦退出し、厨房で茶を入れ再び客間へ戻った。フェルナンの前に客人用のカップを並べ、お茶を丁寧に注ぐ。もうわずかしか残されていない茶葉だった。

「お口に合えばよろしいのですが……」

そう言いながら、自分をチラチラ見るフェルナンに、ジュスティーヌはどうしたのかと首を傾げる。

「フェルナン様？」

フェルナンは「すまないね」と笑ってカップを手に取った。一口飲み、またジュスティーヌを見つめる。

「聞いた通り、美しい子だと思ったんだ」

貴族にはありがちなお世辞だったのだろう。しかし、家に財力がないため社交場に出席できず、若い男に会ったことのないジュスティーヌにとって、その言葉を単なる社交辞令だと受け取るのは難しかった。

「ありがとう、ございます……」

嬉しく、同時に照れ臭くなりつつ向かいの長椅子に腰掛ける。

「その反応、なんだか新鮮だな。僕の周りの女性は褒められても当然だって反応なのに」

フェルナンはくすくすと笑いながら、テーブルにカップを置いた。

「実はここに来たのは土地の調査のためなんかじゃないんだ。君に直《じか》に聞きたいことがあったからだ。気を悪くしないで聞いてほしい」

この土地の売買を担当する仲介人が、フェルナンにちらりと漏らしたらしい。

――ロレーヌ家には月の光を紡いだような、淡い、どこか青みを帯びた金髪の娘がいる。くせのない、腰の下まで伸びた髪は、それだけでも跪《ひざまず》きたいほど美しい。振り返った彼女の無垢《むく》な妖精を思わせる美貌、稀な瞳の色を目にすれば、更に平伏すべきだと男なら誰もが思うだろう。どこまでも澄んだ空、汚されない森の湖、あるいは極上の藍玉、どれに例えても例えきれないほどの美しい水色だ。

フェルナンの口から歌のよう紡ぎ出される、吟遊詩人《ぎんゆうしじん》顔負けの賛辞にジュスティーヌは唖然《あぜん》とした。

「どうもあの仲介人は君に気があるみたいだ。どうせ君には行き場もないだろうから、愛人として引き取ってやるつもりだと言っていた」

「……愛人⁉」

ジュスティーヌが愕然《がくぜん》としたのは、愛人になることそのものにではない。

「お待ちください。あの方は亡くなった私の父より年上で……」

おまけに、自分より五つ歳上の娘がいると言っていなかっただろうか。娘よりも若い女に手を出す男など、ジュスティーヌには信じられなかった。

フェルナンはカップの水面に目を落とす。

「男には……いや、あの仲介人にはそんなことは関係ない。むしろ君が若ければ若いほど喜ぶだろう」

ジュスティーヌは冗談ではないと拒絶したかったが、二階の寝室に青ざめた顔で横たわる、九つ下の妹、ソフィの痩せ細った腕を思い浮かべた。

ジュスティーヌと違い、褐色の髪で愛嬌のある顔立ちのソフィは、うつる病気ではないが、生まれた時から体が丈夫とは言い難かった。両親の死後、この使用人もいないような貧乏生活で弱りながらも、自分を心配してくれる優しい妹を、死なせるわけにはいかないのだ。

例の仲介人は年こそ離れているが、小金があり、ソフィを医師にかからせてくれるかもしれない。ならば身を任せるのも選択肢なのではないかと思えた。あの男に触れられるなどぞっとするが、ソフィが死んでしまうよりはましだ。

仲介人が再度ロレーヌ家を訪れるのは来週のはずだ。恐らくその日に愛人になるよう求められるのだろう。

「……そう、ですか……。教えていただいてありがとうございます」

一段低くなった声と重々しい口調から、ジュスティーヌの覚悟を読み取ったのだろうか。フェルナンが焦ったような声を上げた。

「待ってくれ。僕にも一つ提案をさせてもらえないか。あの男の愛人になるよりはずっといいと思う」

ジュスティーヌはまさか、自分の愛人になれと命じられるのかと身構えた。

貴族の男性が結婚前に若い愛人を作るのは珍しくはない。そのような欲望をあからさまにされてしまえば、フェルナンに抱いた好意が一気に霧散してしまいそうだった。

ところが、フェルナンの申し出は予想外のものだった。

「僕の祖母の侍女として働いてみないか。ちょうど一人結婚して辞めてしまって、困っているんだ。祖母は『下手に侍女歴が長い凝り固まった女よりも、素直な若い娘がいい』と言っていてね」

フェルナンが提示した給金は召使とさほど変わらなかったが、労働の経験のない、世間知らずの小娘には十分高い。更には、屋敷に二食付きの住み込みで、同室であれば妹と暮らすのも可だそうだ。ジュスティーヌにとっては破格の条件と言え、フェルナンが救世主さながらに後光で輝いて見えた。

「……もったいないお話です。私でよければ、ぜひお願いいたします」

座ったまま深々と頭を下げると、フェルナンは「よかった」と溜息を吐いた。

「身一つ……いや、君の場合は二つになるのか。何もいらないから二人で来てくれればいい。必要なものはすべてこちらで用意しよう」

願ってもないどころか、至れり尽くせりの待遇に、ジュスティーヌは感謝の言葉が途切れなかった。

「ありがとうございます。ありがとう、ございます……」

ジュスティーヌはそれから六日後、好色な仲介人に二度と会うことなく、ソフィを連れてフォーレ家の門を潜った。


フォーレ家はロラン一世時代の貴族の別邸を改築した、贅《ぜい》を凝らしながらも趣味のよい屋敷で、当然ひびもなければ雨漏りもなく、寒い冬の日に薪が途絶え、身を寄せ合って耐え凌《しの》ぐこともなかった。

おまけに毎日パンとスープの温かい食事が出る。家賃や食費が掛からないので、給金を妹の治療費に充てられ、ジュスティーヌは生まれて初めて心安らかに日々を暮らせた。

フェルナンの祖母・グレースの侍女としての仕事には、あっという間に慣れた。

侍女というよりは気難しいグレースの介護役、あるいは専属の召使で、主人の着替えや化粧のみならず、部屋の掃除に入浴の補助、食事を用意することもあった。グレースはどうもフォーレ家の若い料理人の料理が口に合わないらしい。

一方、ジュスティーヌはロレーヌ家が召使を雇えなくなり、母が病に倒れた十歳頃から、家事に始まり母、妹の看病、屋敷の維持まで引き受けて来たので、たかだか一人の老女の世話などお手の物だった。

グレースはすぐにジュスティーヌが気に入ったらしい。気が利き働き者だからというだけではなく、自分とは正反対の温厚で心優しい性格が心地よかったのだろう。

グレースは七十近い老女だったが、いまだに伯爵家の女主人という自覚があるのか、亡き息子の妻でありフェルナンの母親でもあるコンスタンスに主導権を譲らない。気位が高く気性が激しく、年老いてからはその傾向がなお強くなったのだそうだ。

「――グレース様、明日の朝は何をお召し上がりになりますか」

フォーレ家にやってきて三ヶ月が過ぎたある日のことだった。

ジュスティーヌが鏡台前に腰掛けた主人の背後に立ち、白くなった髪を丁寧に梳きながら問うと、グレースは「昨日と同じで構わないよ」と答えた。

「お前のスープは味がちょうどいい。あの料理人はどうも塩っ気が強くてねえ」

「かしこまりました。いつもの時間にお持ちしてよろしいでしょうか？」

「ああ、頼んだよ」

グレースは特別な行事以外には、ほぼ毎食を自室のベッドで一人で取っている。体が衰えたからというだけではなく、嫁のコンスタンスと反りが合わないからだ。両者とも似た性格で気が強いのでそうなるのだろう。

「ジュスティーヌ、これが終わったら今日はもういいからね。妹さんとゆっくり過ごすといい」

「はい、ありがとうございます……！」

今日の仕事は一時間ほど早く終わりそうだ。妹のための裁縫と刺繍ができると張り切る。

喜ぶジュスティーヌが微笑ましかったのだろうか。グレースは目を細めながら「あれを持っていきなさい」と、長椅子の上に置かれた古着、端切れ、糸を目で示した。

「私の若い頃のドレスだけど、お前ならうまく仕立て直せるだろう。もうすぐ妹さんの誕生日なんだろう？」

ジュスティーヌはグレースの気遣いに胸が熱くなった。どの贈り物も絹糸で織られた上等の布地でできていたからだ。

「よろしいのですか……？」

「ああ、もちろんだ。オディールにやろうとも思ったんだが、あの子は古臭いものが嫌いだからね。どうせ捨ててしまうだろう。だったら、お前の役に立つ方がよほどいい。くれぐれもオディールには内緒だよ」

オディールはフェルナンの八つ年下で、十三歳の妹だ。祖母と母に似たのかこれまた気が強い。

それだけではなく、たった一人の令嬢としてちやほやされて育ったからか、すべてを手に入れなければ済まない性質《たち》だった。更に、ジュスティーヌを没落貴族の召使と見下している。ジュスティーヌにやるくらいなら自分が、と奪い取るだろうが、その後はグレースの言う通り、仕舞いこんだきりか廃棄だろう。

「本当なら新品をやりたいんだけどね。お前が苦労することになるから」

ジュスティーヌは「お気になさらないでください」と慰めの言葉を掛ける。ジュスティーヌがいくら世間知らずとはいえ、半月も経てばフォーレ家の事情を理解できていた。

グレースがジュスティーヌに新品や高価な品を贈らないのは、それに気付いたコンスタンスにいじめられないようにするためだ。

グレースとコンスタンスは仲が悪く、フェルナンもその間に挟まれ、たびたび苦労している。フェルナンが結婚し、彼自身の妻が家に入ればまた事態が変わるのだろうが、互いを敵視し合う二人の女に気に入られる女性を選ぶのは、至難の業だろう。

それでも、フェルナンもフォーレ伯爵として、いずれは結婚しなければならない。そう遠い将来のことでもないと思うと、ジュスティーヌは胸がずきりと痛むのを感じた。

美しく、優しく、自分が身を堕とす間際に手を差し伸べてくれたフェルナン——生まれて初めて会った若い貴族の男性に、恋心を抱かずにはいられなかった。手の届かない人だとはわかっていても、こうしてともに暮らしていると、忘れるに忘れられないのが苦しかった。

物思いにふけるジュスティーヌに、グレースが声をひそめ尋ねてる。

「ねえ、ジュスティーヌ……一つ聞いてもいいかい」

「ええ、なんでもお尋ねください」

「──お前……フェルナンが好きなのかい？」

心の準備もなく核心を突かれ、ジュスティーヌは口籠《ごも》り、あからさまに動揺してしまった。これでは答えを言ってしまったも同然だ。

「グレース様、何をおっしゃって……」

「好きなんだね。それはよかった」

グレースは腕を伸ばしてジュスティーヌの右手を包み込んだ。

「お前はなんでもできる娘だ。自分自身が働いた経験があるのだから、召使をうまく使えるだろうし、私と違って穏やかだから、きっとコンスタンスともうまくやっていける」

ジュスティーヌにはグレースが何を言いたいのかが読めない。

「フェルナンもお前を好《す》いているんだよ。どうかあの子の気持ちに応えてやってくれないかい？」

「……!?」

好いていると言われても、愛の告白をされたわけでも、求婚されたわけでもない。それ以前にとうの昔に没落した伯爵家と、今をときめくフォーレ伯爵家では、文字通り格が違い過ぎる。

ジュスティーヌは否定した。

「グレース様、それはグレース様の勘違いです。フェルナン様は私のことなんて……」

フェルナンはジュスティーヌの境遇に同情しただけだ――ジュスティーヌは首を左右に振った。

「思い違いなんかであるものか。私は赤ん坊の頃からフェルナンを見てきたんだ。あの子が誰を好きなのかくらい手に取るみたいにわかるさ」

グレースはジュスティーヌを見上げてなおも主張する。

「お前はロレーヌ家の直系だろう？　由緒正しい家だ。伯爵家の令嬢で、血統にはなんの問題もない」

「グレース様……」

どう対処すればいいのかが判断できず、困り果てたジュスティーヌに気付いたのだろう。グレースは「すまない。急いでしまったね」と手を放した。

「私ももうこの年だ。近頃は体調を崩してばかりで、明日死んでしまってもおかしくない。そう思うとフォーレ家の将来が不安になってね。フェルナンには早く妻を迎えてほしいのさ」

なるほど、だからこうも必死になるのだろう。気に入った侍女を推したい気持ちは理解できた。

だがグレースはともかく、姑のお気に入りの侍女と息子の結婚など、コンスタンスが許さないだろう。

「どうかフェルナンとの話を考えておいておくれ。頼んだよ」

ジュスティーヌは主人の手前、「かしこまりました」と頭を下げるしかなかった。それでグレースの気が済むであればと思ったのだ。

このように、ジュスティーヌはまったく本気にしていなかったので、一週間後フェルナンに跪かれた時には、心の底から驚いた。

「ジュスティーヌ、僕は君を愛している。どうか結婚してくれないか」

勤めを終えたのちに突然フェルナンから呼び出され、何事かとビクビクしながら部屋を訪ねると、いきなりこの台詞だったので、ジュスティーヌは言葉を失くした。

「君ほど美しく清らかな女性はいない。人生を共にするなら君がいい」

初恋の相手にそう告げられ、舞い上がらない娘などいないだろう。ジュスティーヌも例外ではなかったが、自分の立場を思い出し、返事に迷ってしまった。

フェルナンはジュスティーヌも自分を好いており、すぐに求婚を受けるものだと確信していたらしい。彼女の迷いを見て取ると、ハシバミ色の瞳に戸惑いが浮かんだ。

「君は僕を愛してはいないのかい……？」

「いえっ、そんなわけでは、そんなはずがありません。私もフェルナン様をお慕いしております。ですが……私でよろしいのでしょうか？　コンスタンス様が反対されるのでは……」

母の名を出され、一瞬フェルナンの顔が曇った。

「……母は必ず説得するし、君を一生守ると誓う。だから、どうか『はい』と言ってくれないだろうか」

フェルナンは「君のような子は初めてだ」と溜息を吐いた。

「素朴で、純粋で、心優しい。僕の知る貴族の女とは大違いだ。君といると心が安らぐんだ……」

こうまで言われて心が揺れないはずがない。ジュスティーヌは蚊《か》の鳴くような声で「はい……」と答えた。

「どうか、フェルナン様のおそばにいさせてください」

フェルナンはぱっと顔を輝かせると立ち上がり、ジュスティーヌを優しく抱き締めた。

「ああ、ジュスティーヌ、ありがとう。こんなに幸せなことはない」

ジュスティーヌは初めての抱擁《ほうよう》に頬が熱くなったものの、幸せとはこの温もりなのだろうと目を閉じた。

「私も、です……」

フェルナンからはかすかにワインの香りがした。フォーレ家の当主として、グレースの孫として、コンスタンスの息子として、何かと疲れることが多く、酒の気晴らしが必要なのだろう。

今日からはワインの代わりに自分がフェルナンを癒したい――ジュスティーヌはこの時心からそう思い、フェルナンに尽くすことを誓ったのだ。


案の定、フェルナンとジュスティーヌの婚約に、コンスタンスは勝手なことをと激怒し、大反対した。

コンスタンスはフェルナンが不在中にジュスティーヌを自室に呼び出し、持参金もなければ有力貴族との人脈があるわけでもない娘をこの家に入れるなど冗談ではない、フォーレ家になんの利点もない、と責め立てた。

「愛だの、恋だの、多少容姿がいいだの、家事ができるだの、刺繍が得意だの、貴族の結婚にそのようなことはどうでもいいのです。そもそも労働など貴族の女のすべきことではありません。いくら世間知らずでも、その程度の常識を理解する頭はあるでしょう？」

すべてが事実でしかなかったので、ジュスティーヌは何一つ言い返せなかった。だが、せっかくフェルナンが妻に、と求めてくれたのだ。愛する彼のためにもコンスタンスに認められたかった。

「確かに、私は妹とこの身以外何も持っておりません。ですが、必ずフォーレ家に相応しい女になり、貢献します。お願いです。どうか機会をください」

ジュスティーヌの必死の訴えに、コンスタンスはフンと鼻を鳴らした。

「ろくな教養もない田舎娘が何をどうするというの」

取り付く島もないとはこのことだ。とても説得できるとは思えず、絶望しかけたところに、扉が開けられ、聞き慣れた声が割り込んだ。

「――コンスタンス、お前がそれほど狭量だとは思わなかったね。私は今、お前を息子の嫁に迎えたことを後悔しているよ」

「お義母様……‼」

コンスタンスの目が更に吊り上がった。

ジュスティーヌが振り返ると、杖をついたグレースが召使に支えられ、部屋に足を踏み入れるところだった。部屋の主であるコンスタンスの許可を得ることもなく、長椅子に座るジュスティーヌの隣に悠々と腰掛けると、「私は賛成だよ」と向かいの席の嫁を見つめる。

「お前はジュスティーヌを私の侍女というだけで気に入らないんだろうが、この子は気立てがいいだけじゃない。フォーレ家の女主人になれる器がある」

「お義母様、お義母様のお若い頃と今は時代が違います。女主人に求められるものも当然違っています」

「やれやれ、お前だって一世代前の女主人だろう？　フェルナンたち若者の何を理解していると言うんだい」

二人の仲が険悪なのだと一目でわかる応酬だった。過熱しそうな雰囲気にジュスティーヌがおろおろと視線をさ迷わせていると、グレースは口の端を上げた。

「せめてジュスティーヌに一年、時間をやったらどうだい。期間内にフォーレ家に相応しい花嫁候補となれたなら、フェルナンとの仲を認める。なれなければ出て行ってもらう」

グレースのこの提案にはジュスティーヌも驚いた。コンスタンスはすぐに落ち着きを取り戻し、「……馬鹿げたことを」と吐き捨てる。

「田舎娘がたかだか一年でどうなるというのです？」

「おや、お前は私に負けるのがそんなに嫌なのかい」

コンスタンスは負けず嫌いらしく、「そんなはずがありません」と反射的に返した。

「なら、決まりだね。ジュスティーヌ、お前も異存はないね」

グレースに強引に話をまとめられ、ジュスティーヌは頷くしかなかった。

大嫌いな姑の挑発にまんまと乗ってしまい、腹を立てたコンスタンスに部屋から追い出され、ジュスティーヌはグレースと召使と、ゆっくり廊下を歩いていく。

「グレース様、先ほどはありがとうございます」

グレースは召使に合図をして立ち止まり、頭を下げるジュスティーヌを振り返った。

「大したことじゃないよ。それより、お前はこれから頑張らなくちゃならないよ」

ジュスティーヌにはコンスタンスの言っていた通り、経済力もなければ社交界への影響力があるわけでもない。それらを補って余り有るだけの女にならなければならない——グレースはまず不可能だと思われる条件を出したのだ。

「お前ならできると信じているよ。私もできる限り協力するし、フェルナンにもそう言っておこう」

とはいえ、ジュスティーヌにはどのような女になればいいのか見当がつかなかった。

「簡単なことさ。お前は聞き上手だし、何よりも誰よりも美しい。その二つを武器に勝利をもぎ取るのさ」


翌日からグレースの計らいにより家庭教師、マナー講師、ダンス講師などがつけられ、ジュスティーヌは勉強、勉強、また勉強の毎日となった。

実家でも最低限のマナーはどうにか身に着けていたが、金のかかる教養やダンスなどは、これまでのジュスティーヌには無縁だった。そのため、慣れないダンスの練習で足はマメだらけに、頭には絶え間なく学問や芸術の知識を詰め込まれるので、耳から何かが零れ落ちそうだと感じたほどだ。ベッドに入る頃には、頭も体も疲れ切ってすぐに眠りに落ちた。

これならグレースの世話の方がよほど楽だった。だがジュスティーヌは、フェルナンと彼との未来、また、妹に継続した治療を受けさせるためにも、弱音を吐くことなくただひたすら努力した。

ジュスティーヌは当初フェルナンが『素朴』、コンスタンスが『田舎娘』と評したように、美しくはあったが、どこか垢抜《あか》けない、貴族の匂いのしない娘だった。これまで貴族どころか召使さながらに働き、生活に余裕がなかったからだろう。

ところが、毎日流行の最先端のドレスを身に纏《まと》い、召使に化粧を施されるうち、一年どころか三ヶ月も経たぬ間に、ジュスティーヌの立ち居振る舞いは洗練されていった——蕾が花開くかのごとく華麗に。そう、フェルナンが戸惑うほどに。

花嫁修業も半年目に入ったところで、グレースはフェルナンとジュスティーヌを呼び出し、ベッドに横たわったままこう告げた。この頃のグレースは持病で徐々に弱り、起き上がれる日の方が少なくなっていた。

「……フェルナン、そろそろこの子を社交界に連れて行くといい。お前が屋敷にジュスティーヌを囲っているとは、もう貴族の間では噂になっているみたいだからね。いい加減この子の立場を公にさせておかないと、愛人だと勘違いされる。それはお前のためにもならないよ」

フェルナンはそれまで、グレースには極力反論しないでいるようだった。コンスタンスに対してもそうだったのだが、家の中で事を荒立てたくなかったのだろう。

しかし、この時だけはなぜか逆らい、否と声を上げたのだ。

「ジュスティーヌは内気な娘なんです。彼女に貴族との社交など向いていない。無理にデビューさせるべきではありません。いくら結婚するからと言っても、そこまでする必要はないでしょう？　人嫌いで一度も社交界に出席していない奥方など大勢いる」

グレースはフェルナンの主張を鼻で笑った。

「うちはうち、よそはよそだよ。フォーレ家はこれからも昇り続ける家だ。いや、昇り続けなければならない。そのためにはフォーレ家の奥方となる女は、ただ可愛いだけの女では許されない。そんなつまらない女はコンスタンスだけではなく、私だって認めないよ」

「つまらない……？　お祖母様は僕の選んだジュスティーヌがつまらないとおっしゃるのですか」

「ああ、もう、そういうことじゃないよ。お前は面倒な子だね」

「――フェルナン様」

ジュスティーヌはいたたまれずに二人の間に割って入った。ただでさえグレースとコンスタンスの仲が険悪なのだ。この上グレースとフェルナンまで拗《こじ》れてしまうのは、フォーレ家にとってもフェルナンにとっても好ましくない。

「フェルナン様、ご心配いただいてありがとうございます。ですが、私なら大丈夫です」

フェルナンに心配をかけたくない一心で、ジュスティーヌはなるべく穏やかな口調で話す。

「私の家は貧乏だったでしょう？　舞踏会や晩餐会なんて夢のまた夢で、だから一度でいいから出席してみたかったんです。どうか連れて行ってくださいませんか」

グレースとフェルナン、どちらの面子《めんつ》も潰してはならない。だからジュスティーヌは、自分が下手に出て頼むことで場を収めようとした。フェルナンもジュスティーヌの意図を察したらしい。面白くはなさそうだったが、最後にはしぶしぶと頷いた。

「……君がそこまで言うのなら仕方がない」

グレースがニヤリと笑って、「なら、準備をしなくちゃね」と呟く。

「フォーレ家の花嫁となる令嬢は、フロリン一の美女にして教養高い、と評判にならなくちゃいけないよ」

上機嫌になるグレースをよそに、フェルナンはまだ不満そうだ。ジュスティーヌは自分がよほど頼りなく見えるのだろうと情けなくなった。

フェルナンから求婚されて大分経つが、時折二人きりになることがあっても、彼は手を握ったり、軽く抱擁したりするだけで、それ以上のことはしてこない。さすがに祖母や母のいる家の中で、手を出すのは憚《はばか》れるのもあるだろうが、「君を大切にしたいから、結婚まで待つよ」と言ってくれる。そんな婚約者の不安を解消するためにも、フォーレ家と彼に恥じない女にならなければと、決意を新たにしたのだった。

ジュスティーヌの社交界デビューの日——ジュスティーヌはまともな食事により、以前よりは少々ふっくらした体を、一流の仕立屋によるドレスに包んでいた。

屋敷で採寸のためにジュスティーヌを目にした途端、仕立屋は青みを帯びた淡い金髪、藍玉色の瞳の美しさに肌の白さや肌理《きめ》細やかさ、豊かな胸に括《くび》れた腰、ほっそりとした手足を絶賛した。

数ヶ月後に届けられたドレスは、色はジュスティーヌの瞳に合わせた淡いブルー。胸元を谷間が見えるまで抉り、中央に大きなリボンを配置し、襟と袖、スカート部分に最高級のレースをふんだんにあしらったものだった。

髪は編み込みを交えて結い上げ、リボンの髪飾りで華やかにしてある。これは、ジュスティーヌがドレスに合いそうだからと、召使の手を借りずにみずから施したものだった。なんでも一人でこなしていたことが、こんなところで役に立っていた。

以前より体調を崩さなくなったソフィも、ジュスティーヌの変身を絶賛してくれた。

「姉様、とっても綺麗！　おとぎ話の王妃様みたい。フェルナン様もきっと王様みたいに素敵ね」

ベッドの中からキラキラとした目でジュスティーヌを見つめる。

「そのまま結婚しちゃえばいいのに」

「ごめんね。結婚はもう少し先なの」

ジュスティーヌは出かける間際の挨拶に、ソフィの頭を撫でて軽くキスをした。

求婚されてしばらく経ってから、ソフィには近い将来フェルナンと結婚すると告げてある。ソフィは結婚をおとぎ話でしか聞いたことがなく、「豪華なドレスを着て式を挙げ、その後幸せに暮らす」という概念しかなかった。ジュスティーヌが幸せになれるのだと知り、我がことのように喜んでくれた。

フェルナンと結婚できれば、ソフィにももっといい暮らしをさせてやれる。失敗は許されないのだと、ジュスティーヌは改めて気を引き締めた。

今日の舞踏会の会場は、グラス侯爵家の別邸の大広間だ。

グラス侯爵家は、前国王ロラン一世の生母の実家である。唯一の直系だったロラン一世が戴冠したことで継嗣《けいし》がいなくなり、断絶しそうだったが、現在の王弟が臣下に下り、グラス侯爵を継いでいた。

フロリンでも有数の貴族だけあって、別邸とは言え、その規模は並みの貴族の屋敷に匹敵する。

大広間の規模も、ジュスティーヌにとっては目がくらむような広さだった。いくつものシャンデリアから零れ落ちる複雑な、それでいて規則性のある煌めきが、大広間全体を天上世界そのままに美しく演出している。壁紙や天井が空色を基調としているのでなおさらだった。招待客らは、美しく着飾った天使というところだろうか。

「ジュスティーヌ……」

社交界に慣れない婚約者を心配したのだろう。エスコートするフェルナンがジュスティーヌを見下ろす。ジュスティーヌは小刻みに震える膝を悟られぬよう、にっこり笑ってフェルナンを見上げた。

「フェルナン様、侯爵ご夫妻がいらっしゃいました。真っ先に挨拶に参りましょう。グレース様がおっしゃっていたんです。『お前たちは今日フォーレ家の顔となる。よーく売り込んでおくんだよ』って」

フェルナンはジュスティーヌが積極的に上流階級と付き合い、その一員になろうとする姿勢を見せたことに、驚きと戸惑いを隠せないようだった。

それでも、フェルナンも貴族であり社交の重要性を理解している。複雑な表情になりながらも、「君が困ったら僕が助ける。目で合図をするんだ」と言って、ジュスティーヌに従った。

主催者であるグラス侯爵夫妻は、気品と明るさを感じさせる人好きのする二人だった。フェルナンがジュスティーヌを紹介すると、我が事のように喜んでくれた。

「まあまあ、フォーレ家にもやっとお嫁さんが来るのね！　とっても綺麗な方ね！」

侯爵夫人がきゃらきゃらと少女のように笑う。グラス侯爵は「若いっていいね」とうんうんと頷いた。

「結婚はいいものだよ。人生が百倍豊かになり、百倍強くなれる。伴侶という最高の味方を得るんだからね」

「まあ、あなたったら！」

侯爵夫人は自分の趣味について楽しそうに語った。流行に敏感で、ドレスや宝飾品、髪形に目がないらしい。話し始めて十五分も経つと、仲良くなったと思ったのか、子どもが内緒話をするようにジュスティーヌに耳打ちをしてきた。

「ねえ、ジュスティーヌ、今日のあなたの髪型とっても素敵。そんな結い方、フロリンでは初めて見たわ」

「ありがとうございます。これは私の母の故郷でよく見かける髪型だそうです。自分なりに工夫を凝らして変形して、今日のドレスに合わせました」

ジュスティーヌの言葉に、夫人の焦げ茶の目が見開かれる。

「まあ、ご自分で結ったの？」

「はい。少々複雑でしたので……」

「まあああ、そうだったの！　ねえ、ジュスティーヌ、その髪型絶対に流行するわ！」

侯爵夫人は興奮しているようで、目をきらきらとさせ、ジュスティーヌの手を取った。

「私の侍女にその結い方を教えてくれない？　せっかくだから今日はここに泊まっていきなさいな。私も次の舞踏会で試してみたいわ！」

フォーレ家はこの屋敷の近くに別邸を設《もう》けている。今日はそこに宿泊予定だったのだが、目上である侯爵夫人の誘いを断るわけもいかない。ジュスティーヌは隣のフェルナンに目で合図を送った。「夫人の誘いを受けるが、いいか」と尋ねたつもりだった。

ところがフェルナンは、グラス侯爵と歓談しており、途中ちらりとこちらを見たものの、なんの反応もせずすぐに会話に戻ってしまった。ジュスティーヌは舞踏会に来る前のフェルナンの言葉を思い出し、「なぜ、どうして」と戸惑う。

結局、ジュスティーヌはフェルナンの許可を得ないまま、グラス侯爵邸に二人揃って宿泊することになってしまった。

まだ夫婦ではないため、部屋は別々に用意されている。フェルナンは貴族の男性らしくジュスティーヌの手を取り、宿泊する部屋の前まで送ってくれたものの、その間一言も口を利かなかった。

ジュスティーヌも何も言えなかった。フェルナンの態度も手も今までになく冷たく感じ、何が愛する人の機嫌を損ねたのかと混乱していた。

「では、僕はここで。また夕食の席で会おう」

「あのっ……フェルナン様っ……」

ジュスティーヌは堪らず、足早に立ち去ろうとするフェルナンを呼び止めた。だが、フェルナンは背を向けたままジュスティーヌを見ようとしない。

「私、何か失敗してしまったでしょうか？　だったら、どうぞおっしゃってください。次までには必ず直してきますから……」

フェルナンがようやくゆっくりと振り返ったが、その表情はジュスティーヌが見たことのないものだった。

「君は、僕なしでも十分やっていけるんだと思ってね」

「フェルナン様……？」

ジュスティーヌにはフェルナンの言いたいことが理解できず、目を瞬かせた。

「……今日の君は別人みたいだった。自信に満ち溢れて、美しく洗練されていて、皆君ばかりを見ていたよ」

言葉だけならば賛辞に違いない。だが、フェルナンの口調は硬く、とてもそうだとは思えなかった。

なぜ自信に満ち溢れていてはいけないのか、なぜ美しくなったと喜んでくれないのか、なぜあの時助けてくれなかったのか——ジュスティーヌの中で疑念が渦を巻く。

フェルナンが自分を過大評価していることにも驚いた。舞踏会の始めから終わりまで、自信などどこにもなかったのだ。それでも、フェルナンとフォーレ家の恥になってはいけない、ソフィの将来にも関わってくるのだからと、気力体力を振り絞って必死に令嬢として振る舞った。きっとあとから褒めてくれるだろうと思っていたのに――。

　呆然とするジュスティーヌを目にし、我に返ったのだろう。フェルナンは「……こんなことを言いたいわけじゃない」と唸った。

「可愛いジュスティーヌ、きっと君は何一つ悪くない。今僕が言ったことは忘れてくれ」

　フェルナンは何かを振り切るように身を翻し、足音をコツコツと響かせ廊下を歩いて行った。ジュスティーヌはもう掛ける言葉もなく、その場に立ち尽くすことしかできなかった。


　グラス侯爵夫人はジュスティーヌに教わった髪型を早速次の舞踏会で試したらしく、大層評判になったそうだ。夫人はフォーレ家に「皆さん、あなたに教わりたいって言っていたわ！」と、手紙を添えてお礼の菓子を送ってきた。

　侯爵夫人は「新しくお友だちになったお嬢さんが、この結い方を教えてくれた。しかも、他にも今までにない髪形を知っている」と宣伝してくれたらしい。夫人としては結い方を教えてくれたお礼に、人脈も贈ってくれるつもりなのだろう。

　侯爵夫人は名門の奥方というだけではなく、フロリンの貴婦人の流行を先導する社交界での有名人だ。

　その有名人みずからが宣伝したために、ジュスティーヌは瞬く間にフロリン貴族の奥方の間で評判になり、舞踏会、晩餐会に引っ張りだこになった。

　美しく、教養があり、なにより侯爵夫人の後ろ盾があるジュスティーヌは、驚くほどすんなりと社交界に受け入れられた。ひっきりなしに届く招待状に、はじめは面食らっていたジュスティーヌだったが、場数をこなすうちに次第に身分の高い貴族を相手にしても、臆することがなくなっていった。

同時に、コンスタンスの態度も軟化していった。ジュスティーヌが有力貴族と次々に繋がり、自身もその恩恵で社交界での地位が高まったからだ。コンスタンスは、グレースの書いた筋書き通りになるのは癪《しゃく》だが、持参金がなくとも結婚を認めようという気になったらしい。フェルナンに結婚式の招待客には自分の友人を入れてほしいと、素っ気なくではあるが頼んできた、と聞いた。

グレースも、病の床でジュスティーヌの華々しい社交界での活躍を、誇らしげに聞いていた。


順風満帆に思えたジュスティーヌの生活の風向きが変わり始めたのは、ジュスティーヌがとある舞踏会に招待された時のことだった。ジュスティーヌはいつも通りフェルナンを伴って出席した。

婚約者がいる令嬢が、婚約者以外と踊ってはいけないという決まりはない。だが、ジュスティーヌは老人や既婚者はともかく、それ以外の男性とは踊らないようにしていた。フェルナンが面白そうではないからだ。

フェルナンは、ジュスティーヌの知る男はダンスについてだろうが、恋についてだろうが、自分一人でいいと強く望んでいるのを、ジュスティーヌは敏感に感じ取っていた。ジュスティーヌもフェルナンのためならばと、若い男性の誘いを当たり障りなく断り続けていた。

ところが、その日の舞踏会はそうはいかなかった。

なんと、お忍びでフロリン王国第二王子、ノエルが出席していたのだ。

お忍びと言ってもちっとも忍んでいる様子はない。堂々と顔を曝《さら》け出し、華麗な衣装を身に纏っていたし、

「ノエル王子、お久しぶりです」と挨拶され、「よう、久しぶり」などと気軽に返事をしていた。

ノエルは肩まで伸ばした青銀の髪を一つに束ねた、サファイアブルーの瞳と端整な美貌の持ち主だった。

祖父に当たる前国王に、瞳の色以外は瓜二つらしい。尤《もっと》も似ているのは外見だけで、堅実だったと評判の前国王とは正反対の、酒好き、女好き、賭け事好きのどうしようもない性格だとの噂だった。

ところが、同時にとにかく口がうまく社交的なので、これがフロリンの外交に非常に役立っており、昨年にはついに外交官に任命されたと聞いている。

今年二十三歳になったらしく、王族としては結婚を考えなければならない年だ。むしろ、遅いくらいだと言ってよかったが、ノエルは「俺と釣り合う美女でなければ結婚する気はない」などと抜かしているらしい。

そんなノエルが、ジュスティーヌを気に入ってしまったのだ。

「お嬢さん、俺とダンスを踊っていただけませんか」

ジュスティーヌはノエルに手を差し伸べられ、どう反応すべきなのかがわからず、しばしその場に固まってしまった。王族に話し掛けられるなど初めてだったのだ。

身分差を考えて、さすがに王子からの誘いは断れない。フェルナンに助けを求めようとしたものの、フェルナンはフォーレ家の親族の女性と踊っている。結局、ジュスティーヌはノエルの手を取るしかなかった。

ノエルは踊る間もしきりにジュスティーヌに話し掛けてきた。

「君、フォーレ家の長男坊の婚約者なんだってね。あいつはいい男だよな。でも俺もいい男だと思わな

い？」

フェルナン様の方が素敵です、などとも言えず、「左様《さよう》でございますね」と微笑むしかなかった。

「婚約だけならまだ間に合うよ。俺と結婚しない？　楽しく暮らせるって約束するよ」

性質の悪い冗談だ。はい、ともいいえ、とも返しにくいからだ。ノエルもその点を理解して、あえてからかっているのだろう。世間知らずの小娘と内心笑っているに違いない。

以前であれば、確かに頬を赤らめて口籠るばかりだっただろう。だが、ジュスティーヌも貴族の奥方らに鍛えられ、随分受け答えが成長していた。

「では、生涯私一人だけと誓ってくださいますか？　しわくちゃの魔女のような老婆になっても？」

ノエルは少々言葉に詰まったが、「それはもちろん」と頷いた。ジュスティーヌはにっこり笑って続ける。

「お酒も、賭け事も止めていただかないと。ああ、そう。もちろん夜の王都に繰り出すなんて言語道断。結婚後は家庭第一、お友達と遊びに行くなんて決して許しません」

次々と追加されていく条件に、ノエルはついに抗議の声を上げた。

「待ってくれ。それは俺に死ねって言うのと同じだ。実行したとして、人生になんの喜びがあるんだ？」

「フェルナン様なら、『僕にとっての人生の喜びは君だ』とおっしゃってくださいます」

この返しにはぐうの音も出なかったらしい。ノエルは「参った」と苦笑し、踊りを止めると、ジュスティーヌの手を放した。舞踏曲が一通り終わったのだ。

「君、いい女だね。……好きになったよ」

「まあ、ありがとうございます。もったいのうございますわ」

ジュスティーヌはドレスの裾を摘まんで優雅に頭を下げた。フェルナンも踊りを終えたらしく、ジュスティーヌのもとにやって来る。ノエル王子はもうさっさと別の女性に声を掛けていた。フェルナンがジュスティーヌを白けた目で見下ろす。

「……あの方はノエル王子だろう。随分楽しそうに踊っていたね」

楽しそうも何も、どうにか誘いを躱《かわ》していただけだ。

フェルナンもジュスティーヌが断れず、踊るしかなかったことくらいは、十分に理解しているはずだ。それでも、不愉快になり、口に出さずにいられないのだろう。

ジュスティーヌはフェルナンの機嫌を損ねたくはなかった。「……申し訳ございません」と、ひたすら小さくなって謝るしかなかった。

「……謝れと言っているんじゃない」

フェルナンは溜息を吐いて身を翻した。婚約者なのに手を取ってもくれない。ジュスティーヌは追い掛けることもできずにフェルナンの背を見送った。

頑張れば頑張るほどフェルナンの心が離れていっている気がする。だが、どうすればいいのかがわからない。同時に、以前は一緒にいるだけであれほど幸せだったのに、近頃はフェルナンの前では委縮してばかりだと気付いた。

それは、後から思えば不幸の予兆の一つだった。

――ノエルから花、菓子、宝石が届けられたのは、なんと帰宅した翌日のことだ。王宮からフォーレ家までは一週間はかかるはずなので、恐らく早馬を飛ばしたのだろう。

花、菓子はともかく、婚約者以外の男性からの宝石など、本来は受け取っていいものではない。しかし、今回に限っては相手が王族である。突き返すこともできずにジュスティーヌは途方に暮れた。

宝石はジュスティーヌの瞳の色に合わせたのだろう。黄金の台座に藍玉をはめ込んだ見事な首飾りだった。贈り物は毎日次から次へと届けられた。首飾りを入れるための宝石箱に、異国の鳥の羽を使った帽子、人気俳優の登場する舞台の招待状もあった。おまけに、その後何度か舞踏会で出くわし、ダンスを求められ、最中にまた口説かれた。

人目を憚らないノエルからの求愛に、臍《へそ》を曲げたのはフェルナンだけではない。フェルナンの妹・オディールもだった。

オディールはジュスティーヌが社交界に出るようになってから、家で顔を合わせるたび害虫にでも出くわしたと言わんばかりに顔をしかめるようになった。これまでフォーレ家で若く美しい娘は自分一人しかいなかったのに、〝没落貴族の召使〟と見下していたジュスティーヌが注目され、面白くなかったのだろう。

その上、オディールはノエルの稀な美貌に首ったけだったらしい。一度出会った際に求愛もしたようだが、あっさり「また三年後に来てね」とフラれてしまったのだそうだ。オディールはまだ十三歳だ。ノエルからすれば子どもであり、相手にしなかっただけまともだとも言える。だがオディールにとってはそういう問題ではないらしい。

その憧れの人がよりによって、ジュスティーヌに秋波《しゅうは》を送ったのだ。フォーレ家の息女としても、女としても、誇りを傷付けられたのだろう。今まで以上にジュスティーヌに当たり散らすようになった。

ジュスティーヌは二人の嫉妬をなんとか宥めようとしたのだが、その最中に更に歓迎されざる人物が現れた。父の弟にあたる叔父である。叔父は賭け事で身持ちを崩し、何年も前にロレーヌ家から勘当されていた。

叔父は、どこからか姪が玉の輿に乗ると聞き付け、金の無心にフォーレ家にまでやってきたのだ。

召使から客間に呼び出しを受けたジュスティーヌは、長椅子に寄り掛かる叔父を目にし、記憶にある彼とのあまりの変わりように、別人ではないかと目を疑った。以前は恰幅がよく小太りですらあったのに、げっそりと痩せて、頬はこけている。真っ昼間から飲んでいるのか酒臭く、髪も衣服も乱れていた。

「やあ、ジュスティーヌ……これは見違えたな。あのおチビさんが美人になったものだ」

「叔父様……今までどちらにいらっしゃったんですか？」

「……この世にある地獄かな」

叔父は、一人では返し切れないほどの多額の借金があり、首を括《くく》るか、ジュスティーヌに金を借りるしか生き延びる道がないと、安っぽい芝居の役者のごとく切々と訴えた。

「頼むよジュスティーヌ。今となってはロレーヌ家には俺とお前、ソフィしかいない。血の繋がった者同士仲良くやっていこうじゃないか」

「……叔父様、申し訳ございませんが、そんな大金はご用意できません。私にこの家のお金を自由に動かす権利などございません」

　ジュスティーヌは叔父を見据え、毅然とした態度で断った。この手の輩《やから》は一度金を渡すと、感謝するどころか増長するということを、長年の苦労からよく知っていたからだ。

「そんなことを言わないでおくれ。フェルナン様はお前に首ったけだと聞いた。フェルナン様だけじゃない。ノエル王子にだって言い寄られているんだろう？　フォーレ家から金を引っ張れないんだったら、お前がちょっとノエル王子にシナさえ作りゃあ、軽く金貨の一山くらい……」

「……お帰りください」

　ジュスティーヌは硬い声で遮った。ノエル専属の娼婦になれとでもいうのだろうか。数少ない残された血縁だというのに、もはや情けなさしか覚えなかった。

「そんなこと言わないでおくれ。なあ、俺を可哀想だと思わないのかい」

　叔父はどうにか粘ろうとしたが、直後に廊下で様子を窺っていたらしい下男らが客間に無言で足を踏み入れた。どうやらフェルナンに命じられ、歓迎されざる来客の排除にかかったようだ。

　叔父は、「おい、放せ！　ジュスティーヌ、恩を忘れたのか！」と怒鳴りながら、廊下へ引き摺られていった。恨みつらみに満ちた目でジュスティーヌを罵倒する。

「……これで終わったと思うなよ！　このクソアマ！」

　それから一週間後、叔父は予告通り再びフォーレ家にやって来た。

　フェルナンは今度は屋敷に入れず、衛兵に命じて追い返したが、失うもののない、追いつめられた叔父はしつこかった。フォーレ家を繰り返し訪問し、「金を渡すまで帰らない」と、門の前に座り込むこともあった。ジュスティーヌがフォーレ家の人々に責められ、根負けするのを狙ったのだろう。

実際、ジュスティーヌは立場を失くし、フォーレ家で追いつめられていった。

フェルナンとの結婚を許しかけていたコンスタンスは「あんな親族がいるとは」と再び態度を硬化させてしまったし、オディールは「胡散臭い女だと思っていたのよ」と嘲笑《あざわら》った。フェルナンはジュスティーヌを責めこそしないが、連日やって来る叔父にうんざりしている様子だった。唯一相談できそうなグレースは、病状が悪化し寝たきりに近く、満足に会話もできなくなっている。

他の貴族たちからは変わらず舞踏会の招待状が届いていたが、社交界ではもちろんこんな相談はできない。人脈ができてきたとはいえ、若く美しく、侯爵夫人のお気に入りであるジュスティーヌに嫉妬している人々がいることは肌で感じ取っていた。弱みを見せれば、あっという間に変な噂が立つだろう。

どうすればよいのかわからず、唯一の癒しは妹の笑顔だけになった頃、決定的となるその事件は起こった。

――フォーレ家の家宝の一つである、大粒のエメラルドの指輪が盗まれたのだ。

フォーレ家の祖先が国王から賜《たまわ》ったという逸品で、宝石そのものの価値だけではなく、フォーレ家にとって誇りの象徴でもある。指輪は普段コンスタンスが所有し、彼女の寝室の、鍵のかかる鏡台の引き出しに仕舞っていた。鍵もまた、コンスタンスが持ち歩いていた。

指輪が盗まれていると発覚したのは、午後一時過ぎのことだ。化粧直しのために部屋に戻ったことでそれに気付いたコンスタンスは、フェルナンの書斎に駆け込み、がなり立てた。

「フェルナン、どうしましょう。指輪がないの。きっと誰かに盗まれたのよ！」

コンスタンスは鏡台の鍵を持ち歩いているものの、時折寝室にうっかり置き忘れることもあったらしい。実は、そうして四日ほど前に室内で鍵を失くしていたのだが、どうせ寝室にあるだろうと高を括っていたのだそうだ。

ところが探しても出てこないので焦り、フェルナンに相談しようとしていた矢先に、失くした鍵を使って指輪は盗まれてしまった。

召使らが盗んだとは考えにくかった。召使らには鏡台の引き出しに何が入っているのかも、その鍵でどこを開けるのかも教えていない。指輪の在り処と鍵の意味を知っているのは、グレース、コンスタンス、フェルナン、オディール、そしてフェルナンの婚約者であるジュスティーヌだけだった。

グレースは寝たきりなので盗めるはずがない。第一、盗んだところでなんの得にもならない。指輪の持ち主であるコンスタンス、当主であるフェルナンにも動機はない。オディールは指輪のデザインが好みではないらしく、以前から「あんなダサい指輪、いらない」とまったく興味を示していなかった。

ゆえに、ジュスティーヌ一人に疑いの目が向けられることになったのだ。

ジュスティーヌは突然書斎に呼び出され、フェルナンに「指輪の在り処を吐け」と責め立てられた。

身に覚えなどあるはずもなかった。「どれだけ苦境に置かれようと、決して罪に手を染めてはならない。ロレーヌ家はもはや名家ではないが、誇りを忘れてはならず、その名を汚してはならない」――亡き母にそう教えられてきたのだ。たとえ飢え死にしそうになっても、罪に手を染めるくらいなら死を選ぶ。

「フェルナン様、私は盗んでなんかいません。そんな、大切なものを盗むはずが……」

「母はやっと君を認めてあの鍵について教えたんだ。まさか、恩を仇《あだ》で返される羽目になるとはね」

フェルナンはジュスティーヌの言い分をまったく聞こうとしない。それどころか、犯人だと決め付けているように見えた。溜息を吐いて机の上に手を組むと、立ち尽くすジュスティーヌに悲し気な、失望し切った目を向ける。

「……ジュスティーヌ、君は変わってしまったね。素朴で純粋で、心優しい娘だったのに、すっかり貴族の世界に染まって、贅沢好みの抜け目のない女になってしまった」

自分は変わってなどいないとジュスティーヌは訴えたかった。変わったところがあるとすれば見た目だけで、すべてフェルナンと一緒になりたい一心だった。フェルナンはどうしてわかってくれないのだろうか。盗みを働くような、そんな女に見えるのだろうかと絶望する。

「フェルナン様、お願いです。私の部屋を調べてください。指輪なんてどこにも隠していません」

「もちろん今調べさせているさ。けど、きっとないだろうね。二度と発見されることもない」

盗んでなどいないのだからなくて当然だ。だが、フェルナンの考えは違った。

「二日前、君はレニエ子爵夫人の茶会に招待されただろう？　指輪を盗んだのは三日前で……大方そこで伝手《つて》のある貴族に売り払ったんじゃないのかい。あのどうしようもない叔父に渡す金を作るためにね」

「……ひどい」

ジュスティーヌはここまで信用されてなかったのかと愕然とした。

それでも、黙っていては犯人に仕立て上げられてしまう。自分に犯行は不可能だと証明するものはないか。証言してくれる誰かはいないかと、必死に記憶を探っていた時のことだった。

「旦那様！　大変です！」

召使が書斎の扉を開け駆け込んできた。

「ジュスティーヌ様のお部屋の、ベッドの下からこんなものが……」

召使が手にしていたものは、真鍮製の赤子の手より小さな鍵だった。

「やはりそうだったのか……」

フェルナンは召使から鍵を受け取ると、今度はハシバミ色の瞳にはっきりとした軽蔑の色を浮かべた。指先で摘まんで、立ち尽くすジュスティーヌに見せつける。

「ジュスティーヌ、これはどういうことだい？」

ジュスティーヌはコンスタンスから指輪と、その仕舞い場所の鍵の話については聞いていたが、鍵自体は見たことはなかった。コンスタンスが、「フェルナンと結婚してから教えるわ」と約束していたからだ。

だから、鍵を見せつけられても戸惑うばかりだった。なぜそんなものが部屋にあったのかもわからない。

言葉もないその態度をフェルナンは、動かぬ証拠を突き付けられ、言い訳を探していると取ったのだろう。

「……がっかりしたよ、ジュスティーヌ。本来なら君を犯罪者として突き出すべきなんだろう。だが一度は愛し合った仲だ。そこまでするのは忍びない。すぐに出て行ってくれ。……いいや、出ていけ」

冷ややかな目でそう命令した。ジュスティーヌは必死になって訴えた。

「お待ちください。コンスタンス様にお尋ねくださいｏ私は鍵のお話は聞いていましたが、その鍵がどんな鍵なのかまでは知りませんでした……！　だから、引き出しを開けて盗めるはずがないんです！」

「もういい。……もう何もかもうんざりだ」

フェルナンは吐き捨てるように呟くと、呼び鈴を鳴らして二人の召使を呼んだ。召使らはジュスティーヌの腕を掴むと、問答無用で廊下へ引き摺って行く。

「フェルナン様、私、本当に盗んでいません。フェルナン様……！」

訴えも虚しく、ジュスティーヌはソフィともども、着の身着のままで屋敷を追い出された。グレースから譲り受けた古着のドレスも、ソフィの治療のためにとこまめに貯めていた給金も、母の形見として大切にしてきた裁縫道具も、何一つ持ち出すことは許されなかった。

「姉様、寒い。お屋敷に帰りたいよ。おなかすいた……」

ソフィは快適な屋敷での暮らしから、突如として宿なしの無一文となった状況が理解できなかったらしい。ジュスティーヌはしばらく屋敷の門の前で絶望に呆然としていたが、縋りつく妹の声で我に返り、唇を噛み締めた。

途方にも悲しみにも暮れている場合ではない。ソフィの治療には温められたベッドと食事が必要なのだ。

「……大丈夫よ。すぐに食べられるから」

ジュスティーヌはソフィを背負うと、二時間掛けて最寄りの街へ辿り着き、街の質屋で身に着けていたドレスと靴を売った。いずれも絹、革などの高級素材だったからか、比較的高値で売れ、代わりに古着の平民用の普段着を一そろい買った。

残った金で傾きかけた宿屋に部屋を借り、ソフィにパンと温かいスープを与えた。ソフィがようやく寝息を立て始めたところで、ジュスティーヌは息を吐く。だがすぐにでも働かなければと思い至り、頭を抱えた。

不安に押し潰されそうな心を抑え込み、ジュスティーヌは街の店の一件一件を回り、働かせてくれないかと乞《こ》うた。

しかし、病気の妹を抱えた女など、そう簡単に雇うはずもない。また、貴族であると知られればもっと避けられるだろうと考え、身元を隠し通そうとしていたからか、怪しまれ、水を撒き追い払われたこともあった。

丸一日断られ続け、ろくに食べてもいないので疲れ果てたジュスティーヌが、もう身を売るしかないと諦めかけた頃、一軒の仕立屋が救いの手を差し伸べてくれた。夫婦二人で経営する小さな店で、街の住民の衣服の仕立を請け負っていた。

「ちょうど針子が一人ほしかったところだったんだ。前は娘も一緒にやってくれていたんだけど、一ヶ月前嫁に行ってしまってね。給金はそんなに出せないけれども、それでもいいかい?」

更には、娘の部屋をそのまま使ってくれても構わないと申し出てくれた。ジュスティーヌは捨てる神があれば拾う神もあるのだと、どうにか生きる気力が湧き、夫婦に心から感謝した。

ジュスティーヌはロレーヌ家にいた頃から、趣味と実益を兼ねて刺繍、裁縫に勤しんできた。家族の衣服を繕い、ソフィの寝間着に刺繍を施し、古着をまったく違ったデザインのドレスに仕立て直し、ソフィに与えた。ソフィが喜んでくれたことで、より張り切り、めきめき腕を上げたのだった。

その才能と技術が仕立屋では大層役に立った。何せ仕事が速く、かつ縫い目が正確、美麗なので街中の評判になったのだ。おまけに、美しくしとやかな看板娘ぶりが話題になり、仕立屋に入る仕事は急増、夫婦は嬉しい悲鳴を上げた。

「ジュスティーヌ、あんたのおかげでうちは大繁盛だ。これからも頼んだよ」

ジュスティーヌはこれでソフィに安定した環境を与えてやれる、なんとか生きていけるとほっとした。よくしてくれる夫婦のためにも頑張らなければと、気持ちを引き締めた。

ところがその矢先に、店主からなんの前触れもなく解雇を言い渡されたのだ。

「……あんたには悪いと思うけど、明日までに出て行ってくれないかい」

テーブルの上に最後の給金の銀貨を置いた店主に、ジュスティーヌは納得できずに理由を問うた。

「どうしてですか？　私、何かしてしまったんでしょうか？」

「いいや、何もしていないよ。……ここではね」

ジュスティーヌは、「ここでは」という言葉に全身が凍り付いた。

「フェルナン様から苦情が来たんだ。フォーレ家で盗みを働いた女が、うちの店で働いていると聞いたってね……。青みを帯びた淡い金髪に、藍玉色の瞳の美女なんてそうはいないってね……」

すぐに追い出せと命じられたらしい。従わなければ店を潰すと脅されもしたのだそうだ。

ジュスティーヌは愛する人に、フェルナンに憎まれているのだと、この時はっきりと思い知った。

フェルナンは女手一つで病気の子どもを抱えて生きていくなど、簡単ではないと知っているだろう。なのに自分をフォーレ家から追い出した。また、安定した職を得るのがどれだけ難しいのかも知っているだろう。なのに、いいや、だからこそ、仕事を取り上げようとしている。これは死ねと言っているのと変わらない。

青ざめて立ち尽くすジュスティーヌに、店主が気まずそうに告げる。

「フェルナン様に逆らうと、うちもどうなるかわからない。それ以前に、商売はまず信用が第一だしね。泥棒がいるだなんて知られたら、繁盛どころじゃなくなるんだよ」

店主の言い分は彼の立場からすれば尤もである。

「いいえ。こちらこそ私のような者を雇っていただき、ありがとうございました」

ジュスティーヌはこう言って頭を下げるしかなかった。

ジュスティーヌはフェルナンの領地にはいられないと判断し、土地から土地へと移動したが、フォーレ家の顔はよほど広いのか、どこへ行っても一ヶ月も経てば正体がばれ、追い出されてしまう。

ジュスティーヌは最終手段として、ソフィを連れて馬車を乗り継ぎ、フロリンの王都へと向かった。

王都はフロリンで最も人口が多く、生産、流通、卸売り、小売り、様々な産業が発展し、地方から労働者が絶え間なく流れ込んでいる。身元を隠しても仕事にも困らないだろうと考えたのだ。それに、王都ならばさすがにフェルナンの力も及ばない。

ジュスティーヌはそれでも万が一、自分を知る者に出くわした時に備え、正体を隠すために『エリーズ』

という偽名を名乗った。加えて、誰もが褒め称えた金髪を肩まで切り、質の悪い染料で艶のない褐色に染めた。更に前髪を長く伸ばし、顔や瞳の色が見えないようにした。

名と髪色を変えた甲斐あってか、ジュスティーヌは日雇いではあったものの、とある仕立屋の針子の仕事を得ることができた。ソフィと同じ髪色になったため、怪しむ者もいなかった。

しかし、仕事はあったり、なかったりで安定していない。前職の勤め先での紹介状や身元保証人がいれば継続的な住み込みの仕事もあったのだが、罪人の烙印《らくいん》を押したフォーレ家に頼めるはずもない。

更に現在のフロリンでは、娼館で娼婦になる際にも、なんらかの身元証明が必要だ。

以前、フロリンの南の隣国であるレーメン王国の令嬢が誘拐され、発見された先がフロリン王都の娼館だったという事件があったからだ。幸い、彼女は心身ともに無事だったものの、それ以降フロリンでは不正な人身売買を防止するために、娼館でも身分証明を徹底するようになった。これを守らなければ宮廷に経営の許可を取り消され、潰される。ジュスティーヌはもはや娼婦にもなれないのだ。

日雇いのお針子では食っていくのがやっとどころか、仕事のない日は食料品も買えなかった。そうした日には、乞食《こじき》になって恵んでもらった硬いパンを、水に漬けてふやかしてしてソフィに食べさせた。

金がないので宿屋や長屋の部屋を借りることもできない。路上や橋の下に古ぼけた布地を敷いて、その体を冷やさないようにと、ソフィを抱いて眠る日々が続いた。すっかりみすぼらしくなったものの、それでも若い女だからと襲われかけ、人攫いに連れて行かれそうになったこともあった。

ソフィの持病の薬を買うなど夢のまた夢だったし、自分にもまったく手が回らなかった。ジュスティーヌは次第に飢えから痩せ細り、ソフィは治療ができずに徐々に弱っていった。そんな生活が半年ほど続き、秋も終わりに近づいてきた。

フロリンの冬は厳しく、年初には川が凍ることすらある。その前にどうにか宿を確保したかったが、何せ先立つものがない。だが、どうにもならずに、溜息を吐くばかりだった。

その日、ジュスティーヌは職場である仕立屋の片隅で、ひたすら紳士服のボタン付けに励んでいた。手は絶え間なく動かしながらも、頭の中は橋の下の草むらに隠したソフィのことでいっぱいだった。

近頃、ソフィからは一呼吸ごとに命が口から吐き出されている気がしていた。昨日誕生日を迎えたというのに、手も足もまるで枯れ枝のようになってしまっている。

――もう限界なのかもしれない。

フロリンの国教であるフロリン国教会では自殺を禁じている。だが、もはや妹を病の苦しみから救い出すためには、ともに川に飛び込むしかないのではないかと思い詰めていた。

あの世ではきっと両親も待っているだろう。飢えも病もなく四人で幸福に暮らせるだろう――ついに死を救いだと感じ始めた哀れなジュスティーヌの思考を中断したのは、日雇い労働者を束ねる親方の声だった。

親方はこれでもかと声を張り上げ、二十人はいる日雇い労働者らに訴えた。

「おおい、誰か、刺繍に自信がある奴はいないか。この図案だ」

手にした紙には金糸、銀糸を使った複雑な図案が描かれていた。これはなんと第三王女・ロザリーの発注なのだそうだ。自分で図案を考え、王宮の専属の針子に刺繍させようとしたのだが、あまりに複雑で対応できなかったために、王都一の仕立屋であるこの店に発注したらしい。ところが、店の刺繍担当の針子も全員、「無理です」と辞退してしまったのだそうだ。

「ええー、刺繍担当が無理なら私たちだって無理ですよ。王女様って、実際に刺繍したことがないでしょう。金糸は扱いが難しいですし、こんな図案はどんな名手だってできませんよ」

「おい、お前ら、とんでもない報酬だぞ？　なんと金貨だ。半額はお前らの懐に入るんだぞ」

「金貨より命ですよ！　あの王女様、気に入らないことがあったら、しょっちゅう『首をちょん切る！』って言っているそうじゃないですか」

ジュスティーヌは金貨という単語に即座に反応した。図案を凝視し、自分ならできると確信する。

「私……やります。できます」

親方がおっと驚き、立ち上がったジュスティーヌに目を向けた。

「確かエリーズだったか？」

「……はい。責任はすべて私が負います。その代わり、私がこの仕事を引き受ける間妹が休むための場所を確保してください」

「妹？　お前妹がいたのか？」

「病気なんです。ずっと薬も飲んでいなくて……」

ジュスティーヌは拳を握り締めた。「そりゃあ気の毒に……」と親方が口を押さえる。

「わかった。やってくれると言うのなら、妹さんの面倒はこちらで見よう」

「……ありがとうございます！」

ジュスティーヌは、もはや命すら惜しくはなかった。ならば、この刺繍に懸けようと心を決めたのだ。

ジュスティーヌは三ヶ月かけ一心不乱で布地に刺繍を施した。昼も、夜もなく食事も簡単なものを日に一回しか取らなかった。よほど鬼気《きき》迫る形相《ぎょうそう》だったのか、親方も声を掛けられないようだった。

結果、仕上がった刺繍に、店の皆が感嘆の声を上げた。

刺繍は古代の神話に登場する伝説の鳥が炎に飛び込み生まれ変わる様を、純白の絹地に金糸で表現したものだった。親方は感極まってジュスティーヌの肩を何度も叩いた。

「エリーズ、こいつぁすげえ……。もう、芸術だな、これは」

「……ありがとうございます」

ジュスティーヌは、親方の言葉よりも金貨が欲しかった。早くソフィのために薬を買い、温かいベッドのある、清潔な宿屋に移りたかったのだ。


後日、ジュスティーヌの元にロザリー王女から予想以上の額の金貨が届けられた。金貨の詰まった袋には手紙が添えられており、ジュスティーヌの刺繍の腕を褒めちぎっていた。

神の手だの、フロリンの至宝となる作品だのと賛美されて気分が悪いはずがない。ジュスティーヌはこそばゆい思いで手紙を読んでいたが、最後の二行に目を剥き、音を立てて椅子から立ち上がった。

《よって、あなたを本日付けで王宮の衣装室のお針子として任命します！　なお、逆らうことは許しません！　首をちょん切りますよ！》——手紙にはそう記されていた。

王女直々の任命に逆らうわけにはいかない。それに、安定した職を求めていたジュスティーヌには願ったり叶ったりの状況だった。王宮ならばそう簡単に解雇されないし、賃金も日雇い労働者よりはるかに高い。

だが、問題が二つあった。

第一に、紹介状も身元保証人もないことだ。これについては親方が解決してくれた。「以前勤めていた仕立屋では、店主に気に入られずに追い出された」と嘘の言い訳をすると、「そいつは馬鹿だねえ。こんないい針子をクビになんて」と言って紹介状を書いてくれたのだ。

第二に、王宮にはロザリーの兄である第二王子・ノエルがいることだった。ノエルとは舞踏会で何度も踊っている。自分の正体に気付かないかと怯えたのだ。もう、男性も結婚も恋愛もこりごりで、二度と関わりたくはなかった。

ところが、王宮でビクビクしながら何度かすれ違ったものの、ノエルがジュスティーヌに目を留めることはなかった。髪を染めているからだけではなく、衣服の違いもあったのだろう。以前は煌びやかなドレスだったが、現在は痩せこけた体に召使用のお仕着せなのだ。何よりも、ノエルは軟派で移り気な男性だ。数度口説いただけの女など、きっと覚えてもいないのだろう。

ジュスティーヌはようやく胸を撫で下ろし、王室の針子として勤務することになったのだった。

第二章　また濡れ衣を着せられまして

王宮に雇われてから三年の月日が過ぎ、ジュスティーヌは二十一歳になった。

あっという間だったとしみじみと感じる。だが、今も染め続けている髪は、背の中ほどまでに伸び、三年の長さを確実に伝えている。

王侯貴族の衣装を縫い、繕い、時には刺繍を施す。ボタンを付け直し、分類・保管・手入れをする。仕事を終え下町に借りている長屋の一室に戻ってからは、ソフィの看病をするという毎日だった。

召使には王宮に相部屋の寮が与えられているが、病を抱えたソフィがいるジュスティーヌには使えない。ソフィの持病は伝染病ではないのだが、身体が弱いぶん集団生活では病に感染しやすい。そうなった際に責任を取り切れないと、受け入れを拒否されたからだった。

それでも三年前、ソフィと心中を考えたあの日々に比べれば、天国ではないのかとすら思えた。神はまだ生きよとおっしゃられているらしい――ジュスティーヌはそう感謝し、日々の務めを果たしていた。

すべてが順調であるかのように思えたが、近頃、厄介な問題が持ち上がっていた。直属の上司である針子の女頭や、ロザリー王女が「結婚しろ、結婚しろ」とうるさいのだ。いつだったか昼食をともにした時、女頭には何枚もの釣書を押し付けられた。王宮に勤める召使の男性の中でも、独身で働き者な男を選り抜いたとのことだった。

「今頑張らないと行き遅れになるよ。そんな地味な格好をしていないで、もっとしゃれっ気を持ったらどうだい。あら……あんた、よく見ると綺麗な顔をしているね？　素材はいいんだから頑張りなさいよ」

暇つぶしに衣装室に押し掛けたロザリーには、「結婚はいいものよ」と一時間近く説教された。

「せっかくこの世に生まれたのに、愛し愛され暮らすことを知らないなんてもったいない！　エリーズ、人生引き籠ったってなんの得にもならないわよ」

二人の主張する通りだったのだが、ジュスティーヌは首を振り続けていた。

つつましやかに生活するジュスティーヌは、近頃では住んでいる長屋の通りの名前をとって、〝ラ・レーヌ通りの尼僧〟とあだ名されるようになっていた。装いもせず、戯れの恋や酒、美食などの人生の喜びを忘れた風情《ふぜい》で暮らしているので、いつしかそう呼ばれるようになったらしい。

どうも周囲にはケチで陰気臭く、華のない女だと思われているようだったが、構わないどころか大歓迎だった。

行き遅れになっても構わない。誰かと愛し合い、結婚し、子を儲ける、そんな幸運は二度と訪れないと思っているし、訪れたところで身を委ねる気もなかった。どうせ、また裏切られるだけだと怯えていたのだ。

（私はずっと一人でいい。ソフィさえいればいい）

心の殻の中ではまだフェルナンを愛していた、十六歳の少女だった自分が膝を抱えていた。

そんなジュスティーヌの心の——というよりは、職場の衣装室の扉を叩いたのは、もう会うこともないだろうと思っていた〝深紅の公爵〟シメオン・ドゥ・キャストゥルだった。

シメオンのボタン付けをした一週間後。午後六時となり、日が暮れ、衣装室勤務の針子の仕事も終わる頃のことだった。

ジュスティーヌは衣装室の片隅の小部屋で、一人残ってロザリーのドレスの袖を繕っていた。ロザリーが明日どうしてもこのドレスを着たいというので、今日中に済ませる必要があったのだ。ロザリーのお気に入りということで、彼女の衣装はすべてジュスティーヌが担当していた。

もうすぐ終わるというところで、衣装室の扉がコンコンと叩かれる。

「はぁい？」

同僚だろうと思って扉を開けると、廊下に真顔で突っ立っていたのは、なんとあのシメオンだった。今日は髪と瞳に合わせたのか臙脂《えんじ》の略装である。

「……!?　閣下、どうなさいましたか!?」

「……直してくれ」

黙って手を突き出したので、何事かと思って目を落とすと、袖のボタンが取れかけていた。

「……七時から陛下主催の親族での晩餐会がある。それまでに頼む」

ボタン一つくらいならお安い御用だ。

「かしこまりました。よろしければどうぞお入りください」

ジュスティーヌは衣装室に招き入れると「こちらの長椅子にどうぞ」と勧め、自分は作業用の小部屋に移動しようとした。しかしシメオンは首を横に振る。

「お前が仕事をするところが見たい」

「そ……そうですか？」

もう二度目だろうに、何が面白いのかと首を傾げつつも、ジュスティーヌは小部屋へシメオンを連れて行った。

シメオンは以前と同じように、ジュスティーヌの近くに椅子を置き、膝の上に手を組んでじっと見つめていた。

前回は時間がなかったので意識していなかったが、今回は晩餐会まで一時間近くもある。一旦余裕があるのだと察すると、すぐそばにあるシメオンの男性らしい美貌、深紅の眼差しが途端に気になってしまった。

緊張してしまい、それを押し隠そうと一層早く手を動かす。そのせいもあって作業はいつもより短い時間で終わり、ボタンに糸を巻き付け、仕上げをした。

これですぐに出ていくのかと思ったが、シメオンは上着を着せ付けても帰らない。

なぜか再び椅子に腰掛け、長い足を組んだ。晩餐会まではまだ当分あるので、召使を相手に暇潰しでもしたいのだろうかと首を傾げる。

「……エリーズ、この仕事を始めて何年になる？」

「はい。三年でしょうか。以前は王都の仕立屋で働いていましたが、ロザリー王女殿下に王宮に雇っていただきました」

「……平民なのか。家族はいるのか？」

「妹が一人おります」

ソフィの話になると自然と笑みがこぼれた。

ソフィはこの生活になってからはだいぶ体も丈夫になり、病も徐々によくなっている。それでも、完治というところまではいかない。今でもたびたび咳き込み、止まらなくなる日があった。

「……妹？　娘ではなく、妹なのか。……夫は？」

シメオンに問われ苦笑するしかない。確かにフロリンでは二十一歳は、娘や息子が一人、二人はいてもおかしくない年なのだ。

「私は独り身ですから。結婚の予定もございません。今までも、これからも、妹がたった一人の家族です」

「……若い娘がそんなはずがないだろう。言い寄る男も多いだろうに」

「まさか。もう娘というほどの年ではございませんよ」

それに、今のジュスティーヌは、身なりは極力目立たないよう地味にし、褐色に染めた前髪は長く伸ばして、化粧もしていない。自分に金をかける気は一切なかった。針子が侍女のように人前に姿を出さず、容姿については何も言われないのが幸いした。そのせいか、男性はほとんど近寄りすらしない。

「……そうか。独り身だったのか……そうか……」

なぜかシメオンはしみじみとそう呟くと、その後もジュスティーヌに様々な質問をした。

妹の名前はなんなのか。ソフィはどんなものが好きで、嫌いなのか。ソフィが病で寝込んでいると知ると、

「……まだ子どもだろうに」と気の毒がってくれた。

自分については一言も言いたくはなかったが、ソフィのことなら話は別だ。ジュスティーヌは嬉々として
ソフィについて語った。まだ十二なのに商人顔負けに計算が得意なこと、近頃は元気になったら商人に奉公
に行き、いずれは独立して商売をやりたいと言い出していること――。

「ドレスや人形より、本を好みそうな娘だな」

「その通りでございます。女の子なのに、姉としては心配です」

謙遜《けんそん》して言ったのだが、シメオンはそうは取らなかったらしい。

「……お前の妹なのだから、愛らしく、賢い娘なのだろう」

シメオンの口元にはよく見ると、うっすらと笑みが浮かんでいた。近くでなければわからないほどなのだ
が、優しい、嘘偽りのない笑みだった。お世辞ではなく本心からそう述べているのだろう。

ジュスティーヌもすっかり嬉しくなってしまった。思えば妹について興味を持ってもらい、誰かに話した
のは初めてかもしれない。

そうしてお喋りをする間に瞬く間に時が過ぎ、晩餐会まであと十分になってしまった。

「まあ、大変。お付き合いいただいてしまって申し訳ございません。どうぞお食事を楽しんできてくださいませ」

「……ああ」

シメオンは衣装室を出る直前、不意にジュスティーヌを振り返った。

「……？　どうかなさいましたか？」

シメオンはかすかに口を動かしたものの、「……いや、なんでもない」と黙ってしまう。そのまま身を翻し、足早に姿を消してしまった。

ジュスティーヌはシメオンの背を見送り、衣装室の扉をゆっくりと閉めた。今日の仕事はこれで終わりだろうと、帰り支度を始めたところで違和感を覚える。

キャストゥル家の王都の屋敷にも、当然衣装を管理し、繕い物のできる召使はいるだろう。自分と同じ仕事をしているのなら、前日にシメオンの衣装の点検をするはずだ。ほつれや破れ、ボタンの取れかけがあれば、その時点でさっさと直しているだろう。一度だけならともかく、二度も点検漏れがあるのだろうか。

とは言うものの、これはキャストゥル家の召使の問題である。自分が口を出すべきではないとジュスティーヌは頷き、さすがに三度目はないだろうと苦笑した。

シメオンともう話せないのは残念だと感じたが、そもそも王族の血を引く公爵と、召使が会話をするという事態が有り得ないのだから。

ところがその四日後の同時刻、まさかの三度目があったので、ジュスティーヌはぽかんと口を開けるしかなかった。

「……上着の刺繍が少々解けてしまった。直してくれ」

シメオンはそう言ってまた衣装室へやって来た。確か、今日は国王との私的な謁見で、五時には終わっているはずである。

「は、はあ……かしこまりました……」

上着を受け取ってみると、確かに合わせの部分の金糸の刺繍が滅茶苦茶になっている。しかし、経年劣化や不注意によるものではなく、どう見てもわざと解かれていた。

「ど、どうぞお入りください」

ジュスティーヌは衣装室奥の小部屋へ案内し、刺繍用の金糸と針を取り出した。椅子に腰掛けまずは解け具合を確かめる。

「閣下、申し訳ございませんが、今から一、二時間では済まないかと思います。よろしければお預かりしてお直しいたします。数日もあれば仕上がると思います」

「……いや。急ぎではないから、どれだけ時間がかかっても構わない。ただ……ここでお前が仕事をするのを見たい」

ここまで来ると、シメオンにもなんらかの意図があるとしか思えない。

そんなに裁縫や刺繍が好きなのだろうか。貴族の男性にしては珍しいと、ジュスティーヌはついシメオンの深紅の瞳をまじまじと見つめてしまった。

「かしこまりました。六時から七時でしたら構いませんが、よろしいでしょうか？　一日一時間ですと、きっと一週間ほどかかってしまいますので……」

「……ああ。私もその時間帯だとありがたい」

シメオンはそう言って、背を屈めて膝の上に手を組んだ。ジュスティーヌも慌てて縫い直しに取り掛かる。

また深紅の眼差しが手元に注がれているのかと思うと、どうも心臓がドキドキとしてしまう。恋に落ちたというわけではないのだが、黒ダイヤのような圧倒的な存在感が、意識せずにいられなくするのだ。

五分後、ジュスティーヌは緊張と沈黙に耐え切れず、不敬は承知でシメオンに話し掛けた。

「閣下……その、刺繍がご趣味なのでしょうか？」

まさかとは思うが、あるいは今から始めるつもりなのだろうか。なら、裁縫・刺繍が本業である自分の仕事を見学したいのは理解できた。

だが、シメオンの長く骨ばったあの手が、針と糸を持って刺繍をするのが想像しにくい。同時に、この真顔で刺繍をするのかと想像すると、近付きがたいと感じるシメオンが急に可愛く思えるのだから面白かった。

そしてこの問いかけは、シメオンにも想定外だったらしい。

「……そういうわけではない……私は……」

シメオンは数秒目を泳がせていたが、やがて「……母の趣味だったからだ」と答えた。なんとなく気まずそうに見えた。

母とは現国王の妹・エステル元王女のことだろう。

なお、シメオンの父であり、エステルの夫でもある前キャストゥル公ラウールは、一昨年《おととし》病を理由に宮廷でのすべての公務、キャストゥル家での領地、事業の経営から退いている。後継者には長男のシメオンを指名した。現在は遠方の保養地の別邸で、妻と静かに暮らしていると聞いている。

本来、フロリンの王族や貴族は、継嗣がいたとしても、爵位を持つ本人が生きている限りは、勝手にそれを譲ることはできない。

ただし、いくつかの例外が認められており、うち一つが『当主本人が六十歳以上であり、かつ継嗣に当たる人物が十八歳以上であること』だった。フロリン国民の現在の平均寿命は約四十歳で、平民よりは寿命の長い貴族でも約五十歳だ。六十歳なら大体死んでいるというところだろう。

ところが、ラウールや前国王ロラン一世などは長命で、この制度を利用しさっさと引退してしまった。ロラン一世は八十近くとなっても健在で、元王妃クロエと悠々自適の生活を送っている。

「エステル様が……左様でございますか。お上手だったんでしょうね」

なるほど、離れた母が恋しいのだろうと納得する。シメオンはかすかに目を細めて語り続けた。

「……まだ私が子どもだった頃、母も毎日のように窓辺で椅子に腰掛け、刺繍をしていた。ただの糸が母の手で布に絵を描いて、魔法のようだと幼心に感動したものだ」

「まあ、では、私と同じですね。私の母も刺繍が趣味だったんです。刺繍って楽しいものなんですよ」

ジュスティーヌの母も病に倒れるまでは、裁縫と刺繍が一番の趣味だった。ジュスティーヌもその影響を受けて、彼女に教えを請い、今となっては特技どころか仕事にすらなっている。

エステルの腕前はどれほどのものだったのだろうか。いずれにせよ、シメオン少年に楽しい夢を見せたのには違いない。それだけで彼女にとっては価値のある趣味だっただろう。

ふと、ソフィも同じことを言っていたと思い出した。

『姉様の刺繍は魔法みたい！　姉様は魔法使いね！』

おかしく、愛おしくなって微笑んでしまう。その笑顔をシメオンがじっと見つめていたことに、ジュスティーヌは気付かなかった。

「エステル様は何に刺繍されていたんでしょう？」

「……ああ、ハンカチが多かったな。私の好きな犬の刺繍をしてくれた。猫もあったな」

きっと大切な思い出なのだろう。なかなか会えなくなった、優しかった母を懐《なつ》かしく思う——それは、大貴族だろうと召使だろうと変わらないはずだ。

ジュスティーヌは刺繍をする手を止めた。

「閣下、次からはもうわざと解くだなんて、そんなことはされなくても結構ですよ。ハンカチに刺繍でしたら私でよろしければ何枚でもいたしますから……。それに、この上着の刺繍だって、職人が手間暇かけ、精魂込めて施したものです。解かれてしまっただなんて知ったら、きっとがっかりしてしまうでしょう」

シメオンがはっとしてジュスティーヌを見る。

「……確かにそうだ。すまなかった……」

真顔で謝罪されてしまった。おまけに、心なしか逞しい肩がしゅんとしている。結果的に、大貴族を叱ってしまったのだと気付き、ジュスティーヌは真っ青になった。

「もっ……申し訳ございません！　身の程知らずな真似を……！」

「……いや、お前は何も悪くはない」

慌てふためくジュスティーヌを前に、シメオンは落ち込んだように足元に目を落とした。だが、数秒も経つと、大きな体が小刻みに震えているのに気付く。

シメオンは、笑っていたのだ。「くくく」と声を出して、顔ごと笑っている。

「あの……閣下？」

「……お前がそんな顔をするのを初めて見た。いつも冷静だと思ったら……」

ジュスティーヌは、からかわれていたのだと気付き、今度は真っ赤になった。

「私だって、閣下のそんな笑顔は初めて見ましたよっ」

妙に悔しくなり、不敬も忘れて憎まれ口を叩いてしまう。シメオンはそれを咎めることなく、「……なら、お互い様だな」と、まだ楽しそうに笑い続けていた。

シメオンの笑顔を見ていると、腹を立てているのが馬鹿らしくなり、やがて、こんなに感情が動かされたのは久しぶりだと、ジュスティーヌもなんだかおかしくなってきた。

小部屋で二つの笑い声が重なり合い、響き合う。ジュスティーヌは、ソフィ以外の誰かと笑うのも久しぶりだと感じていた。

ひとまず上着は預かることにして、シメオンには明日からハンカチへの刺繍を見学してもらうことになった。このところ王宮に日参しているので、日程や日時には問題ないのだそうだ。

「では、閣下、また明日お待ちしております」

ジュスティーヌが衣装室の扉の前で頭を下げると、廊下に出たシメオンは「……ああ」とだけ応え、足を踏み出した。途中、不意に振り返り、「……シメオン」とみずからの名を呟く。意図を汲み取れずに目を瞬かせるジュスティーヌに、「閣下は、いい」と告げた。

「……シメオンと呼んでくれ。『閣下』は堅苦しい」

堅苦しいとか堅苦しくないとか、そういう問題ではない。召使が公爵を名で呼ぶなど有り得ず、「閣下」との敬称が常識なのだ。貴族を名で呼べる者は、王族か、同じ貴族か、家族や親族、婚約者となる女性だけである。あるいは本人が認めた友人くらいだろう。

「ですが、閣下」

「シメオンだ」

シメオンは頑固なのか、ジュスティーヌに一歩も譲る気配はない。結局、逆らえるはずもないので、ジュスティーヌも「かしこまりました」と頷くしかなかった。

「……友人にまで閣下と呼ばれるのは居心地が悪い」

友人という言葉に驚くジュスティーヌを残し、シメオンは規則正しい足音とともにその場を去った。

「友人……」

そうか、友人なら身分差があっても、おかしくはない……のかもしれない。ジュスティーヌはそう自分を納得させると、刺繍のための糸の在庫を確認したのち、ソフィの待つ長屋へ帰宅したのだった。

シメオンは翌日から一分たりとも遅れることなく、毎日衣装室の小部屋を訪れるようになった。堅物だとの評判は真実だったらしい。だが、ジュスティーヌはその生真面目さを、好ましく感じるようになっていた。

シメオンはそう簡単にお世辞を口にせず、無理に演技をして笑うこともない。媚びも売らない。その分、時折目にする彼の表情や言葉には真心があった。

同僚の針子曰く、シメオンは貴族には珍しい性格だが、だからこそ国王や王妃、王太子から厚い信頼を得ているらしい。おべっかを使わない、真実をずばりと指摘してくれる人材は、身分が高い者にとってほど貴重なのだろう。また、シメオンを重用するということは、王家がまともだという証拠でもある。

そんなシメオンとひょんなことから友人となり、おまけに母親に並々ならぬ思慕《しぼ》の念を抱いていると聞いて、ジュスティーヌはこんな彼を知るのは自分だけだと、少々優越感を覚えた。

（……優越感？　何を考えているのよ）

己の身の程知らずさに、ジュスティーヌは我に返る。その拍子に針をうっかり手に刺してしまった。

「痛っ……」

すぐさまシメオンが立ち上がり、ジュスティーヌの手を取る。

「大丈夫か⁉」

「大丈夫です。軽く刺さっただけなので……」

だが、血の染みが刺繍の途中のハンカチについてしまった。

「申し訳ございません。せっかくの絹なのに」

「そんなことはどうでもいい。ハンカチくらいどうにでもなる」

ジュスティーヌはシメオンに手を取られ、申し訳ない以上に、堪らない気持ちになった。照れ臭かったのではない。家事やソフィの看病に必要な水仕事で荒れに荒れ、針仕事でも傷付き、老婆のように硬くなった手を恥じたのだ。

無理矢理に手を引っ込め、胸に庇う。

「エリーズ？」

「……申し訳、ございません。見苦しいものをお見せしてしまいました」

シメオンと付き合いのある貴婦人や令嬢は、皆白く、柔らかで、指輪の似合う美しい手をしているのだろう。彼女たちに比べて自分のなんとみすぼらしいことか。シメオンと話すまでは、気に留めたこともなかったのに。

「見苦しい？　何を言っている？」

シメオンは強張《こわば》り、黙り込んだジュスティーヌの手を改めて取った。

「たった一人でずっと妹を守ってきたのだろう？　私には何よりも美しく思える。お前は……この手も自分の生き方も誇っていい」

シメオンの言葉と手の温かさは、フェルナンに見捨てられたことで殻を作り、中で凍り付いていた十代の頃のジュスティーヌの心を、ゆっくりと溶かしていった。

胸と喉の奥からじわりと熱いものが込み上げてくる。しかし、ジュスティーヌは涙をぐっと堪えた。一度泣いてしまえば、昔の世間知らずの弱い女に戻ってしまう。ソフィにはまだ自分が必要であり、親代わりとしては、ここで崩れるわけにはいかなかった。

「……りがとうございます、シメオン様。光栄です……」

気力を振り絞って笑顔を作る。滲《にじ》んだ視界の向こうには真摯《しんし》な深紅の瞳があった。

そしてこの瞬間、ジュスティーヌは二度とできないと思っていた恋に落ちてしまったのだ。すとんと音を立てるように、ごく自然に。

ジュスティーヌは愕然とした。シメオンはこうして物理的には近くにいるが、身分的には天と地ほど差がある。結ばれるなど有り得ないし、こうして悩むこと自体が不敬であるほどだ。

絶対に、一生打ち明けない——ジュスティーヌはそうみずからに誓うと、生まれたばかりの恋をそっと心の中に隠した。

シメオンへの思いは叶うことのない恋だと知っており、何も起こり得ないと理解している。フェルナンに失恋した時よりまだ傷つかないだろうと思えた。

だが、ジュスティーヌはまた恋ができたことが嬉しかった。自分の中に人を愛せる柔らかな部分が残っていたことが、ひどく嬉しかったのだ。きっと心のどこかで男性を信じられず、愛に心を預けられないことを寂しく思っていたのだろう。

シメオンと気兼ねなく語り合えるのは、このハンカチへの刺繍が終わるまでだろう。それまでに彼のことをできる限り知りたかった。

シメオンは衣装室へやって来る度に、様々な話を聞かせてくれた。

母のエステルのことだけではなく、親族ともなる親しい王族のこと、昨年嫁いだ妹のこと——シメオンの妹のジュリエットは、十七歳で結婚したのだそうだ。

また、すでに関係ないとはいえ、親しい王族としてノエルの話が出た時には少々戸惑った。正反対の性格なのでなぜかと不思議だったが、シメオンとノエルは従兄弟で同年齢ということもあり、それなりに仲がいいらしい。と言うより、シメオンの言い分を聞く限りでは、ノエルが一方的に付き纏っている様子だった。

「……ノエルは……ノエル王子は〝いい歳をして結婚しない同盟〟などというふざけた同盟を若い連中と組んでいる……。私も仲間にしたいらしいが、冗談ではない」

仏頂面《ぶっちょうづら》のシメオンの苦情を聞いて、ジュスティーヌは吹き出しそうになった。ノエルと呼び捨てにするほどなのだから、シメオンもノエルが嫌いではないのだろうが、彼の女癖の悪さには辟易《へきえき》しているらしかった。

「節操なく手を出して、よく刺されないものだと感心している。私にはどうしても理解できない」

シメオンの両親は政略結婚ではあるものの、貴族には珍しく、非常に仲がよかったのだそうだ。そうした両親のもとで育ったから、シメオンも夫婦間の絆を素直に信じられ、体だけの関係が理解できないのだろう。

そんなシメオンもいずれは身分が釣り合い、ある程度好ましいと感じる相手と結婚するのだろう、とジュスティーヌは思う。何も望まないと誓っていたはずなのに、シメオンの隣に並ぶ女性を想像しようとすると、胸が痛んでそれ以上頭も働かなくなってしまうのだった。

「……シメオン様には意中の女性はいらっしゃらないのでしょうか？」

ジュスティーヌはある日気持ちを押し殺し、さり気なく今後の結婚について聞いてみた。

「私の同僚にもシメオン様に憧れている者は多くおります。話題はもっぱらシメオン様の好みの女性ですよ。どのような方がお好きなのでしょう？」

「……いや、私は」

シメオンは気まずそうに黙り込んでいたが、やがて「……女性は皆美しいと思っている」と、ノエル顔負けの軟派な台詞を吐いた。驚き、思わず刺繍の手を止めたジュスティーヌを前に言葉を続ける。

「……だが、それだけだ。私は、この世のどこかに自分だけのための女がいるのだと信じている。一目見ればすぐに彼女だとわかると……」

シメオンはジュスティーヌをちらりと見て、「……笑わないのか？」と問うた。ジュスティーヌはぶんぶんと首を横に振って否定する。

「いいえ、滅相《めっそう》もございません」

「……ノエルには思い切り笑われたからな。『お前は間違って貴族に生まれた修行僧だと思っていたが、実は占い師顔負けのロマンチストの運命論者だったのか！』……まったくあいつは」

いかにもノエルが言いそうなことだった。

貴族は、男性であれば結婚までの派手な女遊びは当たり前で、妻を娶《めと》っても愛人を何人も持つ者も少なくない。むしろ、多数派と言っていいだろう。ノエルは度が過ぎてはいるものの、王族・貴族では際立って珍しいというわけでもない。

そんな中でシメオンのように、結婚してからは妻一人と決める貴族の男性は、少数派どころか希少なのではないだろうか。

シメオンは瞼を閉じ、一時詩人となって伴侶について語った。

「……どれだけ笑われようと、私はそうした女を妻にしたいと思っている。私も、彼女のためだけの夫であり、男になるつもりだ」

それはもう、愛する女を心の中で抱いているような表情で——ジュスティーヌは、まだ現れてもいないその女性に、身を焦がすような嫉妬を覚えた。彼女はシメオンの愛情を独り占めするだけではなく、未来をともに歩める権利まで持っている。

フェルナンへの恋ほど傷付かないなどと、なぜ思い込んでいたのか。恋心とは幸福な気分になるだけではない。こうして醜《みにく》いおのれを思い知ることでもあったのだ。

ジュスティーヌはこれ以上シメオンとともに時を過ごせば、恋心を悟られてしまうと恐れた。

その間にも刺繍は次第に形になっていく。この三年間、裁縫、刺繍を職業とする者として、速く丁寧にを信条とし、自分に手抜きを許したことは一切ない。

なのに、少しでも長くシメオンと一緒にいたくて、仕事の手を遅くしてしまいそうで、同時に打ち明けられない苦しさで、早く仕上げてしまいたくもあった。

いずれにせよ、ジュスティーヌの心を置き去りにして時は進み、終わりが訪れる。

その日、ジュスティーヌは最後の一針を入れ終えた。

「さあ、できました」

膝の上にハンカチを広げる。犬と猫が花畑で仲良く遊ぶ図案の、可愛らしい刺繍だった。

「どうぞ、御覧ください」

シメオンに手渡すと、感心したようにハンカチを手に取り、様々な角度から眺めている。

「……絵のようだな。糸だとは思えない」

「お褒めいただき光栄です」

一針、一針にシメオンへの思いを込めた。三年前ロザリーに依頼され絶賛された不死鳥の刺繍よりも、ジュスティーヌとしてはよい出来栄えに思えた。

「このままお納めください」

シメオンとの一時も今日で最後だろう。苦しくも、幸福な時間だったとジュスティーヌは思う。これから先、この思い出だけで生きていけそうだった。

シメオンはハンカチに見とれていたが、やがてはっとして懐から紙に包まれた何かを取り出した。

「……この芸術品への礼だ。受け取ってほしい。安いくらいだが……」

「そんな、お礼なんて恐れ多い」

ジュスティーヌはそう言って固辞したものの、シメオンは強引に包みをジュスティーヌに握らせた。

「……お前に似合うと思った」

包みの中から現れたのは、見事な金塗りの櫛《くし》だった。椿の模様の彫金が入っており高価な品なのだと一目でわかる。シメオンからすれば、はした金なのだろうが、ハンカチへの刺繍の代金としては高過ぎる。

「そんな……こんな高そうなもの、いただけません」

シメオンはジュスティーヌの必死の抵抗を、次の一言で抑えつけてしまった。

「この櫛はお前のために作らせた。お前が受け取らないのなら、リズリー川に捨てるしかない」

リズリー川は王都を流れる馴染みの川だ。こんな芸術品を捨てるなど冗談ではない。

「かっ……かしこまりました。いただきます。ありがたくいただきます……」

ジュスティーヌはついに白旗を掲げた。やはり、シメオンにはいざという時にはおのれの意志を押し通す、そうした強引さがあるようだった。

ジュスティーヌは手の中の櫛をじっと見つめた。髪を梳かすためではなく、挿して飾りとして使う櫛なのだろう。女性らしい品を手にしたのは何年ぶりだろうか。

「……綺麗」

ジュスティーヌも女性であり、当然美しいものは好きだ。しかし、贅沢をするつもりは一切なかったし、すっかり見すぼらしくなった自分には、美しいものなど相応しくないと感じていた。

シメオンがジュスティーヌの横顔を眺めながらぽつりと呟く。

「……お前は不思議な女だ。髪は褐色なのに、なぜかお前を思い浮かべると、金が相応しく思えた」

ジュスティーヌの心臓が一瞬跳ね上がった。元の色である青みを帯びた金髪がばれないよう、髪だけではなく眉も睫毛も褐色に染めている。自分の過去を知らないシメオンは、褐色の髪しか知らないはずなのに、深紅の瞳には真実を見抜く力があるのだろうか。

ジュスティーヌは自分の恋心とシメオンの眼力を恐れ、これ以上そばにはいられないと感じた。

「……私も金髪には憧れます。華やかですよね」

椅子から立ち上がり、「さあ、時間ですよ」と、小部屋の出口へと案内する。シメオンは今日は無理に居座る気がないのだろう。大人しくジュスティーヌの後をついてきた。

衣装室から出たところで、ジュスティーヌを振り返り、「……礼を言う」と告げる。

「……お前のおかげで懐かしい一時を過ごせた」

「私もです。ありがとうございました」

シメオンは何か言いたそうだったが、やがて拳を握り締めて夜の廊下を歩いて行った。

明日の約束は、もうなかった。


シメオンが衣装室を訪れなくなってから、瞬く間に数ヶ月が過ぎた。

もう好意や正体に気付かれると怯えることはない。だが癖になってしまったのか、六時以降に衣装室の扉が叩かれると、ついはっとして乱れた髪を整えてしまう。そして、恐らくシメオンは二度と来ないのだと思い出し、痛む胸を押さえて同僚を出迎えるのだった。

その日の午後六時、また衣装室の扉からコンコンと音がした。ジュスティーヌはどうせ同僚だろうと思い込み、「はあい、鍵はかけていませんから、入ってください」と声だけで応えた。ちょうど残業で繕い物をしていたので、小部屋から出るのも面倒だったのだ。

直後、「じゃあ、遠慮なく！」との聞き覚えのある声に絶句する。

まさかと思って小部屋から飛び出すと、第三王女ロザリーが衣装室の長椅子に背を預けていた。

「エリーズ、久しぶりね。元気だった？」

ロザリーは茶の髪にサファイアブルーの瞳の、十七歳になったばかりの美少女である。島国ブリタニア王国の王太子と婚約中で、来年には結婚する予定になっていた。

このロザリーはビスクドールそのものの可愛い顔に似合わず、気が強くお転婆で、十四までの口癖は「首をちょん切るわよ！」だった。

結婚が決まり、さすがに本人もまずいと思ったのか、近頃は少々王女らしくなってきたが、それでも地はまったく変わっていないらしい。足を組み、両手を長椅子の背もたれに投げ出して、偉そうな男のような座り方をしていた。

「王女様……もう少し、淑女らしい座り方を……」

「エリーズまでお母様や侍女みたいなことを言わないでよ」

ロザリーは自分の隣をポンポンと叩き、「ここに座りなさい」と有無を言わせぬ口調で命じる。

ジュスティーヌがまさかクビかと怯えつつ腰掛けると、ロザリーは一言の前置きもなく、ジュスティーヌの度肝を抜いてきた。

「ねえ、シメオン兄様が持っている犬と猫のハンカチって、エリーズが刺繍したものなんでしょう？」

「……!?」

ジュスティーヌは不意打ちに咄嗟《とっさ》の言い訳ができなかった。なぜロザリーがあのハンカチの柄を知っているのだろうか。一方、ロザリーはジュスティーヌが目を見開いたことで確信したのだろう。

「やっぱりそうだったんだ。ふぅん、あのシメオン兄様がねえ」

うんうんと頷いてニヤニヤ笑っている。

ロザリーはシメオンと仲が良いらしく、従兄でもある彼を「シメオン兄様」と呼ぶ。実の兄のノエルよりもよほど兄らしいし、人としてまともだ、とはロザリーの評価だった。

「シメオン兄様、前の舞踏会であのハンカチを落としてたまたま私が拾ったの。隅《すみ》に〝シメオン〟って刺繍されていたから、すぐに兄様のものなんだってわかってよかったわ」

その日、舞踏会が開始して一時間ほど過ぎた辺りから、シメオンはダンスもせず大広間をうろついていたので、ロザリーは何があったのだろうと不思議に思っていたらしい。その後、拾ったハンカチを渡したところ、「……探していた」とほっとした表情になり、ロザリーに礼を言ったのだそうだ。

「あんな刺繍ができるのってエリーズくらいだもの。ねえ、いつの間にシメオン兄様と仲良くなったの?」

「王女様、誤解です。仲良くなったわけではありません」

ジュスティーヌは止むを得ずに、シメオンに刺繍を見せるまでの経緯を説明した。ところが、ロザリーは
「やっぱり仲良くなったんじゃないの」とまたニヤニヤと笑ったのだ。

「あのハンカチ、全然シメオン兄様の趣味じゃないのに、あんなに大切にしているんだもの。シメオン兄様

はきっとエリーズのことが好きなんだわ」

ジュスティーヌは心の中で深い溜息を吐いた。ロザリーはブリタニアの王太子と連日のように手紙のやり取りをして仲を深めている。脳内が恋愛一色のお花畑になっており、男と女がいるイコール恋愛という認識になっているのだろう。

ジュスティーヌは痛む頭を押さえつつ、ロザリーの期待には応えられないと告げた。

「私のような醜く卑しい者に、シメオン様が目を掛けるはずもございません」

しまった。王女様の前だというのに、無意識のうちに『シメオン』様と名で呼んでしまった——気付いた時にはもう遅く、ロザリーのニヤニヤ笑いが更に酷くなった。

「へぇえ～。シメオン兄様、家族と親族以外の女には名前で呼ばせたことなんてなかったのに。へぇえ」

ジュスティーヌはこれ以上の誤解されないためにと、「私は召使でしかございません」と言い切った。

「シメオン様……閣下があのハンカチを大切にされるのは、亡きお母様を思い出すからだと思いますよ。王女様、もう二度とそのようなことはおっしゃらないでくださいませ」

これ以上心を揺り動かすのは止めてほしかった。こんな貧相な女にシメオンが目を留めるはずもないのに。

完全に否定されたロザリーは不満げだ。子どものように頬を膨らませている。

「確かにシメオン兄様は公爵で、あなたは召使よ。結婚は無理だってことくらい私にだってわかるわ。でも、恋をするのは自由でしょう？　身分なんて関係ないでしょう？」

ジュスティーヌは、真っ直ぐな目でそう言い切れるロザリーが眩しかった。

「いいえ。それは違います。……自由なんてありません」

苦笑しながら優しく否定し、改めておのれの立場を思い知る。

身分どころか真の名すら名乗れない。恋をする自由などあるはずもなかった。


ロザリーが来年ブリタニア王国へ嫁ぐに当たって、王家はすでに嫁入り道具の準備を始めている。花嫁衣裳、宝石類、髪飾りに小物など、品目は百種類以上に及んだ。

ジュスティーヌも花嫁衣裳のための刺繍に駆り出されていた。ロザリーが「エリーズの刺繍でなければ嫌」と、可愛い我儘《わがまま》を言ってくれたのだ。

図案はすでに決まっており、ブリタニア王家の薔薇の紋章と、フロリン王家の百合の紋章を組み合わせたものである。布地はロザリーの瞳の色に合わせたサファイアブルーになるはずで、彼女を人生で最も美しく見せるだろうと思われた。

ジュスティーヌにとってロザリーは貧困から救い出してくれた恩人だ。彼女のためにも一世一代の刺繍を施すつもりだった。

その日、ジュスティーヌは刺繍し終わったヴェールを手に、ロザリーの侍女のいる控室へと向かっていた。ロザリーに実際に身に着けてもらい、支障がないかを確かめるためだ。

現在のジュスティーヌの身分は名もない平民のため、王女であるロザリーの髪や肌に直に触れることは許されない。そのため、衣装類はすべて一旦担当の侍女に預け、彼女たちが着付けを行うことになっていた。

ちなみに、王女付きの侍女は全員が伯爵以上の爵位のある貴族の出身である。一部の例外を除いて、花嫁修業や行儀見習いとして王妃、王女の侍女となる令嬢がほとんどで、数年で辞めていくことが多かった。

ヴェールの刺繍が美しく仕上がったので、ジュスティーヌは久々に上機嫌だった。

ところが、その上機嫌は曲がり角を曲がり、控室の扉が目に入ったところで、雲散霧消《うんさんむしょう》するどころか驚愕と恐怖に取って代わった。

控室から出てきたのは、末《すえ》の第五王女マリオンの侍女たちだった。マリオンはまだ九歳のため、侍女と言うよりは子守と言った方がいいだろうか。侍女の中に、数人の新しく見る令嬢らがいた。

その中に見間違えるはずもない、かつて愛したフェルナンの妹、オディールの姿があったのだ。

あの頃より成長していたが間違いない。フェルナンによく似た緩やかに波打つ蜂蜜色の髪、独特の灰色の瞳は間違いなく彼女だった。

ジュスティーヌが息を殺して飾り壺の陰に身を隠す間に、オディールは仲間たちと笑い合いながら廊下を歩いて行った。

「ど……して」

ジュスティーヌは衝撃に思わずヴェールを抱き締め、その場にしゃがみ込んだ。

どうしてもこうしてもない。可能性は十分にあった。フォーレ家は親族が宮廷で要職に就いており、フォーレ家そのものも資産家として名高い。オディールが王族の女性の侍女となる条件は揃っているのだ。

ジュスティーヌはオディールがどうかあの事件のことも、自分のことも、取るに足りないことだと忘れていますようにと祈った。見つかりませんようにと祈った。

無実の罪でこれ以上逃げ回りたくはなかった。ようやく安定した生活を、失いたくはなかったのだ。


だが、こうした祈りは神に届かないことがほとんどだ。

ジュスティーヌにとっては不運な邂逅《かいこう》から一週間後、一部の侍女や召使らに招集がかかった。

終業後の午後六時に、今すぐ各担当部門で点呼を取った上で大広間に来いという。

衣装室の同僚らは「なんなのかしらね?」と首を傾げている。ジュスティーヌにもまったく心当たりがなかった。それよりも、オディールのことばかりが気に掛かっていた。

仕事中に同僚の話に聞き耳を立てていたのだが、「気の強いフォーレ家のお嬢さん」は、すでに三ヶ月以上前からマリオンに仕えているのだそうだ。これまで王宮で見かけなかったのは、マリオンがまだ九歳と幼かったかららしい。マリオンはオディールをすっかり気に入って、しょっちゅう遊び相手にしていたために、オディールはほぼ一日中マリオンの部屋にいるのだという。たまに部屋から出るオディールは、マリオンのお気に入りであることを笠に着て、威張り散らしているらしい。

幸い、今のところはオディールと仕事で関わることはほとんどない。ジュスティーヌはロザリー王女直々の命令ということもあって、もっぱら彼女の衣裳を担当しており、マリオンの衣装については他の同僚が受け持っていたからだ。

では、ロザリーが嫁いでからはどうなるのだろう。マリオンの仕事が回って来てもおかしくはない。そうなればオディールと顔を合わせないというわけにはいかない。

ジュスティーヌは不安でいっぱいになりながら、大広間へと足を踏み入れた。

大広間には顔を見合わせる侍女や召使らで溢れている。皆わけがわからないといった表情だった。

「こんなことって初めてじゃない？」

「何があったのかしら」

小声での会話も大人数になるとざわめきになる。何せ、五十人以上が集まっているのだ。

そのざわめきを高く澄んだ呼び鈴の音が、一瞬で鎮めた。皆はっとして音の源に目を向ける。王宮を管理する執事が何人かの部下とともに立っていた。

「さて、今日皆に集まってもらったのは、今朝から夕方にかけた時間内に、王宮内で盗難があったためだ」

せっかく鎮まった会場内が、またざわりとした空気を含む。

「盗まれたのは、第三王女ロザリー殿下の首飾りだ。あの首飾りに使われていたサファイアは、前国王ロラン一世陛下が前王妃クロエ殿下に贈ったものだ。元は指輪だったものを、クロエ殿下が御愛孫のロザリー王女殿下の誕生された際、嫁ぐ日のためにと首飾りに作り直された。サファイアは〝天使の涙〟と呼ばれる王家の逸品であり、失われてはならないものだ」

大広間に衝撃と動揺が走る。更に、次の執事の言葉で再び騒然となった。

「犯人はこの中の誰かと見て間違いない。それ以外の者には犯行は不可能だからだ」

貴族の身分のある侍女らも同様らしい。出自で疑惑に差をつけるつもりはないようだ。

「ちょっと……何これ。私たちまで疑われているっていうの!?」

「そんな、王家の宝飾品を盗むなんてありえないわ！　バレたら自分が罰されるだけじゃなくて家なんてきっと取り潰しになるわよ!?」

執事は容疑者らの戸惑った声、怒った声を聞き流し、あくまでも冷静な表情と口調で、淡々と冗談ではない告知をした。

「よって、現在皆の手荷物や勤め先を、我々の手により一斉捜査している。これから数時間、君たちにはここにいてもらおう。また今から身体検査を行う。もちろん、男女に分かれ、男には男が、女には女が行うので心配はない」

「ひどい……！」

数人の侍女から声が上がった。首飾りはなくとも、人間、他人には見られたくないものの一つや二つはあるものだ。

「どうしよう……。料理人との浮気がバレちゃう！」

「あ、あなた、召使とそんなことをしていたの!?」

「だって彼、貴族の男よりよっぽどあっちがいいんだもの」

とはいえ、ジュスティーヌがざっと見た限りでは、そこまで深刻な雰囲気の侍女も召使もいなかった。もちろん、ジュスティーヌもこの件についての不安はない。それにしても、王宮内で盗みを働くなど大胆な犯人だ。犯罪に慣れているのではないかという気がした。

その後、ジュスティーヌを含む侍女、召使らは三列に分けられ、執事の部下の女性により順に検査を受けた。

ほとんどが五分も掛からずに終わっていたが、最後のジュスティーヌの番になったところで、女性が「あら」と褐色に染めた髪に目を留めた。

「その櫛……高価な物でしょう？」

ジュスティーヌははっと櫛に手を当てた。それは、シメオンに礼の品として贈られたものだった。彼の手に触れられているような気がして、ここ最近身に着けていたのだ。髪の中に隠すようにして目立たなくはしていたが、女性の目は誤魔化せなかったらしい。

地味で陰気で、異性に言い寄られることもなさそうで、どう見ても裕福でない召使が、手の届かない高価な宝飾品を所有している。怪しまれないはずがなかった。

「自分で買ったもの？　それとも贈られたもの？」

「もちろん贈られたものです」

「どなたから？」

ジュスティーヌは咄嗟に答えられずに口籠った。シメオンだと白状してしまえば、彼が自分との仲を疑われ、噂を立てられるのではないかと恐れたからだ。

貴族が召使に手を出すのは珍しくはないが、シメオンはフロリン貴族一の堅物だとの評判があり、冴えない自分を相手にしていたのだと勘違いされれば、人格や趣味を疑われてしまうかもしれない。これがノエル王子であればいつものことで、「あの人は物好きね」で済むのだが、シメオンとなるとそうもいかない。

その数秒の沈黙は、女性に疑惑を抱かせるのに十分だったらしい。

「ちょっとあなた、こっちに来てくれる？」

ジュスティーヌは大広間の片隅に連れて行かれてしまった。そこでは他にも何人かの侍女、召使が尋問を受けている。

「この櫛、そもそもあなたのものではないのでしょう？」

ジュスティーヌは最初女性の言葉の意味が理解できず、やがて盗んだと決め付けられているのだと知り、真っ青になった。

「違います！　これは本当にいただいたもので……」

「だったら、送り主の名前を言えるでしょう」

どう答えればいいのかがわからず、ジュスティーヌが立ち尽くしたその時だった。

「——その女がやったに決まっているわ‼　櫛だって盗んだに決まっている‼」

甲高い若い女の声が大広間に響き渡ったのだ。声はあの頃とは変わっていないようだった。

「オディール様……」

ジュスティーヌは開け放たれた扉を振り返り、呆然と四年ぶりにその名を呼んだ。

「絶対にまた何か盗むに違いないと思っていたわ。だから、ずっと見張っていたのよ」

オディールはつかつかとジュスティーヌに歩み寄り、憎悪の籠った目で睨み付けた。

「どうしました？」

別室で待機していた執事が騒ぎを耳にし、駆け付けた。扉の前で見張りをしていた召使に問いかける。

「それが……フォーレ伯爵令嬢が『私が犯人を知っているから』と言って聞かず、押し入ってきまして……」

説明を聞く執事の隣には、シメオンも一緒にいた。

なぜよりによって彼がこの場にいるのか――いくつもの把握しきれない事態が一度に起こり、混乱するしかないジュスティーヌを、オディールは容赦なく追いつめていく。

「その女、エリーズって名乗っているようですけど、本名はジュスティーヌ・ドゥ・ロレーヌ――没落貴族の末裔なんです。この女、私の兄の婚約者だったのに、屋敷で家宝の指輪を盗んで追い出されたんですよ‼　兄がせっかく目を掛けてやっていたのに‼」

執事、部下、侍女、召使、そしてシメオンの視線がジュスティーヌに一斉に突き刺さる。「驚いた」「信じられない」と皆の目が言っていた。

ああ、もう終わりだ――ジュスティーヌは体が震えるのを止められなかった。

四年前は必死で無実を訴えた。だが、誰も……婚約者であったフェルナンですら相手にしてくれなかった。

今回は前科があり、しかも身元を偽っていたということで、やはり濡れ衣を着せられるのだろう。こんな状況では自分が第三者でも自分を疑う。

味方が誰もいない中、たった一人で戦うのは難しい。ジュスティーヌがいっそこの場で舌を噛み切り、自害してしまおうかと、絶望に飲み込まれかけたその時だった。

「――証拠もないのに過去があるというだけで犯人扱いは好ましくない。そうして数多くの冤罪《えんざい》が生まれ、中には処刑された無実の者もいたはずだ」

シメオンが言葉とともに大広間を大股で横切り、ジュスティーヌとオディールとの間に立ったのだ。まるで、ジュスティーヌを守る盾となるかのように。

オディールが憤懣《ふんまん》やるかたないといった風にシメオンに詰め寄る。

「そんな女を庇うんですか⁉」

「『そんな女』とはどういう意味だ？　私もエリーズ……いや、ジュスティーヌについてはよく知っている」

シメオンの発言に大広間がどよめきで揺れた。この場合の「よく知っている」とは文字通りの意味ではなく、多少世慣れた者なら男女の仲と取るからだ。これにはオディールも絶句した。

「嘘でしょう……？　シメオン様が……？」

シメオンはジュスティーヌを振り返り、髪からそっと櫛を引き抜いた。手の平に載せ皆に見せつける。

「この櫛は私が彼女に贈ったものだ。……彼女のためだけに作らせた。よって、この櫛は前科には当たらない」

キスされると幸福になれると伝わる紅い瞳――その瞳がゆっくりとオディールに向けられる。

オディールはびくりと身を震わせた。ジュスティーヌにはシメオンの背しか見えず、どんな表情をしているのかわからない。

「オディールと言ったか。お前の家で家宝が盗まれたと言っていたな。覚えている限りでいい。経緯を話せ」

オディールはあの事件を知れば、シメオンも納得すると思ったのだろうか。青ざめ、声は掠れていたが、それでもジュスティーヌを睨み付けたまま語り出した。

十五分後、肩で息をするオディールに、シメオンは感情の籠らない声でこう告げた。

「そうか。あの事件の当事者だったのか。オディール、すべてお前の憶測だな。ジュスティーヌの部屋にあったという鍵も、なんの証拠にもならない」

「……!?　十分な証拠じゃないですか!!」

「ジュスティーヌの部屋には鍵が掛からなかったのだろう？　なら、真犯人が罪を擦り付けるために放り込んでいてもおかしくない。となると、お前にも、お前の母にも、お前の兄にも犯行は可能だな」

家族を容疑者呼ばわりされてカッとなったのだろうか。オディールの顔が見る間に赤くなった。だが、大貴族のシメオンの前なので理性が働いたようで、どうにか声を抑えて「……動機がありません」と訴える。

「そんなことをして、兄と母と私になんの得があるんですか？」

シメオンは腕を組み、淡々と説明した。

「いくらでも考えられる。例えばお前の兄に新しい女ができ、そちらと結婚したくなったので、ジュスティーヌが邪魔になったのかもしれない。そこで彼女を追い出すために一芝居打った。貴族の男は自分が悪者になるのをとにかく回避しようとするからな」

「ああ、なるほど」と大広間の侍女、召使らが頷く。シメオンは更に言葉を続けた。

「お前の母であれば、やはり姑が目を掛ける女など冗談ではないとなり、フォーレ家が責任を負わない形でジュスティーヌを追放しようとしたのかもしれない」

「あるある」「ありそう」と、やはり周囲から声が上がった。

「最後にお前だ。どんな理由があるのかは知らないが、ジュスティーヌを憎んでいるようだな？　動機などそれで十分だ」

言い切られ、反論しようとしたものの、できる材料がなかったのだろう。オディールは声を震わせ「……ひどい」と涙目で呟いた。しかし、乙女の涙もシメオンには通用しなかった。

「オディール、これが、お前が……お前の兄とお前がジュスティーヌにした仕打ちだ」

大広間に打って変わって重い沈黙が落ちる。

その沈黙を破ったのは、侍女、召使全員の職場・所持品の捜査を終え、戻った執事の部下らの報告だった。

「申し訳ございません。首飾りは発見できませんでした」

「こちらもです……」

執事は結果を予想していたのか、たいして残念そうでもない表情で、「そうか。ご苦労だった」とねぎらいの言葉を掛けた。次いで、大広間を突っ切る大声でシメオンに提案する。

「シメオン様、本日はこれ以上の捜査は無理でしょう。解散してもよろしいでしょうか？」

「……ああ。そうだな」

シメオンは何が起こったのかまだ理解できず、言葉もないジュスティーヌを振り返り、手を差し伸べた。

「エリーズ……いや、ジュスティーヌ、行こう。馬車で送る。ソフィが家で待っているのだろう？」


ジュスティーヌが部屋を借りる長屋のある通りは、午後八時ともなると静まり返っている。二つ離れた大通りではまだ明かりが煌々《こうこう》としており、女の腰を抱いた男たちが店で酒を煽っているのとは対照的だった。

ジュスティーヌが音を立てないよう部屋の鍵を開けると、気配を感じ取ったのだろうか、大家の老婆がひょいと中から顔を出した。

「お帰り、エリーズ」

「大家さん……ソフィは元気でしょうか？」

「ええ。咳もしなかったし、食事もちゃんと取ったよ。もう眠っているから静かにね」

「……いつもありがとうございます」

ジュスティーヌは大家に銅貨を一枚握らせた。

「こちらこそ。あんたは金払いがよくて助かるよ」

老婆はランプを手に入れ替わりに部屋を出て行こうとして、その背後にシメオンが佇んでいるのに気付き、「おやおや」とニヤリと笑ってジュスティーヌを肘で突く。

「あんたもやるね。いい男じゃないか。そうそう、まだ若いんだから尼僧みたいな暮らしなんて早過ぎるよ」

ジュスティーヌは苦笑して大家を見送りつつ、明日には長屋中の噂になっているだろうと想像した。見出しは大方『ラ・レーヌ通りの尼僧についに現世の男が出現！　神と二股か！』だろうか。

「どうぞ。狭いですがお入りください」

ジュスティーヌはランプを灯すと、シメオンを中へ案内した。中といっても狭い一部屋にソフィのベッドと小さなテーブル、椅子が二脚あるだけだ。衣類は仕舞うほどないので、片隅の籠に畳んで入れてある。

殺風景なさまにさすがのシメオンも驚いたのだろうか。

「……お前はどこで寝ている？　ベッドは一台しかないのか」

ジュスティーヌは椅子を勧めつつ、シメオンの質問に答えた。

「テーブルと椅子を片付けて、布を敷いて寝ております」

王都は物価も地価も高い。こんな部屋でも安いとは言えないのだ。なるべく節約し貯蓄をしたかったので、生活から一切の無駄を省《はぶ》いていた。

シメオンは椅子に腰掛けると、向かいの席のジュスティーヌをじっと見つめた。ランプに照らし出された美貌が薄闇の中に浮かび上がる。まさか、この部屋でシメオンと話すことになるとはと、ジュスティーヌはなんとも言えない感慨に捉われていた。

「……『ジュスティーヌ』という名だったのだな」

「はい。偽名を名乗っておりました。そうしなければ生きていけなかったので」

ジュスティーヌとは古いフロリン語で、正義を意味する〝ジュスティス〟を女性名化したものだ。母が清く、正しく、美しく生きていくようにとの願いを込めて付けてくれた。事情があるとはいえ本名を名乗らないのは、それだけで母の思いを裏切るようで辛かった。

シメオンが遠慮がちに口を開く。

「まさかお前が噂のロレーヌ家の息女だったとは……フロリンの歴史書にも記されている由緒ある伯爵家ではないか」

「昔のことですわ」

ジュスティーヌからすれば、先祖は偉大だっただの、歴史書に名があるだの、何代も続いているだの、今となってはどうでもいいことだった。必要としているものはそんな抽象的な概念ではなく、今日を生き抜き明日へ繋げる力なのだから。

ジュスティーヌは終わりかけている今日ではなく、すでに明日について考え始めていた。だが、それは決して前向きな気持ちからではなかった。ベッドのソフィに目を向け溜息を吐く。

「シメオン様、先ほどは庇っていただき、誠にありがとうございました」

シメオンもまたソフィの寝顔を見つめた。

「……当然だ。お前が謂《いわ》れのない濡れ衣を着せられるのを、黙って見ているわけにはいかない」

濡れ衣と聞いてジュスティーヌは思わず顔を上げた。

「シメオン様は……私が無実だと信じてくださるのですか?」

貴族社会には噂が出回りやすい。その中で生きる貴族たちも噂を重要視する。未婚の令息・令嬢についてはとりわけ注意していた。自分の息子や娘、あるいは自分自身との縁談を勧めるか、今後社交で付き合うかどうかの材料とするのだ。

フェルナンの領地での出来事ではあったが、社交界でそれなりに名を売っていたジュスティーヌが、盗難の疑いを掛けられ婚約破棄されたのだとの噂は、恐らくシメオンも耳にしていたことだろう。一般的な貴族であればそんな噂を耳にした時点で、即座にジュスティーヌを切り捨てる。真実かどうか以前に、悪い噂の的となり得る——それだけで十分な不安材料なのだ。なのに。

「……お前がそんな真似をするはずがない」

シメオンは力強く言い切り、ジュスティーヌの手に目を落としたのだ。

「……盗人がそんなに澄んだ目と、こんな手をしているはずがない」

たった一人でも自分を信じてくれる人がいる。しかも、それが密かに愛する人だった。

ジュスティーヌは胸がいっぱいになり、シメオンを出会えた幸運に心から感謝した。

一方で、シメオンは深紅の双眸《そうぼう》を鋭く煌めかせ、顎に手を当てる。

「お前を信用しているからだけではない。フォーレ家での事件については前から話を聞いていた。フォーレ伯の婚約者が犯人だとされ、追い出されたのだとも。警察関係者からすれば、容疑者だと思われる者が他にも何人もいるというのに、証拠とも言えない証拠で犯人だと決め付けたのが信じられない。……生贄《いけにえ》にしたのだとしか思えなかった」

ジュスティーヌもいまだに聞き慣れない〝警察〟とは、前国王が退位前に組織した新しい行政機関だ。フロリンの秩序の維持のため、国王の名のもとに、貴族、平民の身分を問わずに、彼らに対し命令や強制ができる立場にある。秩序の維持には、当然犯罪の捜査も含まれる。

本来はなんらかの事件の関係者となった場合、フロリン国民である限り、最寄りの警察機関、あるいは領主である貴族に通報する義務がある。国民の通報を受けた貴族は警察に報告しなければならない。警察はそこから捜査を開始する。

ところが国民の間では警察はまだ認知度が低い。当時のジュスティーヌもそうだった。おまけに、特に中央の目の届きにくい地方では、貴族はいまだに治安維持の役割は自分たちのものだと捉え、警察を軽視する者が少なくない。中央に権限を奪われるのではないかという警戒心もあるのだろう。領内で起こった事件は自分たちで解決してしまい、身内が犯人である場合は揉み消すことすらあった。

これでは警察の意味がないと、現国王は国民への認知を徹底させ、ある程度の規模の街にしかない警察機関を村単位にまで広げようと検討しているそうだ。

「シメオン様は、警察のお仕事もされているのですか?」

「ああ、数年前に国王陛下に任命され、主に貴族の犯罪の捜査を受け持っている。今回王宮で発生した連続盗難事件についても、捜査の一環を任されている」

シメオンがなぜ大広間に登場したのか、ようやく理解できた。おそらく身体検査も、彼の指示によるものだろう。

シメオンは四年前の事件について話を続けた。

「フォーレ家は通報の義務を怠《おこた》り、無断でお前を処罰した。私は噂と部下を通じてその情報を入手し、最寄りの警察機関から捜査員を派遣したのだ。ところが、当主フェルナンは、犯人は失踪してしまったからどうにもならないとの一点張り。また、肝心のお前が姿を消しており、証言が取れずに中断せざるを得なかった。ジュスティーヌ、王宮に来るまで一年以上もの間、お前は一体どこにいた？」

ジュスティーヌはあの惨めな日々を思い出したくなかったし、何よりシメオンに乞食をしていたなどと知られたくはなかった。しかし、こうも騒ぎが大きくなってしまっては、誤魔化すわけにはいかないだろう。

「……フェルナン様の領地や周辺の土地では、どこへ行っても追い出されました。ですから……変装し、王都に逃げて、日雇いの仕事をしておりました。仕事のない日は……物乞いをしておりました」

シメオンの切れ長の目がわずかに見開かれる。

「……宿はどうしていたのだ」

「路上で、あるいは、橋の下で……」

「……」

テーブルに移動したシメオンの手が小刻みに震えている。ジュスティーヌがどうしたのだろうと首を傾げていると、続いてぎりりと歯ぎしりの音が聞こえて、ようやく気付いた。

深紅の双眸に怒りの炎が灯り、燃え上がっている。あの真顔が憤怒に染まっていた。ジュスティーヌが恐れ、怯えるほどの形相だった。

ジュスティーヌが息を呑んでいるのを目にし、シメオンの表情が瞬時に元に戻る。双方合わせて十秒にも満たなかったので、あの形相は幻だったのだろうかと、ジュスティーヌは目を瞬かせた。

シメオンは気まずそうに目をテーブルに落とした。

「……おのれの不甲斐なさに腹が立っただけだ。お前が王都にいたというのに見つけてやれなかった。させなくてもいい苦労をさせてしまった。すべて私の責任だ。……すまない」

ジュスティーヌは、込み上げてくる涙を必死で抑えた。

あの事件について謝罪を受ける日が来るとは思わなかった。しかも愛する人が、自分の理不尽な年月に対して心から怒ってくれている。胸が喜びで熱くなるのを感じた。

「もったいのうございます……。ありがとうございます……。もう十分です……」

もう十分だとの言葉にシメオンが眉をひそめる。

「……ジュスティーヌ、何を考えている？」

いずれはシメオンの耳にも届くのだ。今告げておかなければと、ジュスティーヌは顔を上げた。

「私、王宮の針子を辞めようかと思っています」

公の場でオディールに暴露されてしまったのだ。ジュスティーヌの正体は明日には王宮の侍女、召使中に広まっているに違いないし、フォーレ家での盗難事件についても同様だろう。面白おかしい噂となって、どのような悪女に仕立て上げられるのかわからない。それに、身元を偽っていたのは事実なのだから、いつ解雇となっても不思議ではない状況なのだ。

また、王宮の針子として就職する際に紹介状を書いてくれた以前の勤め先の親方に、極力迷惑が掛からないようにもしたかった。自分が無理矢理に頼んだからと告げるつもりだが、万が一親方も連座で罪を問われることになれば、慰謝料としてこれまで貯めてきた金をすべて渡すつもりだった。

「ロザリー王女殿下にもご迷惑をお掛けしてしまいますし、お世話になっている皆様にも……」

「――駄目だ」

深紅の瞳に再び炎が宿り、その色を一層濃くする。怒りにも似た意志の強さを目の当たりにし、ジュスティーヌは息を呑んだ。シメオンがテーブルの上で拳を握り締める。

「ジュスティーヌ、逃げてはならない。妹を抱えて彼女の安全以外考えられないのは理解できる。それでも逃げてはならないんだ」

ジュスティーヌは思いがけないシメオンの苛烈さに目を瞬かせていたが、やがて言われた意味をようやく飲み込み、そんなことは無理だと首を振った。

「私には財産も後ろ盾もございません。……どうにもなりません」

「そうやっていつまで逃げ続けるつもりだ？」

シメオンの厳しい声が、ジュスティーヌの呼吸を束の間止める。

「逃げて、その先でまた噂になって……お前は無実の罪人のままでもいいだろう。だが、ソフィの将来はどうなる。罪人の妹としてろくな治療も教育も受けられず、息をするだけの人生を歩ませるつもりか」

ソフィについて指摘され言葉もないジュスティーヌに、シメオンは畳み掛ける。

「逃げることは認めることだ。ジュスティーヌ、今逃げればお前は真実罪人だと見なされる。それでもいいのか」

ソフィの将来——ジュスティーヌは震える手で頬を押さえた。

ソフィが生まれて十二年、彼女は人生のほとんどをベッドに伏せっており、ただ生かすことばかりを考えていた。

しかし、もし完治し元気になれば勉強もしたいだろうし、いずれ愛する誰かを見つけ、結婚も考えるかもしれない。商人になりたいとも語っていた。——その時、自分の前科が障害となってしまったら。

「嫌です……」

ジュスティーヌは悲鳴を上げ、椅子を倒して立ち上がった。

「嫌です、嫌です、嫌ですっ……！」

ソフィの将来を台無しにするのは嫌だ。自分の名を隠して、息をひそめて生きていくのも本当はずっと嫌だった。

本当はずっと、自由に、堂々と日の下を歩きたかったのだ。

涙が堰《せき》を切ったように溢れ出し、ジュスティーヌは堪え切れずに顔を覆った。喉の奥から泣き声がせり上がってくる。

「ジュスティーヌ」

シメオンは腰を上げると、泣きじゃくるジュスティーヌを、息もできないほど堅く抱き締めた。幼子を宥めるかのごとく背を優しく擦る。

これだけ力強いのにシメオンの胸は大きく温かく優しく、ほんの少し前まで瞳に炎を宿していたとは信じられなかった。

「よく言った。今まで辛かっただろう。よく頑張った」

そうだ。ずっと誰かにこう言ってほしかったのだと、ジュスティーヌはシメオンに縋りつきながら思った。

三十分後、五年分の涙を流すだけ流し、ようやく落ち着きを取り戻した。途端に、シメオンに抱き締められているのだとはっとし、顔どころか体中がみるみる熱くなってしまう。

「もっ……申し訳ございませんっ……！」

ジュスティーヌが身じろぎをしたことで、シメオンも我に返ったのだろう。腕を解いてジュスティーヌから一歩離れた。

「……すまなかった。……つい」

「いっ、いいえ……私こそはしたない真似をっ！」

シメオンの頬もほんのり染まっているのは気のせいだろうか。

場の空気を換えようとしたのか、シメオンは決まりが悪そうに椅子に腰を下ろすと、あの情熱的な抱擁は幻だったのかと驚くほどの冷静な態度になった。釣られてジュスティーヌもすとんと座る。

「……お前の気が変わってくれてよかった。ここで認めてしまえば、お前は前科一犯どころではなくなるところだった」

どういうことなのかと首を傾げるジュスティーヌに、シメオンはゆっくりと口を開く。

「実は、盗みがあったのは今回のロザリーの首飾りだけではない」

シメオンは現在王宮で何が起こっているのか、自分がどう関わっているのかを切り出す。

王宮で舞踏会や晩餐会、茶会などの行事が開催されると、数ヶ月前から高確率で貴婦人や令嬢らの宝飾品や貴重品が盗難に遭っているのだそうだ。

「これまで事件が明るみに出なかったのは、盗まれた品がいわゆる訳ありの品ばかりだったからだ」

例えば既婚の貴婦人が愛人から贈られた腕輪、吝嗇《りんしょく》家の夫に内緒で特注した指輪、令嬢が婚約者以外の男性から贈られた首飾りなど――なるほど、確かに被害者が訴えにくい品ばかりだ。

「初めは落としたものを盗まれたとのことだったが、次第に手口が大胆になっていった。今回の〝天使の涙〟の前の事件では、とある夫人が飲み慣れないワインで酔っていたところを、背後から首飾りを外して盗っていったのだそうだ」

連続盗難事件が発覚したのは、その夫人の王宮への通報からだった。

彼女の嫁ぎ先は事業の失敗により財政が火の車となっており、王宮での晩餐会に招待されたものの、必要な宝飾品はほとんど売り払ってしまっていた。そこで、親族の一人に真珠の首飾りを借りたのだが、それを晩餐会中に盗まれてしまったのだ。首飾りは高価な品だったため、返せないとなれば弁償しなければならない。だが、もうそんな金は残っておらず、彼女は恥も外聞もなく警察に相談したのだった。

この真珠の首飾りの事件がきっかけとなって、国王が内密に社交界を調査させたところ、被害者らが「夫や婚約者には言わない」という条件で、次々に名乗り出てきたのだという。

「私……そんな事件全然知りませんでした」

「そうだろうな。宮廷でもごく一部の者しか知らない。現在のところ、ある程度貴族の社交界の事情や人間関係に詳しく、王宮に出入りしても不審に思われない人物だということだけがわかっている」

そんな中で今度はロザリー王女のサファイアの首飾りが盗まれた。これは、国王も黙っているわけにはいかなかった。王家と警察の王宮における防犯面での失態を曝け出されたようなものだからだ。

だが、犯人は逮捕しづらい身分ある人物の可能性もある。例えば王族やフロリン滞在の海外の要人などだ。万が一のそうした事態を考慮して、国王は宮廷で最も信頼する二人——シメオンと執事に一連の事件の捜査を命じた。

「大広間で身体検査をした侍女と召使は、容疑者というよりは、王宮外に居を構える者、あるいは首飾りを外に持ち出せる伝手がある者だ」

なるほど、確かに自分も長屋を借りているとジュスティーヌははっとする。大勢を集め、閉じ込めての抜き打ち身体検査を行ったのは、犯人やその仲間がいた場合、逃げる隙や場を与えないようにするためだろう。

「当分は王宮へ出入りするたび、一人一人が身体検査を受けることになる。ただし、これらはお前たち召使だけが対象になるのではない。召使、侍女、貴族、王族、外国人を問わず全員だ。もちろん、私も含まれている」

シメオンの推理によれば、犯人は盗んだ首飾りを外に持ち出せてはいない。王宮のどこかに隠しているはずだという。そのためこれから隅から隅まで捜索を行う予定なのだそうだ。

「そう、だったんですか……」

ジュスティーヌは全体が見えたことで、ようやく情報を整理することができた。

とはいえ、これから何をすべきなのかがわからない。逃げない、立ち向かうとは決めても、身分を偽っていたことについてはなんらかの処分があるだろう。

ジュスティーヌの戸惑いを見て取ったのだろうか。シメオンが「……ジュスティーヌ」と名を呼んだ。

「……その件で一つ提案がある。お前は身元詐称の処分が決まるまでは、謹慎を言い渡されるだろう。盗難の容疑者の一人だと見なされてもいるから、事件が解決するまでは自由な外出は許されないはずだ」

ジュスティーヌは、それは困ると口を押さえた。ソフィの薬や水、食料品に加え、以前の勤め先である仕立屋から受注する、内職のための糸を買いに行けなくなるからだ。特に糸は素人に理解できる買い物ではなく、人に頼むこともできない。

「そんな、そうなっては暮らしていけません……！」

「予想していなかったとはいえ、今回お前がこのような事態に陥ったのは、身体検査を実施した私にも責任がある。そこでだ、これはロザリーからも頼まれたのだが……」

シメオンは真顔で「私の屋敷に来い」と告げた。

その言葉の意味を理解するのに、ジュスティーヌにはたっぷり三分間が必要だった。

「……はい？」

「ソフィと二人で私の屋敷に来いと言っている。お前たちを私の監視下……保護下に置く。ソフィのためにもそうした方がいい」

シメオンが冗談を言ったことはない。では、夢か幻なのだろうか。

シメオンはジュスティーヌの心を読み、憮然として腕を組んだ。

「……冗談でも夢でも幻でもない」

「……」

どうやらシメオンは本気で王都のキャストゥル家に来いと提案しているらしかった。シメオンと一つ屋根の下など心臓が持たないと思ったが、現状で頼れる誰かと言えばシメオンしかいない。

悶々としているのを、返事に悩んでいると感じたのだろうか。シメオンは突然五本の指を立てた。

「私は短気だ。五秒以内に返事をしろ」

「え、ええっ⁉」

「五、四、三、二……」

ジュスティーヌはテーブルに手をついて立ち上がり、「わ、わかりました！」と叫ぶしかなかった。

「短い間ではありますが、お世話になります。……よろしくお願いします」

「……いい子だ」

シメオンの口元にうっすらと笑みが浮かぶ。悪戯《いたずら》を成功させた少年を思わせる笑みだった。

ジュスティーヌはまたしてやられたと苦笑しつつ、それでも、またシメオンの笑顔を見られたことを嬉しく思った。

第三章　一つ屋根の下になりまして

シメオンの予想通りに翌日、ジュスティーヌには二ヶ月の謹慎処分、王宮以外への外出禁止令が下《くだ》った。今後の王宮での勤務の継続については、この期間中に関係者間で協議し、決定次第通知するという。即日解雇を覚悟していたジュスティーヌは、内心拍子抜けしてしまった。

更に翌々日になると、シメオンが約束通りに、馬車で長屋まで迎えに来た。以前は夜間なので目立たなかったが、その日は快晴の真っ昼間であり、黒塗りの高級馬車は寂れた下町にそぐわないことこの上ない。大家も隣人の夫婦者も、目を白黒とさせていた。

といっても、ジュスティーヌたちに馬車を用意するほどの荷物はない。大家に頼んで謹慎中の二ヶ月はこの長屋を確保してもらい、家具はそのまま置いてもらえることになっている。持っていくものはと言えば、数着の私服と妹のソフィだけだった。

「さあ、ソフィ、行きましょう。とっても素敵なお屋敷だそうよ」

「うん、楽しみ！」

ジュスティーヌはベッドに寝そべるソフィの背と腰の下に手を回し、一気に抱き上げようとしたものの、ずしんとしたその重みに目を見開いた。

近頃、ソフィは急激に背が伸び体重も増えている。確かに成長しているのだと思うと嬉しかった。嬉しかったのだが……。

「う、う～ん……」

一方の自分は年を取ったのか力が入らない。針などと軽いものばかり持っているせいだろうか。

「ねえ、姉様、大丈夫？」

「だ、大丈夫よ……」

姉妹がなかなか外に出てこないので気になったのだろうか。シメオンが部屋の扉を開けひょいと顔を覗かせた。

「……どうした、ジュスティーヌ」

今日のシメオンは王宮でよく見る正装でも略装でもなく、無地の濃紺の上着に生成《きな》りのシャツ、黒いズボンの軽装だ。貴族にしては飾り気がなく、流行を追った雰囲気でもない。こうした動きやすい、簡素なものが好みなのかもしれない。貴族然とした服装も似合っていたが、ジュスティーヌにはこの服装の方が、よりシメオンらしく見えた。

「いっ……いいえ。お気になさらず」

もう一度腕に力を込めたものの、やはり思い通りにいかない。このままでは持ち上げられたところで、腰を痛め、ソフィを落としてしまうかもしれなかった。

するとシメオンが「私がやろう」とジュスティーヌの隣に立った。

「お前よりはうまくいくだろう」

そう言って、ソフィは羽だったのかと錯覚するほど、たやすく軽々と抱き上げてしまう。シメオンに横抱きにされたソフィは、「お姫様みたい！」と喜び、その首に手を回した。

「あなたがシメオン様ね？　初めまして！　姉様からたくさんお話を聞いているわ！」

「……ああ、そうだ。初めまして」

シメオンの真顔がふと和らぎ、なんとも柔らかい目になった。初めて見る表情にジュスティーヌは目を見張る。同時に、シメオンに優しく抱かれ、そんな顔をさせるソフィにわずかな嫉妬を覚えた。何を考えているのだと自分を叱ったものの、やはり羨ましく、私も子どもに戻りたい……などと密かに拗ねてしまう。

ソフィは人見知りをしない性格なので、シメオンに抱き上げられながら、次から次へと質問を投げかけた。

「シメオン様はすごく力持ちだけど、どうしてなの？」

「……ソフィが軽いからというのもあるが、以前三年間軍隊にいた。そこで上官に鍛えられたからだ」

「軍隊？　軍隊って国を守る男の人たちのことでしょう？　どうして公爵様がそんなところにいたの？」

「……キャストゥル家には男子は必ず一度は軍隊に入営せよという家訓がある。初代当主が当時の国王に将軍として仕えたからだろう」

シメオンはまず御者に手伝わせてジュスティーヌを入れると、ソフィを抱いたまま自分も馬車へ乗り込んだ。軽い鞭《むち》と車輪の軋む音とともに、馬車がゆっくりと動き出す。

ソフィは次々と移り変わる王都の景色に歓声を上げた。

「姉様！　教会がある！　ほら！　十字架！」

「まあ、本当ね。あら、屋根に気持ち悪い彫刻もあるわ。なんなのかしらね」

「……あれは教会を守護する魔物だ」

「魔物なのに教会を守るの⁉」

はしゃぐソフィを見つめるシメオンの目はやはり優しく、家族に向けられるものに似ていた。

馬車はソフィの「ここも見たい。あそこも見たい」に合わせて王都を二時間かけて回った。

肝心のキャストゥル邸に向かう頃には、体力を使い果たしてしまったのか、ソフィはジュスティーヌに寄り掛かり眠ってしまった。

「外は久しぶりだものね」

シメオンは、ソフィの髪を撫でるジュスティーヌに目を細めた。

「……可愛い子だな。イレーヌの幼い頃を思い出す」

イレーヌとは誰だと首を傾げ、そういえばシメオンには嫁いだジュリエット以外にもう一人、夭折した妹がいたことを思い出す。

「イレーヌ様とは……お亡くなりになった妹君でしょうか？」

「……ああ、そうだ。生きていれば二十二か」

シメオンは言葉少なにイレーヌとの思い出を語った。

イレーヌはシメオン誕生後、キャストゥル夫妻の間に五年ぶりに授かった子で、しかも待望の女児だった。

前国王譲りの青銀の髪に、キャストゥル家の金の瞳を受け継ぎ、家族に溺愛され、蝶よ花よと育てられた。

ところがシメオンが八歳の頃、一家で出かけた旅先で悲劇が起こる。母エステルと侍女がほんの少し目を離した隙に、イレーヌは川へ転落して流されてしまったのだ。

地元の村人を総動員して捜索に当たらせたものの、イレーヌは見つからなかった。それでも夫妻は――特にエステルは、目を離した自分を責め、娘を諦め切れずに探し続けた。

その後、次女のジュリエットを身籠り、無理ができなくなったことでようやく捜索を中断したのだ。

「母はとりわけ愛情深い人だから、今でもイレーヌを忘れていない。いまだに死亡届を出せないと言っていた」

「シメオン様……」

現在、王都のキャストゥル邸に暮らしているのはシメオン一人だと聞いた。イレーヌは亡くなり、両親は遠方の保養地に、もう一人の妹のジュリエットは嫁いでしまっている。

（シメオン様は寂しいのかもしれない。私たちを屋敷に迎え入れてくれたのも、一時でも賑わいが欲しいのかもしれないわ……）

ジュスティーヌはソフィの肩を抱きながらそう思った。

王都のキャストゥル邸には、王宮やその壮麗さに慣れ、並大抵の屋敷では感動しなくなったジュスティーヌも声を上げた。

「なんて綺麗なのかしら……！」

玄関は古代の神殿の様式を採用し、横広がりの屋敷にある窓は数え切れない。光沢のある薄灰色の屋根に純白の壁は、青空の下で眩《まばゆ》く輝いて見える。

王宮に並ぶ王都の一等地であり、地価は目の回る数字だろうに、屋敷の裏側には庭園も設けられているようだ。こんな屋敷でほぼ一人暮らしをしているシメオンが信じられない。

ジュスティーヌはまずソフィを部屋へと案内してもらった。ソフィにあてがわれた部屋は、屋敷でも一際風通しの良い部屋らしい。窓から鳥の巣のかかった庭木も見え、心の慰めになるだろうとのことだった。

ジュスティーヌはソフィの服を寝間着に替えると、召使の手を借り、小さな体をベッドへと横たえた。

「……手慣れたものだな」

背後で様子をうかがっていたシメオンが呟く。

「もうずっとこうしてきましたから」

もし、ソフィがいなかったら、フェルナンに拒絶された後、どうなっていただろうか。

絶望し、すぐに命を断っていても不思議ではなかった。だが、ソフィがいたからこそ生きようと思えた。

今こうしていくつかの幸運に恵まれ、立っていられるのはソフィのおかげだ。

ジュスティーヌが腰を上げると、待っていたシメオンが手を差し伸べる。首を傾げるジュスティーヌに、シメオンは「……エスコートだ」と真顔で告げた。

「いえっ……私は召使ですので！」

ジュスティーヌは固辞したのだが、シメオンはやはりというべきか、強引に断りにくい理由付けをしてきた。

「お前は今この屋敷に客人として招待されている形になっている。私の面子を考えてくれないか」

こうして説き伏せられ、諦め、受け入れるのは何度目だろうか……。ジュスティーヌはおずおずとシメオンの手を取った。

シメオンに比べ、ジュスティーヌの身に纏う衣服は粗末だ。着古した平民の女性の生成りのドレスに、古ぼけて色の薄くなった紺のベストである。シメオンと釣り合いが取れずに、俯くしかなかった。

ソフィの部屋は三階の東にあったが、ジュスティーヌの部屋は二階の西になるらしい。貴族の女性用の豪奢《ごうしゃ》な部屋で、長屋の賃貸が軽く三部屋は入りそうだった。おまけに、浴室つきなのだそうだ。

ジュスティーヌは好待遇に戸惑い、開け放たれた扉の前で立ち尽くした。

「シメオン様……もったいのうございます。ソフィはそのままでお願いしたいのですが、どうか私は召使用のお部屋で……」

「お前は客人だと言っただろう。お前を召使の部屋に入れてしまえば、召使が困る」

シメオンはジュスティーヌの言い分に耳を貸す気はないらしい。くるりと身を翻すと、手を二度高らかに叩き、廊下に控えていたらしい年配の白髪の侍女を呼んだ。

「エマ、ジュスティーヌの入浴を補助してくれ。ジュリエットのドレスがあっただろう。夕食前にジュスティーヌに着せ付けるように」

「かしこまりました」

「シメオン様……！　入浴くらい一人でできますから……！」

ジュスティーヌの訴えはやはり聞き入れられず、部屋にエマだけではなく、二名の若い侍女が足を踏み入れる。手にはガウンや液体の入ったガラス瓶、石鹸らしき塊を手にしていた。

「さあ、隅から隅まで綺麗にして差し上げますよ！」

張り切る侍女一同に浴室へと引き摺られながら、ジュスティーヌは扉の向こうに立つシメオンに助けを求めた。

「し、シメオン様～！」

シメオンはジュスティーヌの悲鳴など我関せずといった真顔だ。

だが、シメオンの無表情とそのわずかな変化に慣れ、感情が読めるようになっているジュスティーヌにはわかってしまった。肩を小刻みに震わせて、口元だけで笑っている――明らかにこの状況を楽しんでいるのだ。

シメオンは部屋を立ち去る間際に、ジュスティーヌにこう言い残した。

「……食事の席で話したいことがある。それまでに、客人に相応しい装いになってもらおう」

意地悪です！と抗議しようとしたものの、恩人にそのような真似ができるはずもない。結局、ジュスティーヌは小舟に似た浴槽に放り込まれ、エマの宣言通りに頭からつま先まで、問答無用で磨かれることになったのだった。

「まああ、髪を染めていらしたんですか⁉　なんて罰当たりな‼　こんなに綺麗な金髪を神から授けられながら‼」

それには事情があると説明しようとしたのだが、お湯が目にも鼻にも口にも入ってろくに話せない。全身からスズランのいい香りがするのは石鹸の香料だろうか。もう何年も石鹸など使っていない。まして、香料入りなどジュスティーヌには手の届かない高級品だったのだ。

「まあまあまあ‼　なんて綺麗なお顔、綺麗なお肌‼　お化粧が楽しみですわ‼　えっ⁉　手入れもせずにこれですか⁉　ジュスティーヌ様、ご両親に感謝しなければなりませんよ‼」

いちいち「‼」付きのお世辞を耳元で叫ばれ、その度に脳内がキーンとなる。しかし、悪気がないのは理解できるだけに何も言えなかった。

二時間かけて入浴を終えたジュスティーヌは、ガウンを着せられると、鏡台の前へと連れて行かれた。今度は薔薇の香りのするクリームを顔に塗られる。

髪がすっかり乾くと、肌触りのいい下着と、花柄を刺繍した、白の綿モスリンのドレスを着せ付けられた。この数年の流行の、切り返しが胸のすぐ下にあり、体を締め付けない直線的なデザインのものだ。化粧を施された後には、髪を梳かれ、整えられる。

「エマさん、失礼します……。シメオン様がこのドレスはジュリエット様のものとおっしゃっていましたが……よろしいのでしょうか？」

すでに嫁いだとはいえ、妹の残した大切な品だ。赤の他人が身に纏ってもいいものなのだろうか。

「ええ、普段着だったものですし、構わないそうですよ。捨てることもできず仕舞いこんでいたんです。まさか、シメオン様が女装するわけにもいきませんしね」

確かに、逞しい体つきで真顔のシメオンの女装は想像したくはない。具体的な映像を脳裏に浮かべそうになったジュスティーヌの耳元で、エマが声を張り上げる。

「さあさあ、仕上がりましたよ」

紅筆を仕舞うと、侍女二人と一緒になって、あらゆる角度からジュスティーヌを眺めた。

「綺麗……」

「綺麗ですわ……」

「まったく、それ以外の言葉が見つかりません……」

うっとりと口々に言われ、ジュスティーヌは思わず俯いた。

その頃にはすでに日が暮れ、夕食の十分前になっていた。満足げなエマに案内され、シメオンの待つ食堂へと向かう。

食堂は晩餐会を開催する大部屋と、家族で食事をする小部屋があり、今日は小部屋を利用するらしかった。小部屋といっても、天井にはもはや芸術品のシャンデリアが飾られ、真下の純白のクロスのかかった長テーブルに、七色の光を放っている。すべての壁には有名画家の手による四季の風景画が掛けられ、食堂にいながらにして景色を楽しめるようになっていた。

長テーブルは十二人用となっており、かつてはここにキャストゥル家の家族が集い、和やかな会話と美味しい食事を楽しんでいたのだろう。だが、今はシメオン一人しかいなかった。

当主の席に腰掛けていたシメオンは、高貴で堂々としていたものの、どこか孤独にも見えてしまった。

「ジュスティーヌ様がいらっしゃいました」

エマの声にシメオンは伏せていた顔を上げる。そして、ジュスティーヌを目にして絶句した。

「……ジュスティーヌ……？」

「見違えましたでしょう？　髪を染めていらっしゃったんですよ！　青みを帯びた金髪なんて珍しいですわね‼」

エマはジュスティーヌにシメオンの斜め右の席を勧めると、役目は終わったとばかりに食堂を出て行ってしまってしまった。

二人きりで食堂に取り残されると、四年ぶりに着たドレスに気後れしてならない。シメオンが先ほどから名を呼んだきり口を利かないので、ジュスティーヌはみっともなくはないかと不安になってしまった。

前菜のパテと温野菜が運ばれてきたところで、シメオンがカラトリーを手に取り、ようやく口を開く。

「……お前はそのような髪の色だったのだな。てっきりソフィと同じ色かと思っていた」

ソフィの髪は確かに父に似た褐色である。姉妹なので変装するなら最も不自然ではないからと、髪を染める際にはその色を選んだ。

「騙すような真似をして申し訳ございません。この髪の色はフロリンでは珍しいようで、身元を特定されやすかったので……」

「……」

シメオンはジュスティーヌの言い訳も聞かずに、無言でジュスティーヌを見つめていた。

男性らしい美貌に長時間真顔で凝視されると、いくら自分でも赤面してしまう。ジュスティーヌは気恥ずかしく、顔を伏せてシメオンから目を逸らした。食堂に伸し掛かる沈黙をどうにかしようと、おずおずとシメオンに話を切り出す。

「シメオン様……入浴前にお話があるとおっしゃられていましたが、そちらの件についてお聞きしてもよろしいでしょうか？」

シメオンははっとして「ああ、そうだな」と呟くと、やってきた召使に注がれたワインを一口飲んだ。

「……先日、お前の処分について陛下、ロザリー……王女殿下と話し合いの場を設けた」

自分の進退の件だと聞き、ジュスティーヌは姿勢を正した。どのような処分でも受け入れるつもりだった。

ところが、シメオンの口からは、意外な結果を聞かされたのだ。

「王女殿下は今回の件だけではなく、お前がフォーレ家で盗みを働いたなど、とても信じられないとおっしゃっていた。また、無実の罪を着せられていた場合、お前が身元を偽るのは止むを得なかったのだろうとも」

そこで、シメオンに調査を依頼したのだそうだ。今回の件だけでなく、当時フォーレ家で何があったのかも調査しろと。

ロザリーはジュスティーヌが無実だと信じてはいるが、それがお気に入りの召使に対する好意から、目が

曇っていないとは言えないと考えているらしい。信頼できる第三者の視点と証拠が欲しいと訴えたのだそうだ。

ジュスティーヌはロザリーの厚意に胸が熱くなるのと同時に、権力を持つ自分の意で事実を捻じ曲げまいと努《つと》め、誰に対しても公正であろうとする態度に感心した。シメオンも同じことを感じていたようで、「ロザリーはよいブリタニア王太子妃になるだろう」と呟く。

「……そこで不愉快かもしれないが、お前にフォーレ家で何が起こったのかを聞きたい。オディール・ドゥ・フォーレからある程度の事情は聞いているが、初めからお前を犯人だと決め付けていてまずい。フォーレ家の事情を把握したいので、お前がフォーレ家にどのような経緯で雇われ、当主のフェルナンの婚約者となり、破棄に至ったのか。また、当時のフォーレ家の人間関係がどのようであったのかを知りたい」

ジュスティーヌはそういうことならばと、頭の中で一つ一つ整理をしながら、過去について語った。

フォーレ家におけるフェルナン、グレース、コンスタンスの力関係。自分がフェルナンとどう出会い、どう破局したのか。

シメオンからすれば従兄なのだから、気を悪くするかもしれないと思いながらも、ノエルからの求愛についても話さざるを得なかった。フェルナンの態度が目に見えて硬化したのは、確かにノエルの贈り物攻撃以降だったと感じていたからだ。もちろん、借金苦の叔父についても漏らさず語った。

胸が痛むのではないかと恐れていたのだが、肝心の家宝の指輪の盗難事件の話題に差し掛かっても、意外なことに、すらすらと証言することができた。

ジュスティーヌはこの時、濡れ衣で負った汚名についてはともかく、フェルナンへの恋心は完全に過去となっているのだと気付いた。だからこそ、こうして澱《よど》みなく口にできる。

きっと一生忘れられない。抱えて生きていくしかないと思っていたのに――。

すべてを打ち明けたジュスティーヌを前に、シメオンが「そうだったのか」と溜息を吐く。

「辛い思いをしただろう。無実だろうと罪人だろうと、病人を抱えた女を放り出すなど、私からすれば信じられない話だ」

ジュスティーヌはそこでつい、「あの」と声を上げた。

この四年間、自分の不幸を心のどこかで嘆き、フェルナンの薄情さを非難していたように思う。しかし、今となってはフェルナンの立場も理解できる気がするのだ。

「きっとフェルナン様も仕方がなかったのだと思います。あの時は確かに私が最も疑わしかったですし、誰かを罰しなければフォーレ家は収まらなかったでしょう。それに……私はもともとあの方に拾われなければフォーレ家当主の婚約者となるどころか、父より年のいった仲介人の愛人になるしかなかったのです」

シメオンにもロザリーにも出会えず、老人の籠の鳥として飼われ続け、食うには困らないながらも、絶望し続ける日々になっていたのかもしれない。

「だが、お前を窮地から救い出したからといって、濡れ衣を着せてもいい理由にはならないだろう」

シメオンの口調はいつも以上に硬く、どこか厳しく、真剣に腹を立ててくれていることが感じ取れた。正義感のある方なのだと、ますます惹かれてしまう。

一方、シメオンはジュスティーヌの心境に納得がいかないらしい。

「お前はあの男を……フェルナンを憎んではいないのか？」

珍しく苛立たし気にテーブルにグラスを置くと、あの深紅の瞳でジュスティーヌを見つめた。

「まだ愛しているのか？」

これにはジュスティーヌは大きく首を横に振った。振り過ぎてわざとらしくなってしまったほどだ。

「滅相もございません。すでに婚約を破棄された身ですし、私とあの方では家の格が違います。それに――」

すると、憤りのあまりなのか、それとも血の繋がりによるものなのか、シメオンはジュスティーヌが説明を終える前に、ロザリーとほぼ同じ台詞を吐いたのだ。

「男が女を、女を男が愛することに、家の格など理由にはならないだろう。お前はロレーヌ家の息女だ。今更なんの障害がある。後は二人の気持ちだけの問題ではないか」

ジュスティーヌは言い返せなかったというよりも、シメオンがここまで声を荒らげ、激しい感情を露《あら》わにするなど初めてだったので、呆然と彼を眺めることしかできなかった。

シメオンも大貴族――というよりは、自分らしからぬ態度を取ったとはっとしたらしく、気まずそうに再びグラスに口を付ける。

「……すまなかった。あまりに理不尽なので、つい感情的になってしまった」

ジュスティーヌはいまだに驚きながらも、「その……持参金もないので」と口籠った。

「持参金？」

「はい……。ご存じでしょうが、ロレーヌ家は名ばかりの貴族です。この通り家屋敷どころか財産もございません。フォーレ家からすればなんの利点もないので……」

尤も、すべてが揃っていたところでフェルナンとの復縁は有り得ないだろう。フェルナンが自分を切り捨てたからだけではなく、自分ももうフェルナンを愛していないからだ。

名のある貴族の当主も大変な立場なのだと、同情すらできるようになったことがその証拠だろう。愛が哀れみに変わったのは、もう終わったということだ。

「……そうか」

シメオンはそう呟き、中断していた食事を再開する。

後はロザリーの嫁ぎ先のブリタニア王国や、昨今宮廷に流行する衣装などの、当たり障りのない話題へと移行し、フェルナンについての話題はそれきりとなってしまった。

キャストゥル邸での日々は何事もなく淡々と過ぎていった。

ジュスティーヌはエマに、何か手伝えることはないかと申し出たのだが、エマからの返事は「お客様に召使の仕事など、とんでもございません!!」だった。

この屋敷でジュスティーヌが許されていることはと言えば、ソフィの看病とドレスを身に纏い化粧をすること、シメオンと朝食や夕食、お茶、食後の会話を共にするくらいだ。シメオンが宮廷に出仕する日中などは、まったく何もすることがなく困った。

初めの一週間はソフィの下着、寝間着、普段着をひたすら縫っていたものの、エマに「これ以上お作りになると、ソフィ様がお二人必要です！」と叱られてしまった。

「読書やピアノの演奏はいかがでしょうか？」と勧められたものの、夢物語を描いた小説など白けて読む気もしないし、楽器を楽しんで演奏するほどの教養もない。

ジュスティーヌは不安のない、豊かな生活に慣れてしまうのが怖かった。謹慎の解ける二ヶ月後には、解雇になるにせよ、勤め続けられるにせよ、この屋敷を出て行かなければならない。労働者の感覚を失いたくはなかったのだ。

シメオンのそばにい続けることも辛かった。一つ屋根の下で過ごしていると、どうしても意識してしまうし、どんどん好きになってしまう。本来、手の届かない人が触れられる距離にいるのは拷問だ。いっそずっと遠い存在のままの方が楽だったとすら感じた。

どうしたものかと困り果てていた頃に、キャストゥル邸に思い掛けない客が訪れた。


半月が過ぎた頃のことである。いつもは七時頃に帰宅するシメオンだったが、その日は二時間も遅く専用馬車が屋敷に到着したのだ。

ジュスティーヌとエマが何事かと出迎えに行くと、シメオンの隣であの軟派王子、ノエルが手を振っていた。笑顔のノエルとは対照的にシメオンは相変わらずの真顔だ。

「やあエマ、久しぶりに飲みに来たよ」

「まあまあ、ノエル様いらっしゃいませ」

ノエルは女性に対しては、年齢・容姿・身分問わず外面がよいらしく、召使らに「綺麗になったね」だの、「まだ独り身なのは俺のため？」だのと、ところ構わず節操なく愛嬌を振りまいている。

最後にジュスティーヌに目を留め、「これはこれは」と大袈裟に手を広げた。

「こちらが噂のロレーヌ嬢か。確かに、湖の精を思わせる美しい人だ。お前が囲いたくなるのも当然だな」

まるで初対面かのような物言いだ。どうやら予想通り、ノエルはジュスティーヌのことを覚えていなかったらしい。

しかし囲うという単語にジュスティーヌは眉をひそめる。シメオンは、親切心からだけではなく、ロザリーの意向もあって自分を迎え入れたに過ぎない。その言い方では愛人扱いではないかと不快になる。シメオンは断じてそのようなふしだらな男性ではない。

しかし、王子に文句を言うこともできずに、ジュスティーヌは不満を飲み込むしかなかった。

シメオンとノエルは王宮で食事を済ませ、軽く飲んできたとのことだった。どうやらキャストゥル邸でもう一杯やるつもりらしい。

ジュスティーヌは従兄弟同士、二人きりで話したいのだろうと、挨拶だけしてすぐに部屋に戻るつもりだった。ところが、ノエルがジュスティーヌに手招きをし、「君も来いよ」と誘ってきたのだ。

「今日俺がここに来たのは、こいつに四年前のフォーレ家の事件について知っている限り話せって言われたからなんだよ。俺もちょっと関係者になっているんだってね？」

ノエルは良くも悪くも社交的な性格で、身分を問わずにとにかく顔が広い。当時のフォーレ家の噂や評判を知人らに聞き出してほしいと、シメオンに頼まれていたらしい。今日の飲み会はその代金なのだそうだ。

ノエルは肘でシメオンの肩を突いた。

「こんな機会でもないと、こいつは俺に付き合ってくれないからね。ジュスティーヌって言ったか？　君は無理に飲まなくてもいいから」

やはり自分のことは完全に忘れているようだ。ジュスティーヌとしても気まずくなるのは嫌だし、シメオンに迷惑をかけたくはなかったので、その方がありがたかった。

ノエルへの聞き取りはキャストゥル家の居間で行われた。シメオンの母エステルの趣味なのか、淡い黄色の壁紙は可愛らしい小花柄で、布張りの長椅子や絨毯の柄も同じだった。

シメオンとノエルは隣同士に、ジュスティーヌは丁寧にニスの塗られたテーブルを挟み、その向かいの長椅子に一人で腰掛けた。男二人はワイングラスを、ジュスティーヌは茶が注がれたカップを手に、雑談を交えながら当時の状況について語った。

まずはジュスティーヌについてシメオンに聞かれ、ノエルがワインを傾けつつ目を泳がせる。

「うう～ん、悪い。女には片端から声を掛けているから、ジュスティーヌのことは正直ぼんやりとしか覚えていないんだ」

シメオンの目が「やっぱりな」と言っている。

「そう答えると思っていた。その件についてはもういい。では、フォーレ家はどうだ？　何か変わった噂はなかったか？」

「フォーレ家ねえ。まあ、あそこの長男坊は口うるさい祖母さんとお袋さんに挟まれて、気の毒だとは思っていたよ。遊び仲間も似たようなことを言っていたな。あいつは家のことばかり考えているってね」

フェルナンは遊び好きな性格でもなく、それだけに家庭での疲れや緊張が発散できず、いつも元気がなく見えたのだそうだ。

「……他には何かないか」

「ん～。ああ、そうそう。オディールって言ったか。あそこの家の我儘一人娘。俺に首ったけとは聞いたことがあったな。でも、まだガキだったからな。俺に幼女趣味はないんだ。やっぱり大人の女じゃないと。胸がボン、腰がキュッ、尻がボンってなってなってなきゃ無理だな」

ノエルの趣味以外は目新しい情報は何もない。もう何年も前の事件なのだから無理もないのかもしれないが、それでも、シメオンはまだノエルから新情報を引き出そうとしていた。

「……では、質問を変えよう。フォーレ家の経済状況について調査したが、フォーレ家そのものにはなんの問題もなかった。だが、個人の借金まではさすがに把握できない。フォーレ家の者で金に困り、知人、友人に金の無心をした者はいなかったか？　そうした者が家宝の指輪を盗み、売り払った可能性もある」

「そんな噂は聞いたことがないね。……いや、待てよ。どこかで妙な話を聞いたような……」

ノエルはワイングラスをテーブルに置いた。顎に手を当てて宙を睨み付ける。

「ここまで出掛かっているのに、出てこない……。シメオン、時間をくれないか。思い出したら連絡するから」

「……ああ。いつでも構わない」

シメオンはその後もいくつか質問をし、気になったことを紙に書き付けていた。

ノエルはワインを飲みつつシメオンを面白そうに眺めていたが、やがて飽きてしまったのか、ふとジュスティーヌに視線を移した。

「俺も君が盗みを働いたなんて信じられないね。君ほどの美貌の持ち主なら、盗むまでもなく男に貢がせればいいだけの話だ。社交界でウブな連中に、ほんの少し微笑みかけただけで金貨の山が積み上がるだろうさ。フォーレ家の長男坊はその程度の推理もできなかったとはね」

冗談のつもりなのだろうが、ジュスティーヌもこの発言には、さすがに拳を握り締めた。金のために容姿を武器に男を利用する女だと言われた気がしたのだ。

また、ノエルが自分のしたことに、あまりに無神経なのにも苛立った。ノエルが婚約者のある身の自分を口説き、頼みもしない贈り物を続けたことで、フェルナンやオディールの気分を害してしまったのだ。ノエルにとってはほんの戯れだったのだろうが、間違いなくフォーレ家の人々の信用を失うきっかけになった。

フェルナンにすでに未練はないが、ノエルはこれからもこのような軽率な行動をするつもりなのだろうか。その裏で泣いた人々がどれだけいるのだろう。王族だからといってなんでも許されるのだろうか。

ジュスティーヌが怒りを抑え黙り込んでいると、シメオンが不意に羽ペンをテーブルに置いた。

「ノエル、私の客人を侮辱するつもりか」

「軽い冗談だよ。怖い顔をするなって」

シメオンは瞬きもせずに、へらへらと笑うノエルを見据える。

「冗談かどうかを判断するのはお前ではない。ジュスティーヌだ。彼女が身分をわきまえ、言い返せないと知っていてそう言っただろう。お前は確かに社交的で友人、知人は多いのだろう。だが、味方だと言い切れる者はいないのではないか」

痛いところを突かれたらしい。ノエルは引き攣った笑みを浮かべた。

「お前は俺の味方じゃないのか？」

「……今後のお前の言動による」

シメオンは説教を長引かせるつもりはないらしく、紙を折り畳んで懐に仕舞うと、「最後まで飲め」とノエルのグラスにワインを注いだ。

「っとっとっと……容量ってものを考えろよ」

二人の遣り取りを見ながらジュスティーヌは思う。

確かにシメオンはノエルのように社交的ではない。しかし、いざという時に駆け付ける味方はたくさんいるのだろう。自分もちっぽけな存在ではあるが、寄り添うことができないのなら、せめてシメオンの味方になろう――心の中でそう誓った。

その後、ジュスティーヌは夜も更けたということで退出したが、シメオンとノエルは延々と酒を酌み交わしていた。ノエルは今夜キャストゥル邸に宿泊するのだろう。

ジュスティーヌはベッドに入る間際になって、ふとまだ二人が飲んでいるのかと気になった。上着を羽織り、ランプを手に居間を確認しに行く。扉の隙間から光が漏れ出てはいるものの、声や物音は聞こえなかった。

ジュスティーヌは恐る恐る中へ足を踏み入れた。

予想通りにシメオンは腕と足を組み、長椅子に寄り掛かって眠っている。ほとんど姿勢が崩れておらず、シメオンらしいとつい笑ってしまった。ノエルは向かいの長椅子にだらしなく横たわっている。二人とも寝室に向かうのは無理だろう。

ジュスティーヌは持参の毛布をまずノエルに掛けた。次いでシメオンの膝に掛けようとして、瞼の閉じられた美貌にドキンとする。

紅い髪がかすかに乱れ、頬に陰影を作っている。ジュスティーヌは愛おしくてたまらなくなり、起こさないようそっと隣に腰掛けると、つい指先で影をなぞってしまった。酒に火照っているからか、シメオンの頬はかすかに熱かった。

こうして触れられるのは最初で最後かもしれない——感動と切なさに溜息を吐いていると、背後から「へえ、やっぱり」とノエルの声が聞こえ、ジュスティーヌは肝を潰した。まさかと思って振り返ると、ノエルがじっとこちらを見つめている。

「君は、今はシメオンが好きなんだ? 心変わりが早いね。フォーレ家の長男坊は、君に、『僕にとっての人生の喜びは君だ』とまで言ってくれたんだろう? 男からすれば薄情に思えるね」

ノエルの台詞から、彼はジュスティーヌを忘れていないどころか、詳細までしっかり記憶していたのだと知り目を見開いた。

「なぜ……覚えていない振りをされていたのですか？」

「シメオンには知られたくなくてね。俺は君に最低のことをしたから」

ノエルは頭を掻きつつ長椅子から体を起こす。

「……信じてもらえないだろうけど、君には本気で……いいや、本気だったんだよ。一途で賢くて可愛くて……こんな子が貴族にいるのかと驚いた。絶対にフォーレ家の長男坊から略奪してやるって頑張ったんだけど、君は俺に見向きもしなかった」

その後、ノエルはフォーレ家からジュスティーヌが家宝の指輪を盗んだため追い出された、という噂を聞いて驚いた。ノエルはジュスティーヌに高価な贈り物を雨あられとしていた。金が必要ならそれらを売却すればいい。罪を犯す必要がないと感じたからだ。

「すぐに追い掛けて、君を助けようと思ったよ。でも、止めた。どうしてだと思う？」

ジュスティーヌが縋り付いてくるのを待っていたのだそうだ。あの時は袖にして悪かった。どうか助けてくれないかと、頼ってほしかったのだ。

ところがジュスティーヌは妹とともに行方をくらまし、ノエルが手を尽くして探しても見つからなかった。

一年後、王宮にジュスティーヌがやって来た時には仰天した。名前を変え、美しい金髪を褐色に染め、すっかり地味になり、別人となっていたからだ。

「よっぽど声を掛けようかと思ったけど、やっぱり君から来てほしくて、無駄な時間を過ごしたよ」

ジュスティーヌはノエルの告白に、ただただ息を呑むしかなかった。ノエルを頼ろうなどという発想はまったく浮かばなかったからだ。

「どうも俺ってすっかり忘れられていたみたいだね。……わかってはいたけどきついな。今まで遊んできた罰かな」

ノエルはシメオンに目を向けぽつりと呟く。

「俺とシメオンって、よく見ると顔はほとんど同じなんだよ。俺の親父って言うか、祖父と……前国王とそっくりなのさ」

ジュスティーヌはそんな馬鹿なとシメオンとノエルの顔を見比べ、確かに髪と瞳の色以外はほぼ同じなのだと知って目を瞬かせた。性格が違うとこうも違って見えるものかと驚く。

「だけど、君はシメオンを中身で選んだんだよな。悔しくて、ちょっといじめたくなったのさ」

ノエルは膝の上に手を組み、顔を上げた。

「ジュスティーヌ、君の恋心を挫《くじ》くようで悪いけど、そいつと結ばれることは難しいと思う。……わかっているだろう？　そいつは結婚後、女は妻一人だと決めている。そんなことを言うくらいだ。相当条件のいい女を選ぶつもりなんだと思うね。だけど君は没落貴族の出身で、美しさ以外何もない」

そう、シメオンは妻一人を愛すると決めている。

「それに、君はいずれ処分が決まってここから出て行くんだろう。シメオンを愛しても辛いだけだと思う」

ノエルの言葉は正しかった。わかっているが、ジュスティーヌは、すうっと全身の血が冷たくなっていくような感覚を味わう。

「引き返せないところにまで行く前に諦めた方がいい。本気になるっていうのはみっともなくて苦しいことだからね」

ノエルは背伸びをすると肩を慣らしながら、「さて、寝るか」と居間を出て行った。最後に、「もし、気が向いたら俺のところにおいで。今度こそ結婚しよう」と笑って。

残されたジュスティーヌはノエルの言葉を噛み締める。

――君は没落貴族の出身で、美しさ以外何もない。

何もかもが正論であり、反論できる余地などなかった。


数日後、ジュスティーヌは軽い風邪を引いたソフィを見舞い、野菜たっぷりのスープを食べさせた。

数年前までのソフィであれば、一度風邪を引けば肺炎に繋がりかねず、一時も目を離せなかったが、今はこうして栄養を取ればすぐに回復する。キャストゥル邸で至れり尽くせりの看護を受けているだけではなく、シメオンの好意で医師にかかることができているからだろう。

キャストゥル家の主治医の診察によると、ソフィは生まれつき気管が弱く、炎症を起こしやすいので、呼吸困難に陥りやすい。だが、このまま治療を継続していれば改善し、普通の生活は問題ない程度にはなるのだそうだ。また、埃っぽく乾燥した王都ではなく、森や湖があり空気が綺麗な土地での静養を勧められた。

治療に非常に効果が高いらしい。

シメオンは医師からその話を聞き、電光石火の早業で、別邸にソフィを移す手続き済ませてしまった。その別邸の周辺はまさに医師が勧めた環境で、治療にうってつけだったからだ。風邪が完治すれば、ソフィはこの屋敷から別邸に移ることになる。

ジュスティーヌは王宮以外への外出を許されていないので静養先まではついていけない。シメオンは医師を同行させると言っているものの、ソフィと長く離れることになるのは初めてで、ジュスティーヌは心配でならなかった。

ところが当のソフィは生まれて初めての馬車での旅行や森や湖がある地と聞き、うきうきしているらしい。

「ねえ、姉様、私、湖って初めて見るの。リズリー川より幅があるの？」

「そうねえ。湖には流れがないの。大きな穴に水が溜まっているそうよ」

「お魚はいる？　白鳥は？」

「ええ、いるって聞いたわ」

「わあっ！　楽しみ！　エサあげたい！」

自分はついていけないと説明しているのだが、特に寂しいとも感じていないようだ。手紙を送るからとは言っているが、この分ではろくに読んでくれるのかどうか。

ソフィは体だけではなく心も成長しているのだと実感する。これまで親代わりを務めてきたが、ソフィもいずれは自立あるいは愛する者を見つけ、遠くへ行ってしまうのだろう。

（そうだ、ソフィはいずれいなくなるんだ）

ジュスティーヌはソフィの前髪を直しながら愕然とした。

今回は謹慎が終わるまでの期間だが、そう遠くはない将来……早ければ五、六年後には、自分は独りぼっちになってしまう。その後の人生をどう過ごしていけばいいのだろうか。これまで深く考えたこともなかった。いいや、恐ろしくて無意識に考えないようにしていたのかもしれない。

「姉様、どうしたの？」

急に口数が少なくなった姉の顔を、ソフィが覗き込む。

「……なんでもないわ。ねえ、別邸に綺麗なお花があったら、押し花にしてくれる？」

「うん！　約束する！　お土産にするね！　どんなお花が咲いているかなあ」

正直、フォーレ家での窃盗が冤罪だったと証明され、今回の事件へ関与していなかったと明らかになっても、この先自分が結婚できるとは思えなかった。だから、新たに家族を得られるとは思えない。

冤罪だろうが一度噂となり、持参金も人脈もないジュスティーヌを、同階級の貴族は相手にしないだろう。一般的な平民からすれば、身分違いの貴族と結婚すること自体が有り得ない。身分はないが金のある成り上がりにとっては、没落貴族の娘は高貴な血を入れるための格好の物件なのだが、わざわざ訳ありの自分を選ぶ理由もない。

何より、自分はシメオンを愛しているのだ。他の男性など考えられなかった。

――独りぼっちとなったその先は、一体誰のために、なんのために生きていけばいいのだろう。

ありありと予想できる孤独に、押し潰されてしまいそうだった。

どうにもならない暗い将来ばかりを考えていたからだろうか。ソフィを見送って二日後、ジュスティーヌは何年ぶりかに高熱を出して寝込む羽目になった。病は気からとはよく言ったものだ。

「ジュスティーヌ様、お加減はいかがですか？」

時折エマやその他の侍女が寝室に訪れ、汗に濡れた下着や寝間着を替え、水を飲ませて去っていく。辛うじて誰が誰かまでは見分けがつくが、意識が朦朧《もうろう》として時間の経過がわからない。

ジュスティーヌは寝て起きてを繰り返し、細切れとなった昔の夢を見た。

夢には手放した屋敷で家族と暮らしていた頃の一場面もあれば、フォーレ家でグレースの世話をし、刺繍や裁縫を褒めてもらい、照れているところもあった。

ほとんどが幸せな夢だったが、熱が高い時には悪夢も見た。

ある夜、フェルナンに盗みの濡れ衣を着せられ、糾弾される真っただ中にジュスティーヌはいた。

『……がっかりしたよ、ジュスティーヌ。だが、婚約者だからと言って、君の処分を甘くするつもりはない。今すぐその沼に飛び込んでもらおう』

闇に閉ざされた空間で、死に神の装束のフェルナンが淡々と告げる。

違う。フェルナンはここまでは言っていなかった。

「お待ちください……待ってください。フェルナン様、待って……」

フェルナンに連れて行かれた沼は、黒くドロドロと濁《にご》って底が見えない。あのドロドロしたものはこれから先訪れる不幸なのだと直感した。

「フェルナン様、お願いです。フェルナン様……私を捨てないで」

しかし、フェルナンはまったくの無表情だ。必死に慈悲を求めたのも虚しく、ジュスティーヌは闇の凝《こご》った人形《ひとがた》に両腕を取られ、底なし沼に放り込まれてしまった。

「フェルナン様……！」

助けを求めて伸ばした手を誰かが掴む。

「……フェルナン様？」

ジュスティーヌが恐る恐る瞼を開けると、切れ長の目の中にある深紅の瞳に、弱った自分の姿が映っているのが見えた。

「シメオン、さま？」

「……無事か。ひどくうなされていたので驚いた」

夢か現かまだ区別がつかないジュスティーヌに、シメオンは言い訳のように口を開く。

「就寝前に、お前の容態が心配になり見舞いにきてしまった。……そうしたらお前が手を伸ばしているから」

寝間着の上にガウンを羽織っているのはそのためだろう。

シメオンはまだジュスティーヌの手を握り締めながらも、どこか気まずそうに目を泳がせていた。

「……フェルナンでなくてすまない。だが、つい……」

「いいえ……。ありがとうございます。助かりました……」

シメオンはベッドの縁に腰掛けると、ジュスティーヌの額をハンカチで拭った。

「……汗をかいたからか、熱はだいぶ下がったようだな。今日中には楽になるだろうと医師は言っていた」

そのハンカチがいつか刺繍した犬猫のハンカチだったので、なんてシメオンに似合わないのだろうとつい笑ってしまう。

「……どうした？」

「いいえ。そのハンカチ、お使いいただいているんだなって……」

シメオンが少々困ったような表情になる。数秒ののち説明をしてくれた。

「……ああ。これだけ見事な刺繍だ。宮廷でお前の宣伝にも使えると思ってな」

なるほど、そうした顔の売り方もあるのかとジュスティーヌは感心した。グラス侯爵夫人もそうして自分の名を広めてくれたのだと思い出す。

「ありがとうございます。もったいのうございます……」

シメオンは他に掛ける言葉も話題もないのか、ひたすら無言でジュスティーヌの顔を拭い続けていたが、やがて遠慮がちに「どんな夢を見ていた？」と聞いてきた。

「夢です。もうずっと昔の怖い夢……」

ジュスティーヌはシメオンを見上げ、シメオンもジュスティーヌを見下ろす。深紅と藍玉色の視線が宙で音もなく絡み合った。

「でも、本当に怖いものは過去でも、夢でもありません。将来です……」

「将来？　なぜだ」

熱で理性が破壊されてしまったのだろうか。ジュスティーヌは驚くほど素直に本心を語ることができた。

「ソフィが独り立ちをしたり、お嫁に行ってしまったら、私にはもう誰もいないんです。それが、怖い」

「……その、ジュスティーヌ、お前さえよければ、」

何かを言おうとしたシメオンを、ジュスティーヌは体を起こすことで遮った。シメオンが焦ってジュスティーヌを寝かせようとする。

「お前は病み上がりだ。まだ横になっていた方が」

この時、いくらいつもとは精神状態が違っていたとは言え、なぜそこまで大胆な真似ができたのかわからない。わからないが、ジュスティーヌはシメオンの頬を包み込み、ぐいと自分のもとへと引き寄せた。

睫毛と睫毛が触れ合う距離で見つめ合う。シメオンは息を呑んでジュスティーヌを凝視していた。

「ジュスティーヌ⁉」

「シメオン様、恐らく私はもう誰とも結婚はできませんし、しません。……たった今決めました」

「……っ」

シメオンはかすかに唇を噛んだ。

「なぜだ。お前はまだ若く美しい。……なぜフェルナンに、終わったことにそうもこだわる。過去など気にせず、お前自身を愛し、何もなくても構わないと思う男はきっと現れる。もうお前のそばにいるかもしれないだろう」

「それでも決めたのです。私は一生独りです。だけど、誰の温もりも快楽も知らないまま、ソフィのいない将来を生きていくのは寂しすぎる」

ジュスティーヌはシメオンに「抱いてください」と告げた。

「私に女の喜びを教えてほしいのです。せめて、男性がどんなものかを知りたい」

切れ長の深紅の目が大きく見開かれる。

「ジュスティーヌ、お前は何を言っているのかわかっているのか。純潔は女にとって愛する男のために守るべきものだろう」

「これから先結婚することもないのに、どこの誰のために守れと？」

「……」

女に言い負かされるなど初めてだったのだろうか。シメオンは目を瞬かせながらも、「だが」と口を開く。

ジュスティーヌはシメオンが説明する前に遮った。

「シメオン様が妻となる方だけしか愛さないのは存じております。私に愛は必要ありません。ただ、抱いてくれればいい」

嘘だった。本当は身も心もシメオンのすべてが欲しかった。それが無理ならせめて体と思い出だけでも手に入れたかったのだ。

ジュスティーヌの説得に根負けしたのだろうか。

「……後悔しないな」

シメオンはジュスティーヌの背と後頭部に手を回した。

後悔などするはずがない――そう心の中で答えた直後、噛み付かんばかりに、強引に唇を奪われた。これが生まれて初めての口付けだった。

「んっ……」

幼い頃、母の目を盗んで読んでいた、彼女の蔵書の恋愛小説の中では、「キスは優しく甘く蜂蜜の味」と書かれていた。だが、実際の口付けはそんなものではなかった。

熱く、激しく、唇から溶けてしまいそうだった。

シメオンは唇を離したかと思うと、上下の唇を順に食み、再び重ねて今度は音を立てて吸ってくる。

吐息を奪われるようで、なのにもっとそうしてほしくて、もっとシメオンを感じたくて、ジュスティーヌは広く、逞しい胸に手を当てた。シメオンの心臓も早鐘を打っていると気付き、感動と興奮に体がより熱を帯びる。石鹸なのだろうか体臭なのだろうか。シメオンからは樹の皮と麝香《じゃこう》を混ぜた大人の男の香りがした。

二人の間に生まれた熱と香りに脳髄を刺激され、自然に唇と歯と歯の間が開いていく。すると、シメオンは隙間から舌を入れてきた。こんなことをするのかと驚いたのは束の間で、やがて舌先でみずからのそれに触れられ、熱く、ざらりとした感触に鼻から甘い声が上がった。

シメオンはジュスティーヌの体を支えながらキスを繰り返した。唇を離してはジュスティーヌを数秒熱の籠った深紅の瞳で見つめ、角度を変えてまた唇を重ねる。絡め取られた舌に全神経が集中する。かと思うと、不意に背に回されていた手が腰へと移動し、ジュスティーヌのそこを何度も優しく撫でた。触れられるだけで下半身を揺らしてしまう。

これが感じるということなのだろうか――ジュスティーヌが初めての感覚に酔っていると、シメオンはジュスティーヌと拳一つ分の距離を取り、改めて正面から向き合った。

「ジュスティーヌ、私も男だ。お前のように美しい女を手加減なく抱けるとは思えない。欲望のままに蹂躙《じゅうりん》してしまうかもしれない。それでもいいのか」

「……ええ、どうぞシメオン様のお望みのままになさってください」

快楽だけではなく痛みもこの身に刻み付けてほしい。きっと一生忘れることができないだろうから。

シメオンはジュスティーヌの答えを確かめると、小さく頷き、ジュスティーヌの体をゆっくりと横たえた。その顔にかかっていた青みを帯びた金髪を避け、頬を撫でる。

「……ジュスティーヌ」

出会った頃は、シメオンに真実の名を呼ばれる日が来るとは思わなかった。この名でよかったと幸せのあまりに涙が滲んでしまう。

「ジュスティーヌ、なぜ泣く？　やはり怖いのか？」

「……いいえ。何も怖くなどありません。きっと月明かりが綺麗だからです」

室内には窓辺のテーブルに置かれた、ランプの炎が室内を照らし出していたが、その明かりもカーテンの隙間から差し込む月光の、ほのかな輝きの美しさには敵わない。

シメオンはジュスティーヌの額に、頬に、顎に啄《ついば》むような口付けの雨を落とし、最後にぽつりとこう呟いた。

「私には、お前の方が月よりも美しく見える」

愛する人に美しいと囁かれるのは、世界のすべての人々から賞賛されるよりも、きっとずっと嬉しかった。

あなたが好きです——その思いだけが胸に溢れる。

シメオンはジュスティーヌの寝間着のボタンを、一つ一つ外していった……のだが、こうした細かな手作業は不器用なのか、時折「……外れない」と唸っている。

完璧な容姿からは想像できない、生真面目でつい微笑んでしまう仕草や言葉の何もかもが愛しい。真に愛するとはその人のすべてを受け入れ、見つめ続けることなのだとこの時初めて知った。

シメオンはどうにかボタンを外すと、合わせ目を開いて、ジュスティーヌの生まれたままの姿を曝け出す。

横たわっても形の崩れない張りのある胸と、紅水晶の色に染まった柔らかな頂。白磁を思わせる滑らかな肌は、顔からつま先まで変わらない。すらりと長く細く伸びた足の間にある、青みを帯びた金髪の淡い茂みだけが、古代の女神を連想させる見事な肉体の中で、唯一〝人〟を感じさせ、同時に得も言われぬ官能的なものにしていた。

シメオンに見つめられているのかと思うと、ジュスティーヌは羞恥《しゅうち》に全身が熱くなるのと同時に、最初で最後にこの体を目にするのが、シメオンでよかったと心から神に感謝した。

ジュスティーヌの乳房が速くなった呼吸に上下し、その大きさ、形のよさ、存在感をシメオンに主張する。

シメオンはジュスティーヌの左胸を包み込み、「綺麗だ」と感に堪えないと言った風に呟いた。

「ジュスティーヌ、お前は美しい」

シメオンはみずからもガウンと寝間着を脱ぎ捨てた。鍛え抜かれた肉体が淡い金の光のもとに露わになる。

ジュスティーヌは男性の裸体を見るのは初めてだったが、その時、肉体美とは土地、時代を問わない絶対的な基準であるのだと実感した。

シメオンは以前、三年間軍隊に所属した経験があると言っていたが、広い肩幅と厚い胸板、引き締まった二の腕が、彼の言葉を証明している。敵に切り付けられたのだろうか。脇腹にある斜めに走った大きな傷すら、シメオン自身を引き立てるものでしかなかった。

ジュスティーヌがおのれの肉体に見惚れる間に、シメオンはジュスティーヌの乳房を優しく揉みながら、唇に、首筋に口付けを落としていく。ただ触れるだけではなく時に強く吸い、ピリリとした痛みとともに紅い痕を残した。

シメオンは頬を傾けジュスティーヌの耳元に囁いた。

「肌がこれだけ甘いのだから、お前の汗はきっとより甘いのだろう」

掠れたような低い声に体がぞくりと震える。シメオンがこれだけ艶のある声を出すとは。つい先ほどまでの堅物でどこか不器用な、自分の知るシメオンとは別人だとしか思えなかった。

シメオンはジュスティーヌの二つの膨らみを、あの骨ばった、指の長い両手で丹念に揉み上げげた。武骨な、

爪が短く切られた武人にも似た指先は、巧みにジュスティーヌの秘められた官能を掘り起こしていく。

「う……ん」

ジュスティーヌは瞼を閉じ、手の甲を口元に当てた。

胸からは離れているはずなのに、時折臍の下がキュッと締まったような感覚に陥る。唇で紅水晶色の頂や付近の肌をまさぐられると、「あっ……」と意識せずして喘ぎ声を上げてしまった。

シメオンの唇と舌での愛撫は、ジュスティーヌの体をぞくぞくとさせた。舌で頂を執拗に苛《さいな》んだかと思うと、次には赤ん坊のように強く、弱く吸い上げるのだ。同時に、もう一方の胸を、痛みを感じるほどに掴み上げられ、指先で刺激されて、つい、いやいやと首を振ってしまった。

「う……ん。や っ……」

「……ジュスティーヌ、耐えることはない。感じるままに喘げばいい。この部屋にいるのは私とお前だけだ」

そうは言われても、何もかもが初めてなのだ。どう反応すればいいのかなどわからなかった。まだ言葉で考えるだけの余裕があったのは、この時までだった。

シメオンの大きな手が乳房だけではなく、脇腹を、下腹部を辿っていく。手の平の燃えるほどの熱さと湿り気が、今まさにシメオンに触れられているのだと、ジュスティーヌに実感させる。

更に、これまで親にも、自分ですら触れたこともない脚の間に、シメオンがそっと触れた時には息を呑んだ。本能的に反射的に体がびくりと震える。ジュスティーヌは恐れを覚え、身を強張らせ、右手でシーツを握り締めた。

シメオンの二本の指が、そこに滑り込む。

「……っ」

そこだけでも堪らないほど敏感になっているのに、シメオンは時を同じくして、ほんのり薄紅色に染まった乳房の膨らみから頂に至るまで、順に所有の証である深紅を散らしていった。

吸われるごとに、首筋や背筋、足首など、触れられていないところにまでピリリとした何かが走り、ジュスティーヌはベッドの上で身をくねらせる。

「だめ……そんなところに、だめ……」

どちらをどう感じればいいのかがわからず混乱する。その間に足の間からはじわりと潤いが湧き出てきた。

「ジュスティーヌ、お前を抱く男も、お前の体を見るのも私だけだ。すべてを忘れて感じてしまえばいい」

声とともに長い指の一本がジュスティーヌの中に入ってくる。

「あっ……」

ジュスティーヌの体がピンと伸びた。なのに、堪らない感覚に、腰だけはベッドから浮いてしまう。異物感だけではなく、腹の奥がきゅっと締まって疼き、蜜口を潤おすどころか濡らすのを感じた。

「感じているんだな、ジュスティーヌ」

シメオンに確認されたものの、ろくに答えられない。代わって、喉の奥からは熱い息が繰り返し吐き出された。心の中は羞恥心と快楽がごちゃ混ぜになっている。

やがて、それまでの指が引き抜かれたかと思うと、もう一本の指がずぶりとジュスティーヌのそこに沈み込んだ。指の長さや形が違うと感じ方も変わり、つい、「んっ」と声を上げてしまう。

指はゆるゆるとジュスティーヌの中を探っていたが、やがてすっと外に出て、今度はジュスティーヌの花芯を掻いた。またもや侵入し、くいと中で曲げられ隘路を押し広げられ、よいところを圧迫された時には、一瞬、達してしまったのではないかと錯覚した。

「ああんっ……」

肺も喉も熱で焼け焦げてしまいそうだ。繰り返される刺激で、体は熱し、ほぐされ、いつシメオンを受け入れてもいいようになっていた。

「ジュスティーヌ、私ももう限界だ……」

シメオンがベッドの上で体勢を立て直すと、快楽でぼんやりとしていたジュスティーヌの視界に、猛った屹立《きつりつ》が突如として飛び込んできた。美しいシメオンの体の一部だとは信じられないほど、色も形も生々しく圧倒的で大きかった。こんなものが入るのかと恐れ慄いてしまう。

ジュスティーヌの恐怖を感じ取ったのだろうか。決して逃すまいと体で宣言するつもりなのか、火照ってほのかな紅水晶色に染まった華奢な体に、シメオンがぐっと伸し掛かった。膝を曲げられて押され、蜜でしとどに濡れたそこに、灼熱のかたまりがあてがわれる。

「あっ……」

ジュスティーヌは目を見開いたまま、純潔を失うその瞬間を迎えた。

シメオンが自分の中に押し入ってくる。指とは比べ物にならない質量と圧迫感に、ジュスティーヌは喉を仰け反らせて耐えるしかなかった。

「やあっ……。……っ」

ジュスティーヌの隘路がよほどきつかったのだろうか。シメオンは何度か腰を引きつつ、徐々に奥へとおのれの分身を押し込んでいった。甘さのない端整な美貌が時折苦しげに顰められる。

最後に、何かを破られたような感覚がして、ジュスティーヌは思わずシーツを掴んだ。シメオンに体の奥まで征服されたのだ。

覚悟していたほどの痛みはなく、愛する人と一つになったという喜びで胸がいっぱいになり溜息を吐いた。

「……ジュスティーヌ」

肩で息をするジュスティーヌをシメオンが低い声で呼び、馴染ませるつもりなのか、軽く腰を揺らした。

「あっ……シメオン様っ……」

甘くくぐもった声が自然と漏れ出る。

「あぁんっ……」

「ジュスティーヌ、もっと、声を聞かせてくれ……」

シメオンは分身をずるりと抜き出し、再び根元まで埋め込んだ。初めはゆっくりだったその動きが、次第に速くなり、突くだけではなく、ジュスティーヌの中を掻き回す。

「んんっ……」

ジュスティーヌはその度にいやいやと首を振った。

シメオンの屹立が隘路のある一点を突く。するとジュスティーヌの体が、ベッドの上で魚となって跳ねた。

「ひゃあっ……」

「ジュスティーヌ、ここが感じるのか？」

シメオンに更に腰を押し込まれ、ジュスティーヌは耐え切れずに手を伸ばし、汗にうっすら濡れた広い肩を掴んだ。シメオンに応えなければと思うのに、頭が真っ白になって言葉が出てこない。息を吐き出すことしかできない。一方、シメオンは髪こそ乱れているが、まだまだ余裕といった表情だった。

「ジュスティーヌ……お前は可愛い……可愛い」

声に代わって体が反応し、腹の奥からこんこんと蜜が溢れ出す。シメオンはそれを潤滑剤として、今度は激しい動きでジュスティーヌを責め立てた。

「あっ……は……んぁっ」

自分を見下ろす深紅の瞳も、楔《くさび》となって体に打ち込まれた分身も、時折肌に零れ落ち、染み込んでいく汗も何もかもが熱い。

「……っ。あ……あんっ」

あられもない喘ぎ声に淫らな水音が重なる。

シメオンは「堪らないな……」と漏らした。

「熱くて、吸い付くようで、とろけるようだ。ジュスティーヌ、この音が聞こえるか」

耳だけではなく全身で聞いている。ぐちゅぐちゅと体の中から響いてくる音に、もはや羞恥心すら湧かない。

何度も腰を打ち付けられ、最奥を突き上げられ、体が上下に激しく揺さぶられた。

「ああっ……あっ……んんっ」

シメオンの力は圧倒的だった。抵抗などできないし、する気も起こらない。ジュスティーヌは繰り返し与えられる情熱的な官能に、嵐の日の海に浮かんだ木の葉のごとく、ただただ翻弄されるばかりだった。

喘ぎ声はすでに泣き声となっている。目の端からは涙がぽろぽろと零れ落ちていた。

シメオンは仕上げとばかりに律動を速める。

「……っ。ジュスティーヌ、ジュスティーヌ……」

吐息交じりの声が何度もジュスティーヌを呼ぶ。次の瞬間、一際強く突き上げられ、ジュスティーヌは体をぶるりと震わせた。直後にシメオンが低く呻き、最奥にじわりと熱い何かを放つ。

「ジュスティーヌ……」

長い腕に体を引き寄せられ、息も止まるほど強く抱き締められる。シメオンの樹の皮と麝香の香りを感じながら、ジュスティーヌの意識は暗闇へと落ちていった。


体力を使い果たしたからか、ジュスティーヌは夢も見ずに眠り、数時間後、窓から聞こえる雨の降る音と、水の匂いで目を覚ました。

まだ夜なのか外は暗い。窓辺のテーブルに置かれたランプの明かりが、隣に眠るシメオンの美貌を照らし出していた。あの深紅の瞳は瞼に閉ざされ今は見えない。

規則正しい呼吸に厚い胸が上下している。ジュスティーヌはシメオンの左胸にそっと耳を当てた。トクン……トクンと命の音が聞こえる。そばにいるのだと実感できて幸福だった。

すると、シメオンがかすかに顔を歪めた。「……リー」と何者かの、しかも女性らしき名を呼ぶ。まさか、シメオンの愛する女性なのだろうか。

「マリー……いつ……と、お……さまは帰って来るの？」

本命に向けるものとしては、いささか幼く聞こえる言葉遣いだった。それに、今「お母様」と言わなかっただろうか。

ジュスティーヌが首を傾げていると、シメオンの瞼がゆっくりと開いていく。シメオンは「なんだ、夢か」と額を覆い、隣にいるジュスティーヌに目を向けた。

「……お前も目が覚めたのか」

「ええ、つい先ほどですが……」

何かを聞きたそうなジュスティーヌの視線に気付いたのだろう。シメオンは苦笑しジュスティーヌを抱き寄せた。青みを帯びた長い金髪を指先で弄ぶ。

「……私は何か寝言を言ったのか？」

少々迷ったものの、誤魔化せそうもないので、ジュスティーヌは「はい」と頷いた。

「聞き間違いで泣ければ、『マリー』『お母様』と」

「……あの二人の夢など何年振りか」

お母様は文字通りシメオンの母のエステルだが、マリーとは何年か前に亡くなった、シメオンの乳母だった女性らしい。

「父と母は優しい人で、マリーや侍女の手を借りはしたが、私や妹たちを自分の手で育ててくれた」

シメオンも両親が大好きだったのだという。

ところが、イレーヌが行方不明となって以降、キャストゥル家の状況は一変した。前キャストゥル公もエステルも、暇さえあればイレーヌの捜索を行い、シメオンは屋敷に取り残されることになったのだ。

シメオンも当時は子どもだったので、「マリー、お父様とお母様はいつ帰って来るの？」とその度に尋ねた。

しかし、マリーに毎度困った顔をされ、なかなか戻らない両親の帰りを待つ間に、次第に諦めをつけていったのだそうだ。

――お父様とお母様を困らせちゃいけない。イレーヌのことだって大変なのに、僕まで心配させちゃいけない。泣かないで、我慢をして、いい子にならなくちゃ。

訥々《とつとつ》と語られる寂しい子どもの話を聞き、ジュスティーヌはいくつもの点が腑に落ちた。

一見感情表現が乏しいのも、なかなか話さないのも、やたらと堅物なのも、シメオンの現在の性格の要素はその期間に形成されたのだろう。前キャストゥル公夫妻がイレーヌの捜索を終えても、今度は妹のジュリエットが生まれたことで、子ども時代を早々に打ち切り大人にならなければならなかったのではないか。

自分だけのための女がいるはずだと信じているのも、信じているというよりは、自分だけを見てくれる誰かがそばにいてほしいのではないかと思われた。

ジュスティーヌはシメオンの中にいる少年が哀れで、同時に愛おしくて仕方なかった。

胸にそっとシメオンの美貌を抱き締める。

「……なんのつもりだ？」

「夜になって、ここも冷えましたから。風邪を召されないように」

シメオンは「……確かに冷えたな」と苦笑した。

「だが、体を温めるなら、こちらの方がいいだろう？」

ジュスティーヌの体をころりとひっくり返し、俯《うつぶ》せにする。

「し……シメオン様っ」

シメオンはジュスティーヌの背後に覆い被さった。ジュスティーヌは腰を掴んで高く持ち上げられ、倒れまいとして、咄嗟に両手でシーツを握り締める。先走りに濡れたシメオンの灼熱の分身が、蜜口に背後から押し当てられた。

こんな獣が交わる姿勢でと、抵抗を覚えたのはほんの一瞬だった。

「あっ……」

シメオンがぐっと腰を押し出すと、いまだに精と蜜で潤ったそこは、あっさりと彼を飲み込んでしまう。

体勢と角度を変えての挿入は、ジュスティーヌもまだ知らなかった、腹の奥の弱点を暴き出した。

「やぁあんっ……。し、めおん、さま」

シメオンは腰を引き、次いでその存在を思い知らせるかのように、ゆっくりと、一度目より深くにまで押し込む。まだ奥があったのかと思い知らされ、ジュスティーヌは恐れと快感に体をぶるりと震わせた。

「もう昔の話だ。お前が、同情するほどのことでもない」

「あんっ」

今度は大きく、やはりゆっくりと掻き混ぜられ、中で先ほどの行為での残滓と熱が混ざり合う。正気のジュスティーヌであれば、聞くに堪えない嫌らしい水音も、もはや興奮の火付け役としかならなかった。体が再び熱を持ち、意識はとろとろと溶けていく。

一方で、シメオンもジュスティーヌの締め付けと、熱く潤った胎内に顔を歪めてはいたが、口調は落ち着いており、我を忘れてはいなかった。尤も、ジュスティーヌにはそれすら判断できなくなっていたが――。

「この話をしたのは、ジュスティーヌ、お前が初めてだ」

「……あっ……はっ……」

「お前は私以外の誰かに、フェルナンと起こったことについて、打ち明けたことはあるのか……？」

そう尋ねながらも答えを聞くつもりはないのか、あるいは聞きたくはないのか、シメオンは更に腰の動きを速め、ジュスティーヌの理性を奪う。

「お前が寝言でフェルナンの名を呼んだのは、まだ忘れられないからなのか……？　こうして私に抱かれたのは、あの男を思い切るためなのか……？」

ジュスティーヌは顔をシーツに押し付け喘ぐばかりで、シメオンの言葉など耳に入らなかった。

「なら、私はお前に顔を見せない。お前は私をあの男だと思って抱かれていればいい」

シメオンはそこから先は何も言わず、ジュスティーヌを責め立てるのに没頭した。

シメオンが激しく動くごとに、ベッドが軋んで悲鳴にも似た音を立てる。そこに、ジュスティーヌの理性の飛んだ嬌声が重なった。

「やぁぁぁあんっ……。抜いて……入れて……止めないで……」

羞恥心などとうの昔に快楽の彼方《かなた》だった。

ジュスティーヌの白磁の肌が、外からはシメオンの肌、内側からはその楔に熱せられ、再びほのかな紅水晶の色を帯びる。長い、くせのない青みを帯びた金髪が、シーツの上に散り乱れるさまはしどけなく、丁寧に結い上げられた髪よりよほど目を引いた。

かつては無垢な妖精を思わせた美貌は、今は艶めかしく汗に濡れ、唇からは涎《よだれ》すら零れている。ところが、官能はジュスティーヌを一層美しく見せていた。

シメオンが不意にジュスティーヌの右腕を掴んだ。

「あっ……」

突然の出来事だったので、ジュスティーヌは体を支え切れずに、中途半端に横向きにくずおれ、その拍子に右の乳房が露わになった。シメオンは伸ばした手でそれを掴み、多少痛みを感じるほど力強く揉み込みながら、腰を揺すぶる。

「あっ……あっ……あっ……」

快楽と、痛みと、灼熱と、三つの強烈な感覚を同時に与えられ、ジュスティーヌはシーツに横顔を押し当てて泣き、喘いだ。

シメオンが腕を離すのと同時に、ベッドにどっと沈み込む。だが、まだシメオンと繋がったままだ。

これ以上は無理だと息を荒らげているところに、シメオンが尻に伸し掛かってきた。

「シメオン様、もうっ……」

哀願の言葉は再開した律動に散らされてしまった。

「し……めおん……さまっ、も……もおっ……あっ……む……あんっ」

これ以上は無理だと感じたはずなのに、隘路はシメオンの分身をぎゅっと締め付け、抱かれる歓びを彼に伝えてしまう。シメオンの動きが更に大きく、激しくなった。

「さま……しめおんさまぁ……」

喉が枯れてもうろくに喘ぎ声も出ない。それでも、シメオンの切っ先が奥のまた奥にある、ジュスティーヌの最も大切な花園への入り口を突き、コリっとした感触を覚えた時には、あられもない嬌声を上げてしまった。

「ひっ……いやぁぁぁあああん……」

再び締め付けられ限界を迎えたのか、シメオンが低く呻いて熱を放ち、ジュスティーヌの背に倒れ込む。

じわりと熱が体に染み込むのを感じる。

シメオンはジュスティーヌの首筋、肩に口付けを繰り返し、ジュスティーヌは汗に濡れた逞しい胸を感じながら瞼を閉じた。


初めての夜から一週間が過ぎたが、あれ以来ジュスティーヌはシメオンとほぼ毎夜肌を重ねている。

ジュスティーヌが誘うこともあれば、シメオンが部屋を訪れることもあった。

なぜか、向かい合って抱き合ったのは最初だけで、以降はジュスティーヌが背を向ける形での行為だった。

ジュスティーヌは初め不思議だったものの、シメオンはそうした姿勢が好きなのだろうと思い、特に理由を尋ねることもなく、従った。

シメオンに抱かれていると、快楽と幸福に不安を忘れられた。麻薬に溺れるのと変わらないと感じたが、いずれ終わりが来ると知っていたので、躊躇《ため》いなくシメオンに与えられる甘い毒を味わった。

そんなジュスティーヌを現実に引き戻したのは、キャストゥル邸に届けられた、サファイアブルーの絹の布地と金糸、銀糸、花嫁衣裳のための刺繍の図案だった。

八日目の夜、シメオンがそれらを持って現れた時には驚いた。てっきりその日も、ともに夜を過ごすために来たかと思っていたからだ。

ベッドの上に広げられた布地に、ジュスティーヌは息を呑んだ。

たった今目の前で海が生まれたのかと錯覚するほど、布地の色は深く鮮やかな、見事なブルーだったからだ。貴重な染料をふんだんに使ったのだろう。王族だけが手に入れられる高価な布地だった。

「これは……」

シメオンは呆然と立ち尽くすジュスティーヌの肩を抱いた。

「ロザリーからの伝言だ。『私はこのドレスに一生に一度しか腕を通さない。だからこそ、式では彼の目に私しか映らないほど美しくなりたい。その夢を叶えられるのは、ジュスティーヌ、あなたしかいないの。最後の我儘だと思って聞いてちょうだい』」

「王女様……」

ジュスティーヌは熱い思いに、鼻の奥がツンと痛むのを感じた。

そうだ。私は独りぼっちになっても、まだ針と糸とこの手がある。胸を張って生きていける仕事という誇りがある――例え王宮を解雇されたとしても、美しいドレスには二度と触れられなくなっても、平民の仕事着に、お洒落着に、その子どもの寝間着に刺繍を施し、縫えるものはいくらでもある。

ジュスティーヌの表情が変わったのを感じ取ったのか、シメオンが柔らかな笑顔を向ける。

「ジュスティーヌ、どうする。受けるか？」

「……もちろんです」

ジュスティーヌはシメオンを見上げて微笑みを浮かべた。

「私の力のすべてを込めて、一生に一度しかできない、傑作となるように」

その夜からジュスティーヌは、シメオンとの行為を断ち、食事、睡眠の時間を削って刺繍に打ち込んだ。徹夜になることも増え、エマが心配して止めに入ったが、ジュスティーヌは鋼の意志で拒絶した。

「謹慎が解けるまで一ヶ月と一週間程度しかありません。もし首を切られるとなれば、以降は花嫁衣裳どころか、王女様にも関われなくなります。だからこそ、それまでにすべてを終わらせておきたいのです」

そう主張したジュスティーヌの鬼気迫った表情に、エマは何も言えなくなってしまったらしい。遠慮がちに軽食を運んでくる以外は、滅多に部屋を訪れなくなった。他の侍女、召使らも同様だった。

しかし、シメオンだけは違った。同じだけ強い意志で、連日となりつつあったジュスティーヌの徹夜を止めたのだ。

夕暮れの空のシメオンの瞳を薄めた色が、徐々に赤紫、やがて濃紺へと変化し、明星の輝きを確認できるようになってきた頃のことだった。

ジュスティーヌは二日前から睡眠を取らず、食事もほとんど取っていなかった。一分、二分の時間も惜しく、窓辺に置いた椅子に腰掛け、膝に布地を置いて刺繍をし続けていた。外から扉を何度叩かれても耳に入らず、ついに開けて入って来られても気付かなかった。

シメオンが訪れたのだと知って我に返ったのは、いきなり手首を掴まれ刺繍を止められたからだ。

「ジュスティーヌ、いい加減にしないか。このままでは体を壊してしまう」

ジュスティーヌは目を見開いてガウン姿のシメオンを見上げた。この二日間、誰とも顔を合わせず、布地と金糸、銀糸しか見ていなかったために、自分が人間だということすら忘れていたのだ。ゆえに、一瞬シメオンが誰なのかもわからなかった。それほどジュスティーヌの集中力は凄まじかった。

「……シメオン様？」

ようやく愛する人なのだと思い出し、急いで腰を上げて挨拶をしようとしたものの、睡眠不足と貧血、疲労から、くらりと立ち眩《くら》みがして転びかかる。

すると、シメオンがすかさず腕を伸ばしてジュスティーヌを受け止めた。そのまま膝裏に手を回して軽々と抱き上げ、ベッドへ運んでそっと横たえる。

「これ以上無理をするな。せめて数時間でいいから休みを取れ。刺繍が仕上がる前に死んでしまうぞ」

シメオンは珍しく怒っているらしく、真顔の眉間にわずかに皺が寄せられていた。

「いいえ、休めません。時間がないのに……」

「なら、命令だ。休むんだ」

起き上がろうとするジュスティーヌを、強引にベッドへ押し戻す。しかし、ジュスティーヌも負けてはいなかった。すっかり痩せ細った手で、必死になってシメオンの腕を掴む。

「いくらシメオン様のご命令でも、これだけは聞けません。王女様の花嫁衣裳なんです」

これまで押せば従っていたジュスティーヌが、逆らったことに驚いたのだろう。シメオンは目を瞬かせていたが、今度は理詰めで説得しようとしたのか、「それではロザリーも喜ばない」と告げ、ジュスティーヌの目を覗き込んだ。

「でも……」

「でも何もない。ロザリーも私と同じ命令をするだろう」

「でも、できないんです。……このところ、目が冴えて眠れません」

精神が極限にまで張り詰めているのか、体は休息を訴えていても頭が休んでくれない。眠ったところで刺繍が気になってしまい、すぐに目が覚めるだろうという予感もあった。

「どうせ眠れないなら、仕事を続けます。だからシメオン様、お願いですからどうか邪魔しないで――」

「いいや、邪魔させてもらう」

シメオンはジュスティーヌの手首をベッドに縫い留めると、力尽くで伸し掛かり体の自由を奪った。

「シメオンさ……んっ」

更に強引に紅水晶色の唇、言葉、吐息を奪う。

「ん……んっ」

ジュスティーヌはどうにか身を捩ったが、ささやかな抵抗にすらならなかった。

シメオンはようやく唇を離したが、ジュスティーヌからどこうとしない。続いて白く滑らかな頬を両手で包み込み、小さな顔を横にすると、形のいい耳を舐め、食み、軽く吸った。

「やんっ……」

食べられると恐れたのと、ぞくぞくとした感覚とで、ジュスティーヌはつい声を上げてしまう。シメオンはよりジュスティーヌを味わうつもりなのか、耳たぶを舐めるだけではなく、穴に音を立てて出し入れをしてきた。ぐちゅぐちゅと濡れた音が鼓膜に直に響く。その音はシメオンに抱かれた時を否が応でも思い出させ、ジュスティーヌの体の奥に官能の火を灯した。

「……あ」

下腹部がずくんと疼き、耳から徐々に熱が広がっていく。シメオンはジュスティーヌの体を、すでに本人よりも熟知しているからか、すぐにその変化に気付いたらしい。ジュスティーヌを俯せにすると、ドレスの背のボタンを順に外していった。

剥き出しとなった白磁の背に口付ける。

「綺麗だ、ジュスティーヌ。乱れたお前は更に美しいだろう」

唇の熱と言葉に込められた情欲に怯え、同時に期待し、ジュスティーヌの体がびくりと震える。刺繍に夢中になっていたはずなのに、シメオンにはこうも簡単に心も体も揺さぶられてしまう。

背の上でシメオンがガウンの腰帯を取る音がし、体をまた仰向けに返された頃には、シメオンも生まれたままの姿となっていた。直後にジュスティーヌが目を見開いたのは、いまだに見慣れぬその見事な肉体にでもなければ、久々に向き合う形で肌を重ねることにでもない。シメオンが腰帯の端をそれぞれの手に持ち、ピンと伸ばしていたのに驚いたのだ。

これから一体何を、いや誰を縛るつもりなのだろうか。自分の自由を奪うのであればいいが、万が一、逆に「私を縛ってくれ」と頼まれたらどうしよう。真面目な男性が変態行為に走るとはよく聞く話だ。先ほどのようにはっきり嫌だと断る自信がない。

ジュスティーヌはさんざん葛藤《かっとう》したのち、それでもシメオンが望むのならと、勇気を振り絞って恐る恐る尋ねた。

「シメオン様……わ……私は何をすればよろしいのでしょうか？　シメオン様のお望みのままに……」

しかしシメオンの答えは更に予想外のもので、幸か不幸かの判断がつかなかった。

「何もすることはないし、怖がることもない。お前は私の顔を見たくはないだろう？　目隠しをするだけだ」

「……？　……えっ？　……はいっ？」

ジュスティーヌはますます混乱した。なぜ目隠しなどしなければならないのか。

男性らしくきりりと整った美貌も、幸福になれると言われる深紅の瞳も、むしろずっと見つめていたのだが、なぜそのようなことを言うのだろう。そう問う間もなく、シメオンは腰帯で藍玉色の瞳を覆い、行為の最中に解けないように固く端と端を結び付けた。

世界が暗闇に閉ざされ、シメオンの顔だけではなく、何も見えなくなってしまう。ジュスティーヌは何が始まるのかと体を強張らせた。シメオンの二の腕を掴んで訴える。

「シメオン様……怖いです」

「すぐに怖くなくなる」

「でも……」

「お前の健康が第一だ。そもそも椅子に座って手しか動かさない――それでは姿勢も血行も悪くなり、ひたすら疲労が貯まり続けるだけだ。適度に体を動かせばすぐに眠れる」

「私の健康……」

目が見えない状態ではあるものの、シメオンがどんな表情をしているのか、ありありと想像できてしまう。きっとどこまでも生真面目な顔だ。いつもいかにも堅物といったあの真顔に騙され、結局は彼が思うままに、強引にことを運ばれてきた。

「でも、シメオン様……」

「もう何も言うな」

シメオンは首筋に顔を埋め、ジュスティーヌの胸を掴むと、指と指の間に淡く色づいた頂を挟んだ。

「あっ……」

それだけで胸の先がピンと立ち、感じてしまうのが恐ろしい。視覚が機能しないからか、触覚がより敏感になっているのだ。ジュスティーヌの体は短期間でシメオンに作り替えられ、更に暗闇という特殊な状況下に置かれることで、彼の一挙一動に反応するようになってしまっていた。

聴覚も過敏になっていると知ったのは、数分ほど経ってからのことだ。シメオンの唇が首筋から鎖骨、鎖骨から乳房に下るのを感じる。夜に冷やされた彼の髪が、谷間にさらりと掛かったかと思うと、顔を埋められ、間に舌を入れられた。

「う……ん」

舌は谷から山、山から頂へと上り詰め、征服の証として頂を絡め取ったかと思うと、今度は先で軽く折り曲げ、撥《は》ね、巧みに優しく嬲《なぶ》り続ける。ぴちゃぴちゃと淫靡な、粘り気のある水音が、いつもより大きく聞こえた。

「んっ……んっ……」

ジュスティーヌは手の甲を口に当て、喘ぎ声を上げそうになるのを必死に耐えた。

「ジュスティーヌ、我慢は必要ない」

「……っ」

まだ理性と羞恥心が欠片程度は残っている。ジュスティーヌは小さく首を振って、言葉もなく「できません」と訴えた。シメオンがくすくすと笑うのが聞こえる。

「……お前は可愛い女だ」

次は腹に唇が押し当てられた。ジュスティーヌにとっては、シメオンに触れられる箇所は、すべて性感帯である。臍近くに口付けられると、腹の奥がまたずくんと熱を持った。シメオンの舌が窪みの周囲をくすぐり、なぞる。ジュスティーヌはシメオンのこれまでの手順から、もうじき一つになるのだろうと予感し、みずから足を少々開きシメオンを受け入れやすくした。

ところが、今日のシメオンはまったく違う動きへ移った。ジュスティーヌの両膝を掴み、一気に大きく割り開いたのだ。

「えっ……」

冷たい夜の空気で蜜口を撫でられ、ジュスティーヌは何が起こったのかを、約十秒後にようやく理解した。

「……っ」

目隠しをされ、シメオンの姿がわからないのにもかかわらず、あの深紅の瞳に見下ろされ、観察されているのを感じてしまう。視線が純白の新雪の間にたった今花開いた、薄紅色の冬薔薇を思わせる秘所を、あますところなく辿っていた。

「あれだけ私に抱かれたというのに、お前のここはまだ生娘のような色だ」

「み、見ないで、ください……」

蚊の鳴くような声で頼んだものの、シメオンが止めるはずもなかった。

「なのに、淫らだ。男を誘っているとしか思えない。……お前は誰のためにこれほど美しいのだろうな。ジュスティーヌ、安心するといい。お前にとって純潔など無意味だ。お前は抱かれれば抱かれるほど輝く女だ」

きっと人差し指か中指の指先なのだろう。硬い何かがジュスティーヌの柔らかな、同時に尖った花芽に触れた。

「んっ……」

ジュスティーヌは体をびくりと震わせる。そこまではどうにか堪えていたのに、足の間にシメオンの髪が、続いて熱い吐息がかかり、ぬるりとした何かが触れた時には、暗闇の中で目を見開いた。彼の舌に女の部分を嬲られているのだと悟り、羞恥と未知なる快楽への恐れが入り混じった悲鳴を上げる。

「やっ……。いっ……いけません。こわい……そんな……あっ」

その後続くはずの「汚いのに」は、言葉にならずに喘ぎ声に取って代わられた。背が仰け反って、足はピンと伸びて小刻みに震える。ちゅっと吸われるように口付けられた時には、耐え切れずにシーツを握り締めた。蜜を吸い出されるのではないかと錯覚した。愛する男に目と舌で辱められているという、背徳的な興奮から、腹の奥からこんこんと漏れ出てくる。

「う……ん。あっ」

シメオンの舌は淫らな生き物となって、ジュスティーヌのそこを這い回った。ジュスティーヌのより感じる箇所、より反応する動きを探る。

ジュスティーヌの体がまたベッドの上で跳ねた。

「だめ……だめ……あんっ」

いやいやと首を振るものの、続けてほしいとも強烈に望んでいる。いつの間にこれほどいやらしい女になってしまったのだろうか。心のどこかで覚えるそうした罪悪感、宗教的な倫理観すら、もはや体の熱を高めるための火薬でしかなかった。

「ジュスティーヌ、お前は唇も、肌も、蜜も甘い。……何もかもが甘い」

「あ……ん。んぁっ」

ジュスティーヌにとって何よりも甘いのは、囁くようなシメオンの声と言葉だった。

蜜を啜られる音を耳だけではなく体中で感じ、羞恥心に身を捩り、快楽に喘ぐ。きっと足の間はもう生娘どころか、熱とシメオンに与えられる刺激とで、熟れた柘榴《ざくろ》の色に腫れ上がっているだろう。

「お前が私で感じるところをもっと見たい」

シメオンだから感じるのだ。彼以外の男には触れられたくもなかった。

舌での愛撫はなおも続き、ジュスティーヌの花弁を優しく開き、間に入り込んで、蜜の在り処を探ろうと中を探る。ジュスティーヌはシメオンの舌と体温以外、時間の経過すら感じ取れなくなっていた。

舌をシメオンの一部だと体が認識したのだろう。蜜口が緩み舌を奥へ、奥へと導こうとする。

「お前の体は欲深いな。男の何もかもを飲み込もうとする」

笑いを含んだシメオンの声に、ジュスティーヌは答えられない。気持ちよさのあまりに声が出せなくなっていたのだ。なのに、シメオンは無茶な要求を突き付けてきた。

「ジュスティーヌ、そろそろ辛くなってきただろう。奥にもっと硬い、熱いものが欲しいだろう？　……なら、私を欲しいと言ってみろ」

「……んな。あっ……む、りです……んんっ」

「……言え。私を欲しいと言うんだ」

命令であるのにもかかわらず、どこか切ない声だった。

「で、も……あっ」

「達けもせず、このままお前を苛み続けることになるが、いいのか？」

「そ、んな……ひ……どい……あっ」

こんな生殺しの状態に留め置かれるなど拷問も同然だ。ジュスティーヌは体の奥から蜜を、喉の奥から熱い息を吐き出しながら、やっとの思いでシメオンの名を呼んだ。

「シ……メオン様ぁ……ほしい、です」

「もっと大きな声で」

「あなたが、欲しい……」

息も絶え絶えの状態なのに、シメオンはなおも要求する。

「もっとはっきり言え」

「シメオン様、あなたが、ほしい。入れて。私を無茶苦茶にして……っ」

ようやく満足したのだろうか。シメオンの手が膝から離れる。ジュスティーヌの足が落ちベッドが軋んだ。そこにすかさずシメオンが圧し掛かる。次の瞬間、ジュスティーヌの蜜口に、間髪を容れずに肉の楔が押し込まれた。

「あ……あっ！」

重く強い、ずんとした衝撃が胎内に走り、体を揺らす。隘路を強引に押し広げられる感覚に、ジュスティーヌは甘い悲鳴を上げた。

「あっ……だめ……だ、め……っ」

無意識のうちにシメオンの二の腕を掴む。シメオンの呼吸もいつしか乱れており、乳房の頂に触れる胸板も吐き出される息も熱い。

「私の名を、呼べ」

「シメオン、さま……っ」

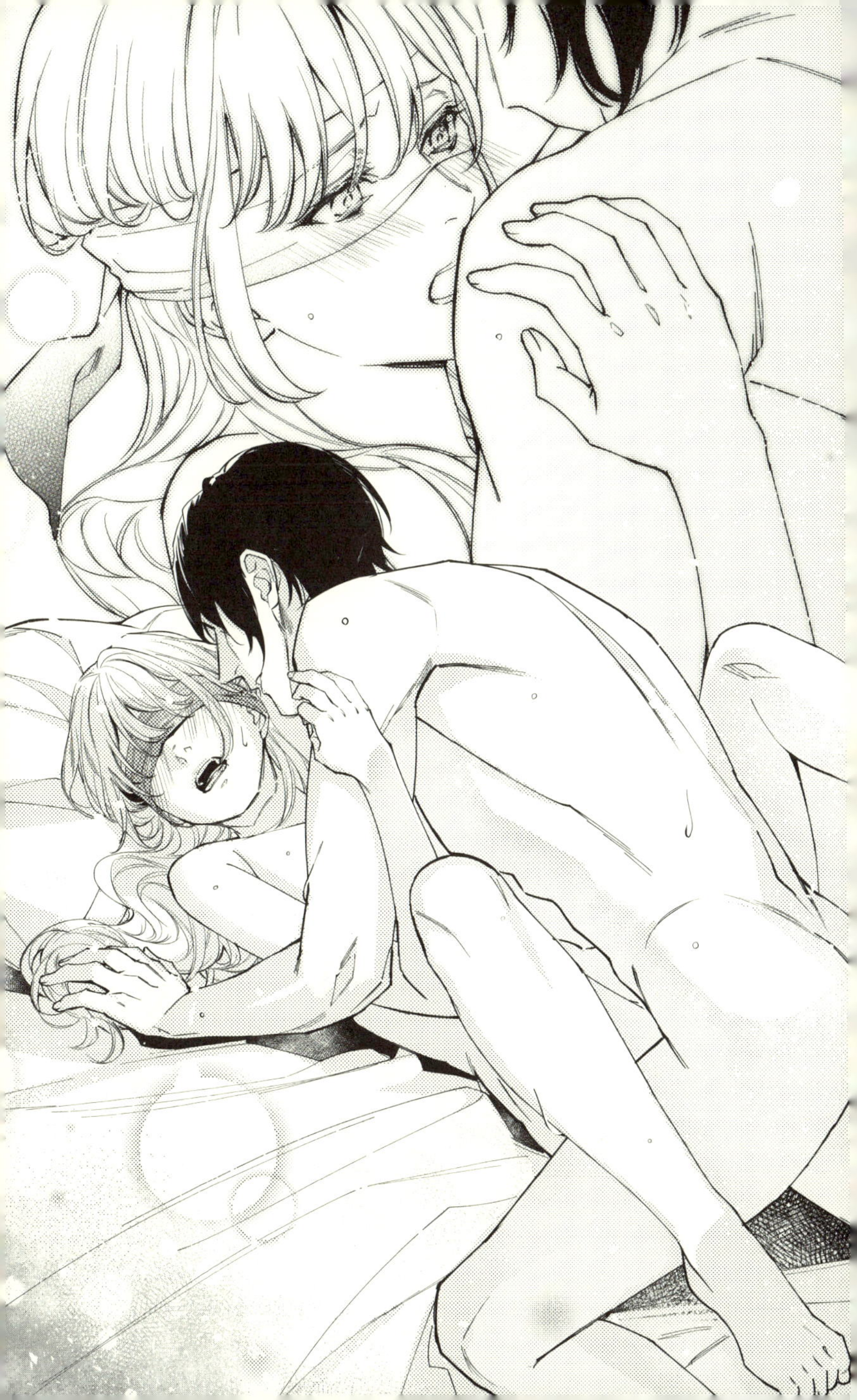

求めていたものを与えられ、歓喜にジュスティーヌの体が震え、シメオンの分身を締め付ける。シメオンは甘美な苦痛に美貌をかすかに歪めながらも、より貪欲にジュスティーヌを貪った。腰を引き、叩き付ける。

「んぁっ！」

再び奥を突かれ、激しさにジュスティーヌの背筋がぞくぞくと震える。体だけでもシメオンに求められ、組み敷かれ、圧倒的に征服されるのが嬉しかった。

やがて、繰り返されていた力強い律動が次第に変化し、中を掻き回し、探る動きへと変わる。

「んっ……んっ……」

不意に弱い箇所を切っ先で軽く突かれ、ジュスティーヌは「やぁっ」と声を上げた。シメオンはその声を聞き、その部分を執拗に擦り、抉り、苛んでくる。

「やぁっ……っ……あっ！　あっ！」

頭の中で熱と快楽が渦巻いて、意識と記憶が曖昧になって、言葉らしい言葉が出てこない。

「シメオン様……シメオン様ぁ……あっ」

それでも、彼の名だけは忘れなかった。

長く抱かれ続けていたからか、ジュスティーヌの体が熱で次第に緩み、子宮が下り、シメオンを最奥へと誘おうとする。ジュスティーヌ自身にも理解できなかった変化を、シメオンは感じ取り、更に奥へと腰を進めた。

「んっ……。……あ。あんっ」

ジュスティーヌのくせのない青みを帯びた金髪が、シーツの上に乱れ散り、汗に濡れ、ほんのり染まった頬に張り付く。シメオンは手でそれを払いのけると、紅水晶色の唇に口付け、たちまち舌を絡ませた。

「……んっ。……ん」

胎内をシメオンの分身で埋められ、奥を突かれ、声を上げたいのに唇を封じられてしまっている。絶えず彼の唾液と吐息が流れ込み、苦しいはずなのにすべてを飲み干してしまう。体の奥もシメオンの熱い迸《ほとばし》りを求めていた。

シメオンが唇を離すのと同時に、蜜口に打ち込まれた楔が、欲望で一際大きくなる。対照的に、ジュスティーヌの隘路はきゅっと狭まり、シメオンの分身を締め付けた。どくん、とそれが大きく脈打つのをジュスティーヌは感じる。

「……っ」

シメオンの汗が胸の谷間に音もなく落ちる。直後、最奥に灼熱が放たれた。

「あっ……。あつ、い」

また、唇を塞がれ言葉を奪われる。

「んんっ……」

熱い。熱い。熱いものが体の中に染み込んでいく。シメオンはその間にも小刻みにジュスティーヌを突いた。量の多さに外に流れ出かけた迸りを、押し戻しているように思えた。

シメオンが繋がりを解かぬまま、ジュスティーヌを胸に抱き締める。白い、豊かな膨らみが、厚く硬い胸板に圧し潰される。ジュスティーヌは息苦しさを覚えてはいたが、この世の誰よりも幸せだとも感じていた。

互いの体が隙間なく密着し、汗は肌の上で交じり合い、どちらのものかわからない。ベッドの中で溶かされ、一つになった感覚が嬉しく、ジュスティーヌはシメオンの逞しい背に手を回した。二人は、それから三十分ほど何も言わずにただ抱き合っていた。途中から降り始めた雨の音が優しく聞こえた。

ジュスティーヌは「愛しています」と言いたかったが言わなかった。シメオンに相応しい身分ではないし、シメオンも本気ではないから、体だけの関係だから、気兼ねなく自分を抱いているのだ。今更壊すつもりなどなかったし、恋心を抱えて生きる覚悟もできていた。仕事と思い出さえあれば、きっと生きていけると感じていた。

瞼を閉じ、シメオンの胸に頬を寄せる。

「……ありがとうございます。確かにいい運動になりました」

「……随分余裕があるな。先ほどまではあれほど乱れていたというのに」

シメオンの大きな手の平がジュスティーヌの頬を撫でる。今彼がどのような顔をしているのかが知りたくて、ジュスティーヌはおずおずと申し出た。

「シメオン様……目隠しを取ってもよろしいでしょうか？」

「私は構わないが……お前はそれでもいいのか？」

「……？　はい、もちろんです」

シメオンの言葉からすると、目隠しをされていたのは、彼の気遣いによるものらしい。そうした趣味があると言った覚えはないのだが——あるいは別の女性、密かに愛する女性と勘違いをしているのだろうか。一瞬、嫉妬に心がかき乱されそうになったが、自分には責める権利などないと口を閉ざした。

「なら、私が外そう」

目隠しがシメオンの手によりようやく取り払われる。ランプの明かりで見る彼の深紅の瞳には、先ほどまでの激しい交わりによる残り火と、こちらを思いやる優しさがあった。愛されているのではないかと勘違いしそうになる眼差しだ。罪深い人だとジュスティーヌは苦笑する。

シメオンはジュスティーヌを黙って見下ろしていたが、やがて親指でそっと目元と頬をなぞった。

「……お前の藍玉の瞳はいつも澄んでいるな。気高く生きようとする瞳だ」

「そんなことは……ありませんよ。いつも誰かに頼ってばかりでした。今もこうして王女様とシメオン様に助けられています」

弱く、力がなかったばかりに、ソフィに、フェルナンに、シメオンに、いつも必死に誰かにしがみついていた。これから先こそは一人の力で立たなければならなかった。母が名に込めてくれた、気高い生き方をしたかった。

次第に重くなってきた瞼を閉じると、間もなく眠りが忍び寄って来る。なるほど、シメオンの言った通り、適度な運動は睡眠を促すらしい。

「……ジュスティーヌ？」

シメオンの声ももう聞こえない。温かい手が額を撫でたのは感じ取れた。

「……お休み、ジュスティーヌ。私の愛しい人」

その夜、ジュスティーヌはシメオンの胸の中で、久々になんの悪夢も不安もない眠りについた。

第四章　二度目の求婚をされまして

以降、ジュスティーヌは規則正しい食事、適度な睡眠を心掛け、作業を進めた。

無茶な徹夜を続けるつもりなら、また抱きに来てやるとシメオンが宣言したからだ。時間が足りなくなるのではないかと思ったが、時間を何時から何時までと決めてしまうと、それ以内で終わらせようという意識が働き、かえって効率的に仕事ができるようになった。

工程の三分の一にまで来たところで、ロザリーに点検をしてもらわなければと考えた。現時点で失敗らしき失敗はないし、自信もあるが、花嫁本人が満足しなければ意味はない。

謹慎中ではあるが、幸いキャストゥル邸と王宮との往復は許可されている。これは、ジュスティーヌのためというよりは、取り調べがある際、すぐに呼び出すための措置だろう。なんにせよ、ありがたく利用させてもらうことにした。

とはいっても、容疑者の一人には違いないので、当然王宮内での単独行動はよした方がいいだろう。そこで、シメオンの王宮への出仕に同行し、衣装室へもついてきてもらうことになった。シメオンは王宮で最も信頼されている人物だからだ。

シメオンと向かい合わせになる形で馬車に乗り込む。窓の外の景色を楽しむ余裕は、今日はなかった。

自分の正体とフォーレ家での過去の噂は、とっくに王宮の侍女、召使全員の耳に入っているだろう。一体どのような反応があるだろうか——暗い気持ちでいる間に王宮に到着してしまった。

王候貴族や貴族出身の侍女と、平民出身の召使らは当然王宮に入る門は違っている。前者は門柱の上に立つ二頭の獅子の彫像と、衛兵と黄金の格子に守護されている正門からだが、後者は王宮の裏側にある堀に掛けられた古びた橋からだ。

ジュスティーヌは三年間の習慣で、馬車から降りると、自然と王宮裏へ向かおうとしたが、シメオンに肩を掴まれ止められてしまった。

「……ジュスティーヌ、お前もこちらだ」

「えっ、でも……」

「……お前はロレーヌ家の直系だ。財産があるかないかではない。その身には確かに青い血が流れている」

シメオンはジュスティーヌの手を取った。ジュスティーヌが淑女であるかのようなエスコートだった。

シメオンが王宮へ出仕する時間は決まっているのか、内側から扉が重い音を立てて開かれる。玄関広間にはシメオンを迎え入れるため、召使らがずらりと並んで頭を下げていた。やはり、キャストゥル家は貴族でも格が違うのだと思い知らされる。

シメオンがジュスティーヌを連れて来ることは、恐らく侍女や召使らに知れ渡っているのだろう。廊下で彼らに挨拶をされるたびに、様々な反応をされた。表情を窺う者、密かに顔を顰める者、好奇心に満ちた目をする者——。

廊下の端では、侍女二人が廊下で耳打ちをし合っている。

「ねえ、あの方が針子のエリーズって嘘でしょ？　もっと地味で陰気だったわよ」

「私も信じられないけど、瞳の色が同じだから、やっぱりエリーズなんだと思う……」

内容までは聞き取れなかったものの、ジュスティーヌは何を言われているのかと気になって仕方がなかった。

「……ジュスティーヌ」

不意にシメオンに名を呼ばれた。

「背を伸ばせ。前を見ろ。お前はお前自身としてだけではない。ロレーヌ家の代表としてここにいるのだから」

ロレーヌ家の代表という言い回しにはっとする。そうだ。自分が堂々としていなければ、ロレーヌ家の名がより貶められてしまうのだ。

自分はなんの力もないただの女だが、人に恥じる生き方はしてこなかった。それこそが誇りなのだと気付き、ジュスティーヌは顔を上げた。藍玉の目が光を取り戻し力強く輝く。

シメオンの口元がわずかに上がった。

「……そうだ。ジュスティーヌ、それこそがお前だ」

不思議なもので胸を張り、悠然と歩いていると、召使らの態度が目に見えて変わった。シメオンに対するものと同じになったのだ。皆頭《こうべ》を垂れ、ジュスティーヌの目を見ようとしない。貴族とは、血統から来るものではなく、代々受け継ぐ心の在り方なのかもしれないと、ジュスティーヌはこの時実感したのだった。

ジュスティーヌが貴族出身だと判明したことで、王宮での扱いは何もかもが変わっていた。

まず、侍女を通さずにロザリーに謁見できたのだ。幸い、刺繍の出来はロザリーに絶賛され、このまま作業を進めることになった。

まだ首飾り盗難事件の容疑も晴れておらず、過去のフォーレ家での窃盗についても同様だ。身元の詐称に至っては言い訳もできない。なのに、王族に会うなど許されるのだろうか、と思っていたジュスティーヌは拍子抜けした。

「……フロリンの刑法の原則の一つが〝疑わしきは罰せず〟だ」

ロザリーとの謁見後、シメオンが廊下を歩きながら説明する。

「私の祖父でもある前国王ロラン一世が即位時にそう改正した。それまでは証拠もないのに心証や状況証拠のみで有罪判決を出され、冤罪を多く生み出すことになった反省かららしい」

また有罪が確定している場合にも、犯人に酌むべき事情がある場合、処罰の重さに反映されるのだそうだ。

ジュスティーヌはそこでようやく、オディールに大広間で糾弾された時、シメオンがみずからの評判すら犠牲にして、自分を庇ってくれた理由を悟った。

祖父のロラン一世を尊敬し、法律を重視し、かつ警察に所属していたからこそ、ジュスティーヌが曖昧な状況で断罪されるのを許せなかったのだろう。

シメオンが足を止めジュスティーヌを見下ろす。

「……現状では、お前が犯人だと示す証拠は、盗難事件においてはまったくない。また、身元の詐称についても事情が考慮されるだろう。しかし、あくまで私の予想だが、王宮での針子は解雇になると思われる」

ある程度覚悟していたものの、やはりはっきり告げられると辛かった。王宮の事情と法律に詳しいシメオンが言うのだから、ほぼ確定ということなのだろう。ジュスティーヌは拳を握り締めたものの、すぐに気を取り直して笑顔を見せる。

「左様でございますか。でしたら、すぐに新しい勤め先を探さなければ。きっとすぐに見つかります」

「……ジュスティーヌ、そうではなく」

シメオンが再び口を開きかけたところに、執事が速足で前方からやって来た。

「シメオン様、お知らせしたいことがございます」

声を潜め、耳打ちをする。シメオンは真顔で執事に向き合った。

「……わかった。すぐに行く」

ジュスティーヌを振り返り、「急用ができた」と説明する。国王に呼び出しでも受けたのだろうか。

「帰宅の時間は先ほど告げた通りだ。指定の場所で待っていてくれ」

「かしこまりました。行ってらっしゃいませ」

シメオンとは午後六時になったら、王宮の応接間で落ち合う約束をしている。現在午後五時なのであと一時間待てばよかった。

応接間は王宮にいくつかあり、シメオンの指定の部屋は、一階の玄関広間のすぐ近くにある。ちなみに、この応接間は頻繁に待ち合わせに使われているので、重鎮や来客の貴族と鉢合わせすることもよくあった。だが、まさか彼と再会するとは思ってもいなかった。

「失礼します」

ジュスティーヌは部屋の扉を開け、次の瞬間、テーブルを取り囲む四つの長椅子の一つに、見覚えのある青年が腰掛けているのを見て仰天した。

「フェルナン様……？」

フェルナンにとっても衝撃的だったのだろう。ジュスティーヌの呼び声にぎくりとして立ち上がる。

「ジュスティーヌ……」

緩いくせのある蜂蜜色の髪もハシバミ色の瞳も変わっていない。しかし、四年の歳月を経た彼の顔には、以前にはなかった、くっきりとした影が落ちていた。

ジュスティーヌはしばし呆然としていたが、すぐに我に返る。どのような状況であれ、今後は淑女としての嗜みを忘れてはいけないのだと、ドレスの裾を摘まんで頭を下げた。

「お久しぶりでございます。お元気そうで何よりです」

「あ、ああ……君も……」

どうもフェルナンの方が動揺しているらしく、その場に立ち竦んだまま、口籠っている。見捨てた昔の女が目の前にいるのだから、さぞ気まずいに違いない。

「申し訳ございません。部屋を間違えました」

ジュスティーヌは出て行った方がよさそうだと判断し謝った。

ところが、廊下へ一歩踏み出したところで、「待ってくれ！」と呼び止められてしまったのだ。

「はい。何か御用でしょうか？」

ジュスティーヌは自分がかなり冷静で、口調も態度も落ち着いていることに少々驚いていた。フェルナンはそんなかつての婚約者に違和感を覚えているのか、ジュスティーヌを食い入るように見つめて目を離さない。

「……今までどうしていたんだい？」

「オディール様からお話は聞いておりませんか？」

あのオディールのことだから、間違いなく兄に連絡し、ジュスティーヌが名を変え、変装して王宮にいたと話しているはずだ。キャストゥル邸に滞在しているとの情報も掴んでいるかもしれない。

「……ああ、聞いた。オディールは君がすっかりみすぼらしくなったと言っていた。だけど、それどころか、君は前よりずっと……」

フェルナンが何を言いたいのかがわからず、ジュスティーヌは眉を顰める。フェルナンは再び口籠り、「とにかく、座ってくれないか」と向かいの長椅子を示した。だが、ジュスティーヌは即座には従わない。フェルナンはすでにジュスティーヌの婚約者でもなんでもない。当然、赤の他人に命令する権利があるはずもない。

「なんのためにでしょう？」

「なんのためにって……」

フェルナンはしきりに目を瞬かせ、「だって、君は僕の」と言い掛け口を閉ざす。「……とにかく、三十分、いや十五分でいい。時間をくれないか」と下手に出てきた。

フェルナンは威圧的な性格ではなかったが、自分より格下だと見なした者には決して頭を下げないところがあった。当然、格下にはジュスティーヌも含まれている。少なくとも、四年前はそうだった。

その彼が一体どうしてしまったのだろう。

「かしこまりました。十五分でしたら構いません」

ただし、勧められた長椅子には腰掛けなかった。気のせいだと思いたかったが、フェルナンは切羽詰まった人間特有の危うさを漂わせていたからだ。ここは王宮内で、声を上げればすぐに召使や衛兵が駆け付ける。それでも、万が一を考え用心したのだった。

フェルナンはジュスティーヌの態度に思うところがあるのだろうか。大きく溜息を吐いて話を切り出した。

「先月、王家から我が家に使者が来てね……四年前の指輪の盗難について、詳しく話せと命じられた」

すでに終わったこととして処理されていた上、王家直々の使者だったので、フェルナンとコンスタンスはなぜ今更と混乱したのだそうだ。家族の名が二人しか出なかったので、ジュスティーヌは遠慮がちに尋ねる。

「グレース様はなんとおっしゃったのでしょう？　それに、フェルナン様の奥様は……」

「僕はまだ独身だよ、ジュスティーヌ」

あれからもう四年もの歳月が過ぎていたので、てっきりすでにそれなりの女性と結婚したと思い込んでいたジュスティーヌは驚く。

「君と別れてからは、これって女がいなくてね……」

フェルナンが愚痴を零すことには、あの事件ののち、グレースが推薦した婚約者候補にも、知人、友人、親族に紹介してもらった女性にも、妻にしたいと思えるほどの女性がいなかった、ということだった。

ある女性は見てくれは美しいが、頭の中はお洒落と社交しかない馬鹿。ある女性は賢いものの、太っていて醜く抱けたものではない。ある女性は美しく、賢かったが、それを自覚しており、性格が傲慢で可愛くない。ある女性は美しく、賢く、性格も慎ましかったが、平民の血が混じっており、フォーレ家に相応しくはない。ある女は家柄にはなんの問題もなかったが、それ以外に何もなく、本人にまったく魅力がない……。

ジュスティーヌは挙げ連ねられた女性と、フェルナンの主張する彼女たちの欠点に、フェルナンはどれだけ完璧な女性を求めているのかと呆れた。美しく、賢く、能力は高いものの慎ましく、常に男性を立て、両親の家系ともに代々の貴族で――そんな女性は王族にすらいない。存在していたとして彼女にも選ぶ権利がある……というよりは、あらゆる男性がほしがるだろうから、女性が男性を選ぶことになるのではないだろうか。

とはいえ、フェルナンに事実を指摘するのは、ジュスティーヌの仕事ではない。

「さ、左様でございますか……。ですが、いずれはされるのでしょう。グレース様はお元気ですか？」

「……祖母は亡くなった」

これにはさすがに衝撃を受けて、ジュスティーヌは一瞬声を失った。

グレースはジュスティーヌが姿を消して間もなく、息を引き取ったのだそうだ。フォーレ家で最も世話になった人だ。できれば葬儀に参列したかったが、当時のジュスティーヌにはまず無理だっただろう。

「お悔やみ申し上げます。残念ですね……」

「祖母は僕たちの結婚を待ち望んでいた。最後の言葉は『ジュスティーヌとの結婚はいつだい？』だったよ」

そんな反応に困ることを聞かせて、フェルナンはどうしたいのだろう。ジュスティーヌは彼の意図が見えなかった。フェルナンが確認するようにジュスティーヌに尋ねる。

「ジュスティーヌ、君はまだ結婚していないと聞いた。まさか、もう誰かと交際しているとか、君に限ってそんなふしだらな真似はしていないね？」

婚約者同士の健全な交際は貴族にも珍しい話でもないのに、ふしだらはひどい言い草である。むしろ、とっくにそれ以上にふしだらな真似をしているので、ジュスティーヌとしては苦笑するしかなかった。

それを見たフェルナンがさっと青ざめる。

「なぜ笑う……。ジュスティーヌ、例の噂は真実なのか。キャストゥル公の愛人になったなど」

この噂にはジュスティーヌもぎょっとしたが、そうなっても当然かと納得する。ロザリーから頼まれたにせよ、シメオンが屋敷に女を引き取ったとなれば、愛人だと捉える者がいてもおかしくない。

シメオンから求められていればそうも言えたのかもしれないが、実質はこちらから誘って抱いてもらっている状態だ。愛人などという上等な存在ではない。下手をすれば娼婦以下ではないだろうか。そうした認識があったので、ジュスティーヌはきっぱりと否定した。

「まさか。なんて恐れ多いことを……。断じてそのような立場ではございません。シメ……閣下は今回王宮で盗難事件があったのを受けて、私を監視下に置くようにされただけです」

それにしても、ジュスティーヌの立ち位置がどうだろうと、フェルナンに詰問される謂れなどない。彼からは婚約を破棄されている。相手が誰だろうと、なぜ操《みさお》を立てなければならないのだろう。

ジュスティーヌの怪訝な表情に気付いたのだろうか。フェルナンは居心地が悪そうに顔を伏せた。分が悪いと察したのか、話を切り替える。

「今日僕が王宮に来たのは……陛下に申し立てに来たからだ」

フォーレ家のでの家宝の指輪の盗難については、四年前にとっくに解決しており、蒸し返す必要はない。そもそも家庭内での出来事だったので、王家が干渉するほどの事件ではない。王宮での事件と関わりがあるとは思えないので、これ以上の調査は不要だ。

フェルナンは宮廷の要職にある親族とともに、国王にそう訴えたものらしい。

干渉するほどの事件ではないという言葉に、冷静だったジュスティーヌの心に、小さくはあるが怒りの炎が灯った。フェルナンにとっては、自分の名誉も人生も、所詮その程度の重さでしかなかったのだ。

「君だって、今更噂になっても困るだろう？　君もキャストゥル公に進言してくれないか」

フェルナンの声が少々甘いものになった。まだ婚約者であった頃、よく聞いていた声だ。だが、今はまったく心は動かされない。

「いいえ……」

ジュスティーヌは首を横に振った。

「やっと名誉を回復する機会ができたのです。ソフィのためにも、ロレーヌ家のためにも、何より私自身のためにも、捜査は継続をお願いするつもりです。私は盗みに手を染めてなどいないと証明していただきます」

フェルナンがまたもや溜息を吐く。

「ジュスティーヌ……どうしてそうも頑固なんだ。僕といた頃はもっと素直だっただろう。そんな女は可愛くはない。女は男に従うのが幸福への近道だ」

「では、やってもいない罪を認めろとおっしゃるのですか？」

淡々としたジュスティーヌの口調と、初めて自分を真っ直ぐに見据えた藍玉色の瞳に気圧されたのか、ハシバミ色の瞳が泳ぐ。

「そういうことではなくて……」

「なら、どういうことなのですか。フェルナン様、私はまだ世間知らずの小娘でしかなかった頃、あなたに助けていただいたことは心から感謝しております。ですが、いくら恩があろうと、この件で一歩も引くわけにはまいりません」

フェルナンはまだジュスティーヌを説得したいようで、顔色を窺いながらも、話が終わったとは言わない。

ジュスティーヌはこれ以上の何を言っても無駄だと、「失礼します」と挨拶をして応接間を出ようとした。

「……待つんだ、ジュスティーヌ！」

焦ったのか、フェルナンが音を立てて立ち上がり、ジュスティーヌの背に呼びかける。

「一つ提案があるんだ。改めて僕と婚約しないか？」

ジュスティーヌは足を止め、かつての婚約者を振り返った。二度目の求婚に驚いたからではなく、フェルナンと結婚など冗談ではないと感じたからだ。

「……何をおっしゃっているのです？」

フェルナンは一人で大きく頷いていた。

「そうだ。それが一番いい。ジュスティーヌ、僕は君をもう責めるつもりはない。なんだかんだ言って、君が最も美しく、賢く、慎ましく、家柄もよく、魅力的だった……。君だって僕と結婚すればフォーレ家の一員になれるし、あの指輪は次は僕の妻のものになるはずだから、盗む、盗まないという問題ではなくなる」

なぜここまで必死になるのかまでは知らないが、あくまでフェルナンは自分が犯人だと言い張るつもりらしい。

もうフェルナンを愛してはいないし、それ以上に、自分を信じてくれない夫と一生を共にするなどぞっとした。

ジュスティーヌは何も答えず扉を開けた。

「ジュスティーヌ、待つんだ！」

フェルナンが追ってくる気配がしたが、廊下へ一歩踏み出した直後、彼だけではなく、ジュスティーヌも驚愕に凍り付いてしまう。扉の横の壁にシメオンが背をつけ、腕を組んで立っていたからだ。急用は早く終わったようだった。

「……話は終わったか」

ジュスティーヌに手を差し伸べ「……屋敷へ帰るぞ」と告げる。ジュスティーヌはシメオンの命令には素直に従い、彼の手を取った。

フェルナンはジュスティーヌの行動に衝撃を受けたのか、声もなくその場に立ち尽くしている。シメオンは呆然とするフェルナンを無視し、足早にジュスティーヌを連れ去った。

キャストゥル邸へと向かう馬車の中で、シメオンはまったく口を開かなかった。重い沈黙が車内に落ち、ジュスティーヌも声を掛けづらい。尋ねたいことはいくつもあった。フェルナンとの話は聞こえていたのだとすれば、いつから、どこまで聞いていたのか。

シメオンは屋敷に到着してもやはり無言で、ジュスティーヌがようやく声を聞けたのは、部屋の前まで送られてからのことだった。

「……自分の心には、素直になった方がいい」

シメオンの言葉の意味が理解できず、ジュスティーヌは深紅の双眸を見上げる。いつもとは違い、シメオンの真顔からは、わずかな感情の変化も読み取れなかった。

「何をおっしゃって……」

「……もう一度求婚されたのだろう？　いい機会ではないか」

「……っ」

シメオンはフェルナンからの求婚を耳にしていたらしい。彼とよりを戻し、結婚しろと暗に勧められているのだと気付く。

シメオンは飽きた女の厄介払いをしたいのだろうか。ジュスティーヌは目の前が真っ暗になった。どうにか口を動かし、フェルナンと結婚できない理由を並べ立てる。

「……私は、もう貴族の殿方との結婚はできません。この年ですし、清い身でもございません」

「お前はお前自身の価値を知らない」

シメオンは指先でジュスティーヌの頬に触れた。

「お前が男を知っていようと、過去に何があろうと関係ない。だからこそ、お前は誰よりも美しいとも言える。……今のお前に片膝をつき、人生と築き上げたすべてを差し出したいと望む男は、フロリン中にいることだろう。フォーレ伯もそのうちの一人なのだろう」

フロリン中の男性に何を捧げられようと、嬉しくもなんともなかった。愛されなくても、叶うことなら、シメオンのそばにいたかったのだ。

しかし、拒絶までされてはどうにもならない。喉が強張って、声が出ない。何も言えない。

その夜から、シメオンはジュスティーヌを抱かなくなった。必要なエスコート以外には、触れることすらなくなった。

まさか、人肌が恋しくなる日が来るとは思わなかった。

ジュスティーヌはその夜の就寝前、部屋のランプを消す間際に、叩かれることのない扉に目を向けた。今夜こそシメオンが来ないかと、近頃無意識のうちにそうしてしまう。

自分はこれほど浅ましい女だったのかと、呆れ果てて溜息を吐くしかなかった。心と体がシメオンを求めて熱を持っている。なのに、愛しい人はそばにいない。

シメオンにはフェルナンとの結婚を助言されたものの、フェルナンへはあの後手紙で断りの返事をした。これなら向こうも諦めるだろうと思い、「他の殿方に恋をし、すでに純潔ではありません」と綴ったのだ。

フェルナンは自分のものとみなした女性が、他の男性の手を取ることすら嫌がる。まして、抱かれたともなれば、我慢できずに求婚を取り消すだろう――そう思っていたのだが、翌週フェルナンから届いた手紙には、なんと「それでも構わないので、結婚してくれ」とあった。

ジュスティーヌはフェルナンの言動に不信感を抱いた。彼の性格からすればどう考えても有り得ないからだ。なぜそこまで今更自分と――信用してもいなければ、純潔でもない女と結婚したいのか。

今度ははっきりと、「お断りします」と書いて送った。それで終わったつもりだった。

更には、謹慎も残り二週間となった頃、今度はシメオンが奇妙な行動を取るようになった。

帰宅時間が一、二時間遅れることが頻繁になり、王宮での宿泊も増えただけではない。朝夕挨拶を交わすことすらなくなったのだ。さっさと出仕してしまい、一日顔を合わせないことも少なくない。避けられているのだと気付かなければ馬鹿だ。

体だけの関係の訳あり女と、後腐れなく別れるための布石なのだろうか。

いずれにせよ、ジュスティーヌの心は一日ごとに深く傷ついた。それでも、ロザリーの花嫁衣裳のための刺繍に集中し、針と糸と手を動かすことで、気を紛らわせ、日々を乗り切れた。

更に数日が経ち、空に浮かんだ欠けた月に、ヴェールにも似た雲がかかった夜のことだった。

ジュスティーヌはまだ刺繍を続けていた。その日は全体的にいつもより手際よくできた日だったので、早くに終えるのが惜しかったのだ。

針刺しに針を刺し、一時間ぶりに顔を上げる。カーテンの隙間から月光が射し込み、ジュスティーヌの部屋の窓辺やベッドを照らし出していた。ランプがいらないほどの明るさである。

「……綺麗」

今宵の月光は一際眩く、それでいて優しい。淡い金と青が混ざった、幻想的な色合いをしていた。シメオンが隣にいてくれれば、もっと美しく見えただろうにと溜息が出る。

シメオンは今日も王宮に宿泊するつもりらしく、彼の馬車はまだ屋敷に戻っていない。自分の謹慎が解け、キャストゥル邸を出て行くまで、帰らないつもりなのかもしれなかった。

悲しく辛いが仕方がない。初めから愛はいらない。体だけだと約束していたのだから。

ジュスティーヌが針刺しから再び針を手に取り、刺繍を再開して五分ほど経った頃だろうか。窓の外から馬車の車輪の音と、小さな馬の嘶《いなな》きが聞こえた。

こんな夜更けに来客は有り得ない。ということは、シメオンが帰宅したのだ。すぐにでも出迎えに行きたかったが、シメオンは顔を合わせたくもない女に、「お帰りなさい」と言われたくはないだろう。

ジュスティーヌは気持ちをぐっと押し殺し、銀糸で丁寧に、フロリン王家の百合の紋章を模《かたど》っていった。

刺繍に集中することで、脳裏に浮かぶ深紅の瞳を振り払う。なのに、その最中になんの前触れもなく扉を叩かれたのだ。しかも、何度も力任せにだったので、すわ事件かと肝を潰した。

「なっ……なんなの⁉」

初めはエマか、他の侍女か、召使が飛んで来たのだろうと思った。この慌てようからすると、屋敷で火事でも発生したのかもしれない。空気の乾燥するこの時期の王都では珍しくない。

「たっ……大変っ……」

なら、例え自分はこんがりとしたローストになろうと、この布地だけは死守しなければならない。もうじき完成しそうな段階なのだ。万が一燃えてしまっては、未練で化けて出てしまいそうだ。

ジュスティーヌは急いで丸めた布地を抱え、すぐに避難しようと扉を開けた。

「エマ⁉　火事はどこで……」

ところが、言葉もなく目の前に佇んでいたのは、すっかり仲良くなったエマらではなく、何日ぶりかに見る紅い髪、紅い瞳の持ち主だった。

どうやら自室で上着を脱いだだけで、この部屋にやって来たらしい。純白のシャツに漆黒のズボンだけを着ている。シメオンは外と内の区別をはっきりする性格で、出仕用の衣服は帰宅次第すぐに着替える。なのに、今日はまだこの姿なのだから、よほど動揺しているのだろう。

ということは、やはり火事なのだと思ったのだが、それにしては慌てた様子はない。甘さのない美貌は相変わらずの真顔だが、どこか思い詰めているようにも見える。

「シメオン様……？　どうなさいましたか？　あのう、火事なのではないのですか？」

シメオンはジュスティーヌの腕を掴んで部屋に押し入った。花嫁衣裳のための布地を絨毯の上に落としてしまう。すぐに拾おうとしたのだが、シメオンはそれを許さなかった。次の瞬間、息も止まるほどの力で抱き締められ、ジュスティーヌは目を見開いてシメオンを見上げた。

「シメオン様、何を……!!」

もがいたのだがシメオンはびくともしない。ジュスティーヌの髪に頬を埋めるばかりだ。息を吸って吐くのすら苦しそうで、王宮で何かあったのだとすぐに察した。恐らく、歓迎できない出来事だったのだろう。

「シメオン様、何があったのですか？　私でよければ……話していただけませんか？」

「……少しでいい。何も言うな。お前を抱いていたい」

いくら事情を聞き出したくても、こんな言い方をされては何も言えない。ジュスティーヌはずるいと思いながらも、久々に感じるシメオンの体温、樹の皮と麝香を混ぜた香り、胸の厚さ、逞しさに酔い痴《し》れた。

数分間の沈黙ののちにシメオンがようやく口を開く。

「……お前は、私を憎むことになるかもしれない」

大きな石の塊を飲み込んだのかと不安になるほど、シメオンの声は重く、暗いものになっていた。脈絡のない台詞にジュスティーヌは首を傾げる。

「私がシメオン様を憎む？　天と地がひっくり返っても有り得ません。神に誓っても構いません」

濡れ衣を着せられそうになったところから助け出し、屋敷にソフィともども屋敷に引き取ってくれただけではない。ソフィに名医を付け、別邸に静養までさせてくれているのだ。

だが、ジュスティーヌ本人の否定にも、シメオンは納得した様子はなかった。

「……それでも、憎むかもしれない。いいや、憎むだろう。私がお前の立場にあれば、必ず私を憎む。正しいか、法に則《のっと》っているのかどうかなど関係ない」

シメオンはあくまで自分が彼を憎むだろうと言い張る。ジュスティーヌはさすがに黙っていられなくなった。

「私に関係することなのですね？　今回の事件にもなのでしょうか？」

「……」

シメオンは何も答えてくれない。腕に一層力を籠めるばかりだ。ジュスティーヌは必死になってシメオンに訴えた。

「シメオン様、お願いです。そこまでおっしゃるのなら、最後まで教えてください。私は、フォーレ家の事件に巻き込まれた時にも、当事者であるにもかかわらず、何一つ関わることが許されませんでした。結局、一つの対策も取れずに出て行くことしかできなかったのです。あの時覚えた運命への無力感が私から自信と気力を奪い、ソフィすら道連れにしようとしてしまった。これは弱かった私の罪です。だから、私は弱い私はもう嫌なんです」

ジュスティーヌは絞り出すような声で「……強くなりたいのです」と唇を噛み締める。

「私の人生は取るに足りないものかもしれませんが、それでも私にとっては一度しかありません。これからは自分の力でちゃんと歩いていきたいんです。だから、どうか」

シメオンが親指でジュスティーヌの頬をなぞった。

「ジュスティーヌ、お前はもう十分強い」

深紅の瞳の奥に一瞬浮かんだ感情はなんだったのか。

「なのに、私は憎まれる覚悟もできない意気地なしだ」

シメオンは苦しげにそう呟くが早いか、ジュスティーヌの唇を奪った。

「……っ」

体ごと心を押さえ付けようとしているのを感じ、ジュスティーヌは胸の中でもがいたが、力でシメオンに敵うはずもない。抵抗も敢え無く強引に横抱きにされ、ベッドに押し倒されてしまった。

ガウンの合わせ目をはだけられ、それどころか、身に着けていたものを下着ごと呆気なく引き裂かれてしまう。絹を思わせる白い肌が月光に晒され、二つの豊かな膨らみがふるりと揺れた。

しかし、ジュスティーヌはいきなり裸に剥かれたことよりも、お気に入りの寝間着を台無しにされた衝撃の方が強かった。

「ひ、ひどい……！」

せっかくのレーメン王国産のレースが、繊細な織り目の布地がもったいない！　人間に無体を働くのは構わないが、寝間着と下着には優しく！　とジュスティーヌは訴えようとしたのだが、時すでに遅く、両者はシメオンにより無残な布切れと化してしまった。

「い、一枚何フロルすると思っているのですか⁉　レースだけで金貨三枚分の価値はあるんですよ⁉　寝間着一着にしたって、糸を紡いで、布を織って、縫ってと膨大な手間がかかっているわけで、いくらシメオン様だって無駄にしていいわけではありません‼　あああ、もったいないっ……んっ」

両手をシーツに縫い留められ、また口付けられ、今度は抗議の声を奪われる。

「……っ」

掴まれた手首が痛い。シメオンが力に任せて抱こうとするなど初めてだった。

初めてシメオンと過ごした夜は、自分から誘ったものだった。以降、繰り返された夜伽も双方の合意によるもので、シメオンが自分の健康を憂慮し、強引に仕事を止めた一夜以外に、無理強いされたことはない。

何がここまでシメオンを駆り立てるのかがわからなかった。

「ジュスティーヌ……」

ジュスティーヌはシメオンの唇が離れ、力が一瞬緩んだ隙に、身を捩って彼とシーツの間から抜け出し、ベッドの片隅へと避難した。

青みを帯びた金髪が妖精の美貌と女神の体に散り、胸を両手で覆い隠すそのさまが、より煽情的に深紅の瞳に映っているなどは思いもしなかった。

「お、おっしゃって、ください。こんなことをしようとする、わけを。聞かせていただけなければ、例えシメオン様であろうと、指一本触れさせません」

シメオンは途切れ途切れに、それでも自分を問い詰めようとするジュスティーヌを前に、「……まったく」と唇の端で苦笑した。

「私をこれほど困らせるのも、悩ませるのも、きっとお前だけだよ、ジュスティーヌ」

シメオンが腕を伸ばしジュスティーヌの足首を掴む。力任せに引っ張られ、「きゃっ」と悲鳴を上げ、ベッドの上に仰向けに転がってしまった。慌ててうつ伏せになり、這って逃れようとしたものの、背に圧し掛かられ動けなくなってしまう。

「シメオン……様っ」

「もう、何もかも忘れてしまおう」

背から胸の下に手を差し入れられ、強く、弱く緩急をつけて揉み込まれると、膨らみから体がじわじわと温められ、腹の奥に火が点き、熱が燻ぶった。

「んんっ……」

顔を枕に押し付け、シーツを握り締めながら、ジュスティーヌはやっとの思いで「ずるい」と呟く。

シメオンは今やこの体を自分以上に知り尽くしている。どこをどう扱えばどのように感じるのか——シメオンの腕の中では結局彼の意のままになるしかないからだ。

「ずるい……ずる……っ」

胸の頂を摘まれ喉の奥から熱い息が吐き出された。たちまち硬く尖ってぴんと立つのを感じる。うなじに口付けを繰り返され、時には強く吸われるのを感じた。きっと目の届かないところに、いくつもの紅い痕が散っているのだろう。

背後でズボンを下ろした気配がした。シメオンはジュスティーヌの体の変化を悟ったらしく、今日はこれ以上前戯をするつもりはないらしい。「早くお前の中に入りたい」と、情欲の籠った声で耳元に囁いた。

「お前の肌が私の熱に染め上げられるのを見たい」

「い……けません。ちゃんと、話を……っ」

腰をぐっと持ち上げられたかと思うと、先走りにぬるりとなったシメオンの分身が、ジュスティーヌの紅水晶色の蜜口に後ろからあてがわれる。灼熱と男の欲望を肌で直に感じ取り、ジュスティーヌはびくりと背筋を震わせ、声を上げた。

「やっ……」

口から出た言葉こそ拒絶だったが、体は裏腹にシメオンを受け入れる準備が整っており、奥からこんこんと蜜が漏れ出てくる。なんてはしたないと、みずからを恥じる間もなく、興奮に温められた胎内に楔が侵入してきた。シメオンがぐっと腰を突き出したことで、一気に半ばまでを征服されてしまう。

「んぁっ……」

頬をシーツに押し付け熱い息を吐き出す。楔は純潔だった頃の名残のある隘路を押し広げ、体から屈服させられるその被虐感と快感に、ジュスティーヌは繰り返し息を吐き出して耐えた。

「お前は、熱い。焼け焦げてしまいそうだ」

楔は貪欲にジュスティーヌの奥深いところにまで入り込み、ジュスティーヌは「あんっ……」と喘ぐ。胎内が隙間なく満たされ圧迫感があるはずなのに、苦痛となるどころか体は歓び、シメオンの分身を締め付けた。

「……っ。……動くぞ」

ジュスティーヌはシメオンの言葉を耳にし、なんの助けにならないと知っているのに、思わずシーツを握り締め、体を強張らせた。強く激しい律動がジュスティーヌを苛む。

「あっ……んんっ……ふっ……」

シメオンの次に取る行動がまったく予測できなかった。規則正しく動いていたかと思えば、不意におのれの分身を引き抜き、突き入れてくる。身も心も一時も休まる暇などない。喘ぎ続けたことでもはや声は枯れ、なのに、上げずにはいられない。

「は……あっ……うぅっ……」

枕に押し当てられた清楚な美貌が汗と涙に濡れ、眉が苦しげに寄せられるさまは、シメオンの深紅の瞳に娼婦よりも嫌らしく、それでいて妖精よりも美しく映り、更なる欲望を煽り立てた。

「……ジュスティーヌ、やはり、お前は美しい」

溜息とともにジュスティーヌの胸と腹の下に腕を差し入れ、細く、だが優美でまろやかな線を描いた体を繋がったまま持ち上げる。

「ああ……んあぁっ‼」

ジュスティーヌは体に走った衝撃に身を震わせた。シメオンはベッドの上に胡坐《あぐら》を掻いており、その膝の上に乗せられたらしい。真下から真上に楔を穿たれる姿勢になり、胎内に更に奥があるのだと思い知らされた。悦楽の彼方だったはずの羞恥心を覚える。

「や……や……だ……め……恥ずかし……」

「今更、何を言う」

シメオンの胸と自分の背が密着している。顔を見られない状態なのが唯一の救いだった。シメオンに腰を掴まれ、体ごと揺さぶられる。

「あっ……あっ……んんっ」

シメオンの先走りと蜜とが胎内で混じり合い生まれる、ぐちゅぐちゅと卑猥な水音に固く目を閉じる。ところが、そうすると一層大きく聞こえる気がして、また瞼を開けざるを得なかった。すると、今度は上下に激しく動くおのれの二つの膨らみが目に入り、直後にその膨らみを、背後から覆うようにシメオンの手で包み込まれてしまう。続いて目の前で力強く揉まれることで、視覚でも感じてしまい、目を閉じていても開いていても逃げ場がない状態になった。

「うっ……あ……あっ……」

背をピンと伸ばして引き攣らせることしかできない。

「……はっ……だ……め。もう、だめ……しめおんさま、もお、むりぃ……」

ところが、限界を訴えるジュスティーヌに対する、シメオンの答えは次のようなものだった。

「ジュスティーヌ……まだ足りない」

胸と腰に回されていた長く逞しい腕が不意に解かれた。

「あっ……」

ジュスティーヌは力なくベッドに俯せに倒れ込む。繋がりが解け、塞ぐものがなくなった蜜口から、どろりと熱い何かが零れ出た。

もう終わりなのだろうか。終わりだと思いたい――ジュスティーヌはそう願って肩で息を吐いていたのだが、すぐにシメオンを甘く見ていたのだと後悔することになった。シメオンはジュスティーヌの体をくるりと仰向けに返すと、すぐに伸し掛かって膝を押し、足を大きく広げ、月光にぬらぬらと光る間に入り込んできたのだ。

「な、何をっ……」

次の瞬間、最奥にまで一気に、なんの引っ掛かりもなく屹立を突き入れられ、ジュスティーヌは目を見開いて、シメオンの肩越しに天井を見上げた。

「んあっ……」

それ以上ろくに声が出なくなってしまい、代わって咽《むせ》ぶような吐息が繰り返される。

「んっ……ふ……う、ん……」

シメオンはジュスティーヌの乳房を揉み込みつつ、不規則な動きでその体を甘く淫らに蹂躙した。激しく上下にジュスティーヌを揺すぶり、ベッドを軋ませたかと思うと、腰をぐるりと回して胎内で円を描く。弱い箇所を切っ先で掻かれた時には、びくびくとジュスティーヌの細い背筋が引き攣り、肩が震えた。

シーツを握り締めていた白い手は、いつしか力なく投げ出され、時折救いを求めるように宙に伸びたが、すぐにぱたりと落ちて痙攣するばかりだった。唇は汗と涎に濡れ、青みを帯びた金髪が数筋張り付いている。

「ん……んんっ……や……やっ……」

暴力的なまでの快楽を強引に体に刻み込まれているというのに、ジュスティーヌはもはや「やめてほしい」とは思わない。口からはまだ「嫌」などという言葉の欠片が吐き出されるが、それは自分の肉体がシメオンのあらゆる動きに反応し、熱された血が爪先から腹、頭から腹に上って、何も考えられなくなってしまうからだ。

意識に白い霞がかかって朦朧として、母から与えられた大切な名の意味すら、記憶から消えてしまいそうだ。

シメオンの低い声が耳に届いたものの、ジュスティーヌはもう理解できる状態ではなかった。

「ジュスティーヌ、お前自身も、お前の人生も、お前だけのものだ。神ですら、その事実は覆せない。その名を奪えない。だが、こうして私の腕の中にいる間は、私だけの、ものだ」

「し……めおん……あっ」

言葉が途切れる間にシメオンの体から汗が跳ねる。樹の皮と麝香の香りのする汗だ。いつしか、ジュスティーヌにもその香りが移り、豪奢な室内には二人の放つ湿気と背徳的な香がわだかまっていた。

「お前は、今、誰のものだ？　誰に抱かれている。ジュスティーヌ、答えてくれ」

「わ、たしは……あっ」

ジュスティーヌは嫌というほど感じさせられ、喘ぎ、自我すら快楽により分解されかけながらも、それでもシメオンの声だけは不思議と聞き取ることができた。

「……たの、ものです。しめおん、さま」

「……聞こえない」

「あんっ」

弱い箇所をぐっと押され、華奢な体がぶるりと震える。

「あなたの、ものです。私の、すべては……あなたのものです」

ジュスティーヌの息も絶え絶えの返事を聞き、シメオンの動きがまた変化を見せた。左の乳房を掴みながら、ジュスティーヌの蜜口に楔を打ち付けていたのだが、やがて速さを落とし、腰をより密着させ、最奥の奥をぐっと抉り始めたのだ。その度に枯れ果てたはずの喉の奥から、また「あっ」と高く澄んだ甘い悲鳴が上がった。

「あっ……。……っ。あっ……あんっ」

壊れてしまうとジュスティーヌは感じ、涙を流した。だが、それはそれで構わないと心のどこかで思う。

「ふっ……んっ……ぁっ……んぅ」

強く突かれるたびに内臓を内側から押し上げられ、肺からはようやく吸い込んだ空気が、すぐに吐息となって出て行ってしまう。ろくに呼吸ができないからなのか、苦しい。なのに、気持ちがいい。ひどく嬉しくもあった。

シメオンが自分は体を起こしながら、ジュスティーヌの腰の下に手を入れ、浮かすように持ち上げる。ジュスティーヌは今までになかった体位に慄いた。

「な……にをっ……」

そして、シメオンはまろやかな下半身との繋がり解かぬまま、ベッドの上に膝をつき、ジュスティーヌの腰を引き寄せたのだ。ジュスティーヌは上半身がベッドに仰向けになったまま、シメオンの腰に両足を回し、下半身だけが隙間なく重なる形となった。

「ん、んんっ……うっ」

先ほどとは違う角度から責められ、ジュスティーヌはいやいやと首を振った。シメオンはぐっと彼女の腰を引き寄せながら、より感じる角度を探っているらしい。ジュスティーヌはその動きがまた堪らず、仕留められた鹿となって、くっと白い喉を仰け反らせる。まさにシメオンに狩られ、貪られているのだと感じた。

窓から差し込む冴え冴えと明るい月光は、ジュスティーヌの髪と同じ青みを帯びた金で、喘ぎ、乱れる彼女を怪しく艶やかに見せている。シメオンはそうした顔をさせているのは、自分なのだと更に思い知らせるつもりなのか、見つけたばかりのジュスティーヌの新たな快楽の在り処を執拗に突いた。

「あんっ……んっ……ふっ」

ジュスティーヌの体もシメオンの分身を締め付ける。長く体を繋げていたからなのか、お互いの熱だけではなく、現在どの段階にいるのかも感じ取れた。

「も……だめ……だめです……」

「……っ」

表情からしてシメオンも限界に来ているのだろう。甘さのない美貌に汗が流れ、唇を噛み締めるそのさまは、男性であるのにもかかわらず、ぞっとするほど艶やかに見えた。

「……ジュスティーヌ」

低く掠れた声で名を呼ばれ、更に奥を突かれて、ジュスティーヌは声にならない声を上げた。頭の中が眩いまでの白に染まり今度こそ声を失う。

「……っ」

シメオンも息を吐き出したかと思うと、ジュスティーヌの中に熱を放った。

それからどれだけの時が過ぎたのだろうか。上半身が不安定な状態のまま、両手がベッドに放り出されているからか、ジュスティーヌは感じながらも心もとなさを覚えた。震える二本の腕を、力を振り絞ってシメオンに伸ばす。

「ジュスティーヌ……？」

「シメオン様……お願い……です。ぎゅって、してください。これじゃ……寂しい」

ろくにものを考えられなくなったせいで、幼子のような言葉遣いをしてしまったが、それを恥ずかしく思う余裕はない。

「あなたを、体中で、感じたい。……お願い。抱いて」

深紅の双眸が見開かれ、やがて優しい光が浮かんだ。

「……まったく、お前という女は」

ベッドの中でシメオンが頼みを聞いてくれたのは、これが初めてではないだろうか。体を倒すとジュスティーヌの顔を覗き込み、軽く口付け、優しく胸に抱いてくれた。頭をよしよしと撫でてもくれた。本当に子どもに戻った気分になった。

「……無理をさせた」

シメオンはジュスティーヌの髪に頬を埋め、「……約束する」と告げる。

「間もなくお前は真実を知ることになるだろう。それだけは、約束する」

「……真実」

ジュスティーヌは硬い胸に頬を寄せながら考えを巡らせたが、シメオンを憎む理由も、真実もまったく見当がつかなかった。例えシメオンにこの場で縊《くび》り殺されても、決して恨まないだろうという確信があった。愛する人の手に掛かって死ねるのなら、最後に目に映すものがその美貌であったなら、この上なく幸福だろうとすら思えたからだ。

このシメオンとの夜から二日後、ジュスティーヌの元に一通の招待状が届けられた。ロザリーからの仮面舞踏会への招待状だった。

第五章　最後にワルツを踊りまして

仮面舞踏会とは文字通り仮面を付け、仮装をして参加する舞踏会のことだ。貴族にも裕福な平民にも大変人気の舞踏会である。

ロザリーは来年ブリタニア王国に嫁ぎ、よほどのことがない限りは、フロリンに帰国することはない。そこで、母国で最後の思い出を作りたいと、半年以上前からこの舞踏会を企画していたらしい。「一度でいいからやってみたかった！」と強く希望したのだそうだ。

ところが、問題がいくつかあった。仮面舞踏会が人気の理由とは、一夜限り氏素性《うじすじょう》を隠して、ダンスを通じ、目当ての異性に近付けるからというところにある。しかし、国王からすれば、王宮がいかがわしい関係や、不倫、浮気の温床《おんしょう》となってはたまらない。

また、この半年で連続盗難事件も発生していたために、警備を厳重にする必要もあり、誰が誰だかわからない事態は避けたい。

そこで、国王は愛娘であるロザリーに以下のような条件を付けた。「招待客に事前にどのような仮装をしてくるのか申請させること」だ。ロザリーはしぶしぶながらも条件を飲んだ。

主な招待客は王都に屋敷、あるいは別邸を構える貴族で、王族の血を引くシメオンもその一人だ。また、男女が同じ数になるように配慮されているらしい。

なのに、舞踏会まで一週間を切った頃になって、数名の女性から欠席の連絡があったのだそうだ。いずれも身籠っていると判明した、親族が亡くなったなどの止むを得ない事情であり、予定の空いていそうな貴族の女性に、急遽声を掛けたらしい。その一人がジュスティーヌだった。

ジュスティーヌは立場からして相当迷ったものの、少しでも恩返しになるのならと参加を決めた。エマが「ドレスの着付けができるわ！」と大いに乗り気で、彼女に強く勧められたからということもあった。

ジュスティーヌも近い将来異国に嫁ぐロザリーと同様に、この舞踏会が王宮での最後の思い出になるのだろうと感じていた。謹慎期間が終わるのは舞踏会の三日後だ。きっとその日に解雇を言い渡されるのだろう。なら、最後にシメオンと一曲でいいから踊りたかった。唇に紅を塗り白粉を叩き、髪飾りやドレスで着飾った、自分の最も美しい姿を彼に覚えてほしかったのだ。

仮面舞踏会当日、ジュスティーヌはエマにお勧めのドレスを着せ付けてもらった。これもシメオンの嫁いだ妹・ジュリエットの残していった衣装らしい。隣国レーメン王国の二百年前の王妃マルゲリータが、結婚式で身に纏っていたドレスを模したものだそうだ。

深紅の絹地に金糸で蔦の刺繍を施しており、布地だけでも派手になりそうなところを、体の線に沿った流線的な縫い方にすることで、趣味と品の良さを演出している。腰に宝石を嵌め込んだベルトを巻き、肘から長い飾り布が下がっているのが、当時のレーメン王国の高貴な女性の衣装の特徴だった。肩は剥き出しに、胸は谷間が見え隠れしている。

仕上げに結い上げた黒髪のカツラを被り、黄金の輪状の冠を嵌め、ルビーと黄金の十字架の首飾りを掛ける。

「まあああまあ‼　ジュスティーヌ様、本物の王妃様のようですわ‼」

エマと侍女らが感嘆の声を上げ溜息を吐いた。

「仮面を被るなんてもったいのうございます。せっかくこんなにお美しいのに……」

侍女の一人の言葉にジュスティーヌ以外の全員が頷く。

「仮面はお顔全部を覆い隠すものではなく、目だけのものにしましょうね」

「きっとますます神秘的に見えます！」

こうして着付けと化粧を終えたジュスティーヌは、エマらに見送られ馬車に乗り込んだ。

シメオンは二時間ほど早く王宮に出向いている。立場上仮面舞踏会には参加しなければならないものの、警察に所属する者として会場の防犯のために国王や執事、衛兵らと打ち合わせをするのだと言っていた。

シメオンは大広間で自分の姿を見て、どのような反応をするだろうか。真顔のまま変わらないか、あるいは美しいと微笑んでくれるのか——ジュスティーヌは馬車の中で甘さのない美貌を思い浮かべた。

貴族の一員として大広間に足を踏み入れるのは初めてだった。こうして改めて見回してみると、フロリン王国がいかに繁栄し、国民がそれを謳歌《おうか》しているのが理解できる。

天井画と壁は前王の時代に塗り直したらしいが、フロリン国教の聖書に登場する天使が舞っている。有名な女流画家を海外から招待し、依頼した作品らしい。シャンデリアの不規則な煌めきが大広間を天界に見せていた。

会場の片隅では宮廷音楽隊がヴァイオリン、ハープ、フルートなど手に妙なる音楽を奏でており、天井画には楽器を演奏する天使も描かれているので、一瞬、人間ではなく彼らが演奏しているのかと錯覚した。

招待客の老若男女らは、おのおのの仮面や仮装に身を包んでいる。前もって誰が招待され、どのような衣装なのかは聞かされていたが、何せ百人以上いるので全員を覚えきれるはずはなかった。

確実なのは国王夫妻、王子、ロザリーを始めとする王女、シメオン、そしてフェルナンだ。

そう、今日はフェルナンも招待されている。今をときめくフォーレ家の当主なのだから当然だろう。顔を合わせたくないオディールは第五王女マリオンの世話があるので、出席していないはずだ。

大広間の中央ではすでに仮面、仮装の男女らが手を取り合って踊っている。

ジュスティーヌは踊るよりも、シメオンに会いたかったので、大広間に彼の姿を探した。

その時、壁の花となっている女性の一人に、自分の衣装にそっくりの女性がいるのに気付く。衣装だけではなく、カツラの色やベルト、冠、首飾り、仮面までほぼ同じだった。一瞬、見間違いなのかと思ったが、遠目に見てもやはり似ている。

気になりはしたものの、ジュスティーヌが仮装したレーメン王国のマルゲリータ王妃は、大陸の西方において、当時随一の美女として名高かった。被ることもあるだろうと視線を外す。

仮面で顔を隠していたし、女性は他にも多くいるので、ジュスティーヌは自分が男性から誘われるとは思っていなかった。ところが、一歩進むごとに異常に声を掛けられる。

「失礼、美しい王妃マルゲリータ様。どうか僕と一曲踊っていただけませんか。今宵の僕はあなたのしもべ。その白い足の爪先にも口付けましょう」

「いや、俺が彼女の夫になる。レーメン王国の国王の仮装だからな」

「いやいや儂《わし》だ。若者は年寄りを尊重せんか」

「初めに彼女を呼び止めたのは僕だぞ」

三人が言い争いを始めた隙に逃げたのだが、その後も繰り返し似た状況になり、まだ大広間に来て一時間も経たないのに疲れ果て、ついに全員を振り切ってバルコニーへ逃げ出した。

「な、なんなの……？　こ、怖い……」

白い手すりに手を掛け肩で息をする。

以前、フェルナンの婚約者として社交界に身を置いていた時には、すでに相手が決まっており、周囲もその件を知っていたからか、ノエル以外からはあからさまに口説かれることはなかった。

今日は婚約指輪を嵌めておらず、独り身だと見なされているので、格好の標的となっているのだろう。しかし、この舞踏会には若く美しい娘がいくらでも参加している。なぜこうも男性が群がってくるのだろうと首を傾げるしかない。

幸い、大広間の招待客らは、ダンスや異性を口説くのに夢中らしく、バルコニーに誰かが来る気配はない。

国王と王妃はこの仮面舞踏会を、逢引きの場にはしたくなかったらしいが、無駄な努力に終わりそうな気配だった。

それにしても、シメオンはどこへ行ってしまったのだろう。彼の仮装も一目見たかったのだが――。

切ない思いを胸に夜空を見上げる。今夜は曇っているのか月は見えない。月明りのある夜は星が見えなくなるので、空にたった一人で浮かぶ月は孤独に見える。それでも、闇に塗り潰されただけの空は寂しく、月があった方がよほど美しかった。

ジュスティーヌには月にシメオン、闇に自分が重なって見えた。月がなければ自分は闇のままだ。いや、闇のまま〝だった〟。

風が雲を押し流し、少しでも月が見えはしないかと空を見つめ続ける。すると、背後から足音が聞こえ、人の気配がした。

「……誰？」

一瞬、シメオンではないかと期待したのだが、違った。

「……フェルナン様」

フェルナンはフロリン王国の初代国王に忠誠を誓い、国の礎をともに築き上げたという騎士の仮装をしていた。腕、足、胸に革の防具をつけ、マントを羽織っている。フェルナンは貴族の中でも美青年であり、彼に恋をしていた四年前であればさぞかしときめいただろう。しかし、今はまったく心を動かされなかった。

フェルナンは仮面を外し、「やあ」とそつのない笑顔を見せた。

「驚いたよ、ジュスティーヌ。君は人気者なんだね。男に取り囲まれて、なかなか近付けなかった」

「独り身で年増ですから、気軽に口説けると言うだけでしょう」

「なら、よかったんだけどね……」

フェルナンはジュスティーヌの被る仮面に目を向けた。

「せっかく二人きりになったのに、君は仮面を外さないのか」

「この舞踏会の決まりですから」

素顔を晒していいと思う人はこの世に一人しかいない。ジュスティーヌはフェルナンに二度と顔を見せたくはなかった。

フェルナンは腕を組んで王宮の壁に背を付けた。

「そんなに冷たい態度を取らなくてもいいだろう？　君と僕との仲なんだから」

ジュスティーヌは君と僕との仲とはなんなのかと眉を顰める。四年前にはフェルナンから婚約を破棄され、二度目の求婚はきっぱり断ったはずだ。フェルナンとはもう赤の他人でしかない。

訝しげな面持ちになるジュスティーヌに、フェルナンはとんでもない打ち明け話をしてくれた。

「君に求婚を断られた後だったか……。キャストゥル公に王宮で会ったんだよ。改めてジュスティーヌに結婚を申し込んだので、どうか閣下にも認めてほしいと頼んだのさ」

「なっ……」

「現在の君の後見人はキャストゥル公なんだろう？　なら、閣下に許しを得るのが筋だ」

シメオンはフェルナンに頭を下げられ、「ジュスティーヌが決めたことなら、私に口出しをする権利はない」と答えたのだそうだ。

ジュスティーヌはなぜシメオンに避けられるようになったのかをようやく悟る。

シメオンはこちらから肉体関係に引きずり込んでいる。彼の性格のことだから、倫理観や罪悪感から、止める機会を窺っていたのではないだろうか。そこに、フェルナンから自分と結婚したいとの申し込みがあったので、いい機会だと判断して関係を終わらせようとした。

思わぬ展開に絶句するジュスティーヌに、フェルナンは得意そうに言葉を続けた。

「君が純潔ではないのは承知だ。キャストゥル公に言い寄られ、断れなかったんだろう？　閣下に逆らえる方はこの国では陛下と王太子殿下くらいだ。僕は君のことを誰よりもよく知っている。素朴で、純粋で、心優しい。そんな君が簡単に僕以外の男に身を任せるはずがないじゃないか。まったく、閣下は堅物だと評判らしいが、実態は薄汚れたケダモノ以下だな。権力で君を思いのままにしようだなんて、品格も何もあったものじゃない。だから、中央の貴族は信用ならないんだ」

誤解以下の下衆《げす》な、かつ都合のいいフェルナンの解釈に、ジュスティーヌの心に怒りの炎が灯る。

また、四年前と同じく、当事者であるというのに、勝手に道を決められそうになっていたのだと知り、腸《はらわた》が煮えくり返った。フェルナンにとっては自分の人生など、手の平で転がせる玩具程度でしかないのだ。

「僕は君が男を知っていようと受け入れるつもりだよ。僕みたいな貴族はもう二度と現れないだろうね。ねえ、ジュスティーヌ、強がることはないんだ」

フェルナンは壁からゆっくりと背を起こすと、身を小刻みに震わせるジュスティーヌの前に立った。細いき立てられた。

肩に手を置き、藍玉色の瞳を覗き込む。彼の口元に浮かぶ笑みの嘘臭さに、ジュスティーヌは更に怒りを掻
「ジュスティーヌ、僕の妻になると言ってくれないか。君は素直な方が可愛いよ」

「……可愛くなくて結構です」

「えっ？　今なんて言った？」

ジュスティーヌは顔を上げ、この上なく優美に微笑んだ。

「……フェルナン様、十秒間差し上げますので、歯を食い縛っていただけますか？」

フェルナンはジュスティーヌの言った意味が理解できなかったらしい。「歯を食い縛る？」と怪訝な表情になっている。ジュスティーヌはその間に、常備している裁縫セットから、予備の銀のボタンを取り出した。

「三、二、一……はい、十秒経ちました。……フェルナン様、お覚悟‼」

ジュスティーヌはボタンを持った手で拳を握り締めると、足と腰と腕に渾身の力を込めて、フェルナンの美しい顔を殴り付ける。ゴキ、と骨と骨とがぶつかり合う音がした。

「……⁉　⁉　⁉」

まさか女に、しかもジュスティーヌに殴られるなどとは、予想すらしていなかったのだろう。フェルナンは鈍い音とともに背後に吹っ飛び、バルコニーの柵にしたたかに背を打ち付けた。

「な、な、な……」

我が身に起こったことが信じられないのか、あるいはパンチの威力に度肝を抜かれたのか、鼻を押さえて

声を戦慄《わなな》かせ、ジュスティーヌを凝視している。ジュスティーヌは握り締めていたボタンを放り投げた。

「……フェルナン様、ご存じですか。人を殴る時には、小石、ボタン、コイン、なんでもいいのですが、硬いものを握り締めると威力が増すのです。それから、腕だけではなく、腰にも力を入れることですね。物乞い時代に浮浪者のお爺さんに教えていただきました。襲われかけたり、人攫いに連れて行かれそうになったりした時、大層役に立ちました。お爺さんには感謝しております。ああ、骨が折れないように手加減してありますので、その点はご安心ください」

「も、物乞い……？　浮浪者……？」

ジュスティーヌは怯えるフェルナンに晴れ晴れとした笑顔を見せた。

「どうぞ、警察への通報はご自由に。殴り返していただいても構いません。私もこれで名実ともに晴れて前科一犯ですね」

通報などできるはずもないことなどわかっていた。油断していたとはいえ、誇り高いフェルナンのことだ。女に一撃で倒されたなど、口が裂けても言えないだろう。

ずっと無視していた警察に今更頼れるはずもない。それに殴り返すこともできないだろう。フェルナンも武術を嗜んではいたが、実践向けではなく、あくまで教養としての範囲内だった。

ジュスティーヌはまだ立てないフェルナンにつかつかと歩み寄り、腰を屈めてハシバミ色の瞳を覗き込んだ。

「ひっ……」

フェルナンの肩がびくりと震える。ジュスティーヌはフェルナンを真正面から見据えた。初めて対等な立場に立った気がした。あるいはそれ以上だったのかもしれないが。

「……私を盗人扱いしようが売女《ばいた》だと罵ろうが、死んでしまえと唾を吐きかけようが構いません。ですが、シメオン様を、閣下を悪くおっしゃるのだけは決して許しません」

「ど、ど、ど、どうして……」

フェルナンがようやく口を開いた。

「な、なぜ、閣下をそこまで庇う」

「もちろん、お慕いしているからです」

ジュスティーヌは胸を張ってそう答えた。

「私はあの方を愛しています。シメオン様になら、抱かれても、殺されてもいい」

素敵だから、親切にされたから、愛されたから愛し返すのではない。ジュスティーヌにとってシメオンは、初めて自分から、その真心を愛した人だった。

ジュスティーヌの告白はフェルナンにとって、『すでに純潔ではない』以上に衝撃的だったらしい。

「な、にを……一体何を言っているんだ、ジュスティーヌ。だって、君は……」

「フェルナン様、お元気で。ああ、そう。医務室は一階です」

ジュスティーヌは身を翻し、光溢れる大広間へ戻った。

すると、バルコニーへの出入り口近くの壁に、ノエルが背を預けていたので目を見開く。ノエルは笑いを噛み殺そうとしていたが、殺し切れずに肩が上下していた。どうやら先ほどの修羅場――フェルナンにとってはだが――を、一から十まで目撃していたようだ。

「ノエル様、覗き見は趣味が悪いですよ」

ジュスティーヌが溜息を吐いて叱ると、ノエルは「ごめん、ごめん」と噴き出した。

「あのフォーレ家の長男坊の顔！　傑作だ！　こんなに笑える喜劇は久々だよ‼」

ひとしきり笑った後で、「でも、羨ましいよ」と、目を細めてジュスティーヌを見下ろす。ロザリーと同じサファイアブルーの瞳は、珍しくどこか寂しそうに見えた。

「シメオンが羨ましい。俺にはきっと、俺の名誉のために戦ってくれる女も、殺されてもいいって言ってくれる女もいないもんな。身分と財産と見てくれ目当てはゴロゴロいるだろうけどさ」

おやとジュスティーヌは目を見開く。女性や恋愛については軟派で、おちゃらけて見えるノエルだが、実はシメオンと似た傾向もあるのかもしれない。そう思うと、ほんの少しだけ優しい気分になった。

「……いつかきっとノエル様のためだけの方が現れますよ」

「まったく、君に慰めてもらうようになっちゃ俺も終わりだな。いつかじゃなくて今すぐ現れてほしいよ」

ノエルは苦笑しつつ大広間の西側の壁に目を向ける。

「あいつ、さっき衛兵との打ち合わせが終わって、こっちに来たんだよ。ほら、あそこにいるだろ」

ジュスティーヌは名を教えられるまでもなく、すぐに誰のことだか理解できた。ノエルが「行ってこいよ」と背を叩き、耳元にこう囁いてきた。

「面白いものを見せてくれたから、いいことを教えてあげる。俺がここにいたのって、あいつに頼まれたからなんだ。君の身に何かあったら守ってやってほしいってね」

『ジュスティーヌは並外れて美しいので、多くの男に言い寄られることになるだろう。今夜は仮面舞踏会ということで、皆気が大きく、解放的になっている。万が一男に無体を働かれそうになったら、ノエル、お前が止めてくれないか。お前なら身分だけで相手が引くだろうから』

――シメオンはノエルにそう言って頭を下げたのだそうだ。

「シメオン様がそんなことを……」

気にかけてくれていたというだけでも嬉しい。ジュスティーヌは感激し、早く彼に会いたいと、足早に大広間を横切って行った。その後のノエルの心境など知る由もなかった。

ノエルはジュスティーヌの細い背を見送ると、「あーあ」と肩を竦めて天井を仰いだ。青銀色の髪を自分でぐしゃぐしゃと掻き回す。

「失恋。完璧に失恋。よりによってフォーレ家の長男坊と一緒に失恋……やっぱりこれって天罰だな」

ノエルは、ジュスティーヌの人生を狂わせた罪滅ぼしにシメオンの居場所を教えはしたが、更に重要な事実については欠片も漏らさなかった。シメオンとジュスティーヌへの最後の意地悪のつもりだった。

「どうせすぐにわかることなんだろうしな。ちぇっ、お幸せに……」

ようやく四年越しの恋に一区切りがついたからか、大広間へと向かうノエルの足取りは、やって来た時よりは軽いものになっていた。

西側の壁には大勢の仮面、仮装姿の招待客がいたが、ジュスティーヌはすぐに誰がシメオンなのかを見分けられた。

シメオンは、二世紀前のレーメン王国の騎士の衣装を身に纏っていた。フェルナンの扮した英雄騎士や、歴史書にある国王、王妃といった有名人ではなく、当時の一般的な騎士の礼装である。このレーメン王国の騎士の仮装は非常に人気で、シメオン以外にも同じ衣装の男性が何人も見受けられた。

純白の詰襟のコートは精神の高邁《こうまい》さを、瑠璃色のシャツは戦場にあっても保たれる平常心を、濃紫のズボンは王家への忠誠心を表現しているらしい。長い脚は鉄製の防具のつもりなのだろう。長い足は銀に塗られた革のロングブーツに守られていた。本物ではないのだろうが、腰にはサーベルまで挿しており本格的だ。

特徴的なキャストゥル家の赤毛と王家の深紅の瞳は、それぞれ金髪のカツラと仮面で覆い隠されていた。

シメオンは髪と瞳の色だけではなく、あの黒ダイヤを思わせる、高貴かつ重厚な存在感も押し殺し、目立たないようにしていた。そのために、ジュスティーヌ以外には、周囲は彼がシメオンだとわからないらしい。

シメオンもすぐにジュスティーヌに気付いたようだ。仮面の向こうの双眸がふと柔らかくなった。お互いごく自然に歩み寄り、距離を縮め、見つめ合う。

「……それは、レーメン王国のマルゲリータ王妃の装いだな？」

「ええ、よくご存じで……」

「……お前にぴったりだ」

それはこちらの台詞だとジュスティーヌは思う。生まれながらに騎士だったのかと錯覚するほどに、シメオンは気高く雄々しい。特に女性らが彼をちらちらと見ている。シメオンはキャストゥル公の称号などなくとも魅力的なのだ。

ところが、シメオンの視点と見解は違っていた。

「……男が皆お前を見ているな。目元を覆い隠したところで、お前の美しさは変わらないようだ」

ジュスティーヌがえっと驚き、さり気なく辺りを見回してみると、確かに自分にも熱い視線があちらこちらから注がれている。シメオンしか目に入っていなかったので、指摘されるまで察することができなかった。

シメオンがずれた仮面をくいと上げて直し、手を差し伸べるのと同時に、三拍子の音楽が大広間にさざ波となって広がる。近年、西方で大流行している円舞曲だった。招待客らが次々とそばにいた異性と組み、くるくると輪を描いて踊り出す。

「……ジュスティーヌ、踊らないか」

こうして彼に真実の名を呼ばれ、美しく装い、踊るのがジュスティーヌの夢だった。感動に声が震えてしまう。

「ええ、喜んで、喜んで……」

シメオンの手を取り、共に大広間の中央に進み出る。シメオンはなんとまずその場に片膝をつくと、ジュスティーヌの手の甲に口付けた。

「しっ……シメオン様……っ」

これは、現在では男性が女性に求婚する際の作法となっているが、かつては騎士があるじとなる貴婦人に、生涯の献身と、崇拝と、奉仕を誓う際の儀式だった。

「そ、そんな。もったいのうございます……」

シメオンは慌てふためくジュスティーヌを見上げ、あの口元だけの笑みを見せる。

「……今夜の私はお前の騎士だ」

仮面越しの、キスされると幸福になれると伝えられる紅い瞳には、なぜか苦悩の色が見え隠れしていた。

「……それに、私はお前に幸福になってほしい。お前はこれから先辛い目に遭うかもしれない。だが、どうか運命を乗り越え、いつの日かあの男と笑い合えるようになるように、心から願っている。私がお前にしてやれることは、もうこれだけだ」

ジュスティーヌは『あの男』とは誰なのかと混乱する。シメオンは自分に思う人がいるのだとは感じ取っているが、どうやら彼自身だとは悟っていないらしい。

「あの、シメオン様、私が愛する方は……」

ジュスティーヌはついに愛を打ち明けようとしたが、人目が多くある場なのだとはっとし、口籠った。それだけではなく、もし振られたとすれば、永遠に立ち直れそうにないと青ざめたのだ。

フェルナンの前では野蛮なほど勇敢に振る舞えたのに、シメオンの前ではウサギ以上に臆病になってしまうのだから、恋も愛もまったく性質が悪い。人を強くするだけではなく、臆病にもするのだと実感した。若い娘とは言えない年となっても、心の一部がいまだに少女のままに立ち止まり、前にたった一歩足を踏み出すことに、怖い、怖いと叫んでいる。

シメオンが立ち上がりジュスティーヌの背に手を回す。

「……さあ、踊ろう、ジュスティーヌ。お前は円舞曲を知っているか？」

「は、はい。でも、最後に踊ったのはもう何年も前なので、下手になっているかと思います……」

ジュスティーヌがおのれの教養のなさに恥じ入っていると、シメオンはと耳元で笑った。

「それはよかった。……私も数年ぶりだ。笑わないでくれ」

シメオンの言葉が優しい嘘だと知ったのは、踊り始めてから間もなくだ。ステップもターンも実に軽やかで、かつ優雅だ。巧みに無理なくジュスティーヌを導いている。名手とすら言えるのではないだろうか。

大広間が、王宮が、フロリンが、世界がくるくると回り、ジュスティーヌは自分たちが中心となった気がした。目の前にはようやく見慣れたのに、いまだに真正面から目にすると照れてしまう愛しい人の美貌があって、温かい目で自分を見つめてくれる。こんなに幸せなことはなかった。

拍子に合わせて無駄のない動きで踊っていると、疲れにくいものなのだと初めて知る。そうして一曲、二曲と踊る間に瞬く間に時が過ぎていった。

今、この瞬間で止まってくれはしないかと、どれだけ望み、願っただろうか。

それでも、五曲目が終わる頃には、さすがに息が切れてきた。シメオンは音楽に合わせて足を止め、ジュスティーヌを見下ろす。更に、睫毛が触れる距離にまで顔を近づけて来た。

まさか公衆の面前で口付けか。さすがにまずいとジュスティーヌが慌てふためいていると、シメオンはキスをするのではなく、耳元にこう囁いて来たのである。

「……ジュスティーヌ、疲れさせてすまなかった。これから何も聞かずに私の指示に従ってほしい」

先ほどまでの甘い一時とは真逆の、緊張感に満ちた声だった。

一体何があったのだろうか。ジュスティーヌは戸惑いながらも、「かしこまりました」と頷く。

「何か事件があったのでしょうか？」

「……あったというよりは、これから起こると言った方が正しいか」

シメオンはジュスティーヌの背に手を回したまま、ほぼ抱き締める形で体を密着させてくる。周囲からは一組の男女がワルツで気分が高揚し、「双方がその気になった」と見なされているのだろう。仮面舞踏会では特に珍しい話でもないので、大して注目されてもいなかった。

シメオンとジュスティーヌは誤解と無関心を隠れ蓑に、お互いだけに聞こえる声で話を続ける。

「……これから私は、お前をどこかに連れ込むことになる」

「も、もちろん、それはお芝居なんですよね？」

「……ああ。取り敢えず、私と親密に見えるよう振る舞ってくれないか」

シメオンは手の位置をジュスティーヌの背から腰へと変えた。そのまま二人で微笑み合いながら大広間を出て行く。下世話な招待客らからすれば、確かにどこかにしけこむつもりにしか見えないだろう。

シメオンは廊下に出ると仮面を外した。

「……ジュスティーヌ、お前にはこれから一時間ほど姿を消してもらう。いいな」

「は、はい……。あの、なんのためにかはお聞きしてもよろしいでしょうか」

「……後で説明する」

シメオンが何も言わずに向かった先は、王宮の客室でも人気のない庭園でもなく、ジュスティーヌのかつての勤め先である、衣装室の小部屋だった。シメオンは誰に借りたのか、鍵を開けて中へと足を踏み入れる。

「……ここがきっと最も落ち着くだろう。ジュスティーヌ、一時間だ。少なくとも一時間はここにいろ」

ジュスティーヌは有無を言わせぬ口調と、力の籠った深紅の双眸に、困惑しつつも頷かざるを得なかった。

「……よし」

シメオンにより小部屋の扉が閉ざされ、一人取り残されて途方に暮れる。

一時間はここにいろと言われたが、黙って待っているなどできない。何があるのかと気になって仕方ない。

ジュスティーヌは小さく頷き、引き出しから針、糸、大きめの端切れを取り出し、近くにあった椅子に腰掛けた。

「こんな時には仕事に限るわ」

図案を素早く脳裏に描き、布に針を刺していく。

この半年で様々な出来事があった。シメオンに出会い、恋をして、一つ屋根の下で暮らして、抱かれて、あっという間だったのに、二十一年の人生の中で最も充実した濃い期間だった。

一針、一針に思いを込めて刺繍をするうちに、次第に作業に没頭し、シメオンの顔も、彼から受けた指示も、頭から掻き消されていく。

はっと顔を上げた時には、明らかに一時間以上が過ぎていた。刺繍は工程の半ばにすら達していない。やはり仕事は偉大だとジュスティーヌは笑った。

勝手に衣装室から出てもいいのだろうか。それとも、シメオンが迎えに来るのを待った方がいいのか。迷い、扉の前に佇むジュスティーヌの耳に、数秒後、何者かの怒声が飛び込んできた。恐らく城内の衛兵らだろうか。腰に挿した剣が防具とぶつかり合う音が聞こえる。

「一階へ降りたぞ。捕らえろ！　あの深紅の衣装の女だ！」

深紅の衣装と聞いて、てっきり自分のことかと勘違いし、一瞬、心臓が大きく鳴った。

「逃がすな！　男はどうなった⁉」

逃がすなということは、その女は逃亡の最中なのだろう。なら、自分のことではないとほっとする。

「そちらはすでに逮捕している！」

「宝石はあったのか⁉」

「なかった。女が持っているはずだ」

衣装室の前の廊下を何人もの衛兵らが駆け抜けていく。ジュスティーヌは逮捕という物騒な言葉に眉を顰め、次いで宝石と聞いてまさかと息を呑んだ。また盗難事件が発生したのだろうか。だが、今回の犯人は判明しているのか、捕り物のただ中にあるらしい。

ジュスティーヌは恐る恐る扉を開けた。衛兵らはどこへ行ってしまったのか、辺りにはもう誰もいない。取り敢えずシメオンを探し出し、次の指示を仰ごうとして、大広間へ続く階段を上っていく。その足を、耳をつんざく若い娘の悲鳴が止めた。

「きゃああああああっっ！　何をするの‼　無礼者‼　私を誰だと思っているの⁉」

ジュスティーヌはこの声はと目を見開いた。まさか、追われていたのは彼女だというのか。なぜ、どうして
と衝撃と疑問が頭の中をぐるぐると回る。

とにかく、女の正体を確かめなければと悲鳴の方向へ向かった。

王宮の玄関広間はいつにない喧噪と、大勢の仮装の男女らでごった返していた。騒ぎを聞き付け、野次馬に来た招待客らしい。彼らの一部が輪を描いて何かを取り囲んでいる。

「申し訳ございません……失礼します」

ジュスティーヌは招待客らを掻き分け、騒動の元凶の前へ進み出て「そんな」と思わず声を上げる。深紅の絹地の体の線に沿ったドレスに、宝石の嵌め込まれたベルトの仮装のその娘は自分とまったく同じ姿だったからだ。まさか、舞台会場で見た女性だろうか。娘は、衛兵に絨毯の上にうつ伏せに押し倒され、腕を捻じり上げられて、痛みに暴れていた。

「このっ……たかが召使のくせに！　お前たちなんて、お兄様に言い付けてクビにしてやるんだからっ！」

衛兵の一人が無言で冠を外すと、娘の髪を掴み力任せに引っ張る。髪はやはりカツラであっけなく取れた。フェルナンと同じ蜂蜜色の長い髪が零れ落ちる。

娘は、かつての婚約者の妹のオディールだった。灰色の瞳は屈辱から来る怒りに染まっており、こうした状況でも気の強さを失わないのはすごい。しかし、威勢だけで鍛え抜かれた衛兵らを振り払えるはずもなく、

たちまち縄で後ろ手に縛り上げられてしまった。それでも、まったくめげていない。

「放しなさいよ！　私は、フォーレ家の令嬢なのよ!?」

「……オディール・ドゥ・フォーレだったな。家の名誉をこれ以上汚したくはないのなら、その言葉遣いは止めた方がいい」

前触れもなく中央階段から聞こえた低い声に、階下にいた仮装の招待客は言葉を失くし、全員の視線が一斉に声の主に集中した。打って変わって静寂に支配された玄関広間に、コツコツと彼の足音だけが響き渡る。

声の主、シメオンが階段を下り、玄関広間を一歩進むごとに、人々がみずから道を空ける。

シメオンはオディールの近くで片膝をつくと、背後にいた侍女だと思われる数人の女性に、「……服の中を調べろ」と命令した。すぐに衛兵らが音もなく引いて行く。

野次馬の半分は男性なので、彼らの目に入らないようにするためだろう。二人の侍女がさっと布を広げてオディールの体を隠した。残る一人が彼女の衣服、所持品を検《あらた》めているのか、布の中から時折、「止めなさいよ！」「触らないでよ！」と怒声が聞こえた。

「……ございました！」

約五分後、布が取り払われ、中から姿を現した侍女が、青く輝く木の実ほどの大きさの石を、立ち上がったシメオンに手渡す。シメオンはサファイアを光に透かした。

「……間違いなくフロリン王家の至宝の一つ、〝天使の涙〟だ。なるほど、台座から取り外していたのか。道理で見つからなかったはずだ。この大きさならどこにでも隠せる」

いまだにシメオン以外の誰一人として声を発せない。王宮を騒がせた盗難事件の捕り物を目撃した衝撃だけではなく、犯人がフォーレ伯爵家の令嬢だったとの事実が信じられないのだ。名門貴族の令嬢が盗みに手を染めるなど、フロリンでは前代未聞の事件だった。

オディールがぎりりと唇を噛み締める。

「……そんなもの知らないわ。きっと誰かが嫌がらせで私の服の中に入れたのよ」

「……もちろん、その可能性も考慮に入れよう」

深紅の双眸が再びオディールに向けられた。オディールがびくりと身を震わせ、顔色がみるみる青くなっていく。シメオンは腕を組んでオディールに告げた。

「……お前にも抗弁の権利がある。取り調べで聞かせてもらおうか」

氷よりも冷たく、剣よりも鋭い声に、ジュスティーヌも野次馬らも息を呑んだ。相手が貴族だろうと女だろうと容赦はしない――そうしたシメオンの、いや、警察の方針を感じ取ったからだ。

第六章　めでたく容疑が晴れまして

オディールとフォーレ家への取り調べは、その後一ヶ月以上に及んだ。何せ、ロザリーの首飾りの盗難を含め、五件の事件のすべてがオディールの犯行だったからだ。

オディールは初めの数日間はむくれて黙秘していたらしいが、いくら気が強いとは言っても、所詮は甘やかされて育った貴族の娘である。自白しない限りは王宮の地下の取調室に閉じ込められ、外に一歩も出られないのだと知ると、「帰りたい」と泣きじゃくりながら犯行の手口を明かした。

「初めはほんの出来心だった」とオディールは語った。

第一の被害者である既婚の貴婦人が、王宮で落とした腕輪を探していたので、単純な親切心から捜索を手伝った。腕輪は庭園の茂みの中にあったらしい。その時オディールの心を悪魔が誘惑した。

当時、オディールには家族にも秘密にしていた恋人がいた。日々の生活にも苦労する貧乏子爵家の嫡男だった。だが、青年は顔立ちと体格がノエルに似ていたのだ。似ていると言っても本人よりは数段劣っている。それでも、オディールが夢中になるには十分だった。オディールはずっとノエルに憧れていたからだ。

ノエルに出会って恋に落ちたばかりの頃は、オディールはまだ子どもで彼に好意を示しても、まるで相手にしてもらえなかった。ようやく大人と言える十八歳となり、それなりに美しい娘に成長しても、ノエルは見向きもしてくれない。彼はいつも金髪に藍玉色の瞳の女性と付き合っていた。

そんな中で、ノエルによく似たその青年に、甘く優しい言葉で口説かれたのだ。青年は口だけはノエル以上にうまく、オディールから巧みに金を引き出した。

「貧乏なので、妹にドレスを用意してやれない」「母が病で伏せったのだが、医師に診せる金もない」など、自分や家のためだとは一言も言わず、直に金を寄越せと言わないのが、また性質が悪かった。あくまでオディールが自主的に金を渡してきたのだと、後で言い訳ができるようにしたのだろう。

オディールはフェルナンから少なくない小遣いを与えられていたが、ほとんどを青年に貢ぎ、いつも足りずに困っていた。それでも、別れるなどとは考えられず、彼にもっと尽くしたかった。

そこで、拾った腕輪を貴婦人に返さずに横領し、「これを金に換えろ」と青年に渡したのだ。ダイヤモンドやルビーの煌めく宝飾品である。令嬢の小遣い程度で買える金額ではない。青年はさすがにオディールに出所を問い詰めてきた。

この時点で青年が思い止まり、腕輪を貴婦人に返していれば、ここまでの騒ぎになっていなかったのかもしれない。しかし、実家の借金の返済に追われていたからか、彼も悪魔に魂を売ってしまった。

こうして青年とオディールは、手っ取り早く大金を手に入れるには、盗みがいいと学習してしまったのだ。二人は坂道を転がり落ちる雪玉のごとく罪を重ねていった。

まさか、王族、貴族しかいないはずの王宮で盗難に遭うとは誰も考えていなかったのだろう。貴婦人も令嬢もまったく警戒していなかったので、オディールは赤子の手を捻る感覚で彼女たちから宝飾品を盗った。

実行犯は王宮に出入りをしても怪しまれない、第五王女マリオンの侍女のオディールだったが、計画を立てたのは青年だった。盗まれても訴えにくい立場の女性を標的とし、三人目までは確かにうまくいったのだ。

ところが、四人目の被害者が警察に通報したことで、状況が変わってしまった。社交界にも噂が出回ったのだろう。貴婦人らは高価な宝飾品を持ち込まないようになり、城内での警備もより厳重になった。

まだ多額の借金が残っていた青年は盗みができなくなると頭を抱えた。そこで、標的を貴族の女性から大胆にも王家に変えた。ロザリーの嫁入り道具である、サファイアの首飾りを狙ったのだ。

首飾りの台座からサファイアを外し、カットし直してしまえば、宝石が〝天使の涙〟だと判明することはない。多少小さくなって売り値は低くなるだろうが、それでも極上の宝石には違いなく、借金を返済しても余り有る金に換えられるはずだった。

青年とオディールは入念な計画を立てた。過去に三件の盗みを成功させたことで、誤った方向に自信が付いていたのだろう。失敗する可能性は考慮に入れなかった。

〝天使の涙〟のあしらわれた首飾りは、鍵を掛けた石造りの宝石箱に入れられ、ロザリーの寝室の絵画の裏にある、隠し部屋の奥に収納されていた。

オディールの恋人が考案した手口は次のようなものだった。オディールが直接盗み出すのではなく、ある人物を協力者にしろと命じたのだ。オディールのあるじである末の第五王女マリオンである。

マリオンは王族と言ってもまだ九歳の子どもで、すべてを自分で判断できる年頃ではない。更に、彼女は首飾りが盗まれる一ヶ月前に、世話係の乳母を病で亡くしていた。おまけに両親の国王、王妃は公務に加えてロザリーの嫁入り支度に忙しく、なかなか末娘を構ってやれない。オディールは寂しがるマリオンの心の隙間に入り込み、彼女を慰め、甘やかすことで信頼を得て、自分の言うことを聞くように仕向けたのだ。

ロザリーの隠し部屋と鍵の存り処を知っているのは、ロザリー本人と家族である王族、長年の侍女だけだった。

マリオンはオディールに「どうせ知らないでしょう」とカマを掛けられ、彼女の意図通りにむきになって、鍵を持って来てしまった。更に「首飾りを取って来るのは無理でしょう?」と煽られ、再びロザリーの寝室に向かった。こうしてオディールたちの意図通りに、首飾りを持ち出してきたのだ。

「まあまあ、マリオン様はなんでもできるのですね! ではこれはお返ししますね」

オディールはマリオンが後ろを向いた隙に、用意していた偽物と本物の首飾りを入れ替えた。偽物はデザインこそ本物とほぼ同じだが、宝石の代わりにガラスが嵌め込まれている。だが、子どもでまだ宝飾品に興味のないマリオンには、違いを区別できないだろうと計算していた。

狙いは当たり、マリオンは偽物をオディールから受け取ると、スキップを踏んで部屋を出て行った。この時のマリオンが上機嫌だったのは、後日本人から聞いた話によると、「褒められて嬉しかった」からなのだそうだ。犯罪の片棒を担がされているとは、夢にも思わなかったのだろう。

一方、オディールは青年から渡されていた鏨《たがね》を使って、首飾りから〝天使の涙〟だけを無理矢理外した。宝石の表面に薄く傷が入ってしまったが、どうせ再カットするのだからと気にしなかった。黄金の台座はデザインから足が付きやすいと聞いていたので、マリオンの寝室から外の水を湛えた堀に放り投げた。

オディールはその後数日間の暇を取り、遠い街で青年と落ち合って、宝石の受け渡しを行う予定だった。

ところが、予想外の事態に陥り、計画を変更せざるを得なくなる。その日のうちに犯行が発覚したのだ。

衛兵も警察も警戒していたようで、オディールを含めた侍女・召使全員が、身体検査を受けるだけではなく、自室を捜索されることになってしまった。

このままではすぐに〝天使の涙〟を発見され、衛兵か警察に捕まってしまう。何せ王家の至宝を盗み、傷つけているのだ。逮捕されれば実家であるフォーレ家もフェルナンも、オディールの保護者として、厳しい処罰を受けるに違いなかった。降爵どころか爵位を取り上げられても不思議ではない。〝天使の涙〟は代わりの利く宝石ではないのだ。

王家の不興を買った貴族の末路は、ジュスティーヌの実家・ロレーヌ家がいい例だ。ロラン一世時代以前は繁栄を謳歌していたにもかかわらず、あっという間に没落し、見る影もなくなっていた。

ジュスティーヌと同じ立場になるなど冗談ではなかった。オディールは恐ろしい未来予想図に震え上がり、〝天使の涙〟を是が非でも隠さなければと焦った。

格好の隠し場所を見つけたのは、いよいよ身体検査を受けさせられる直前のことだ。「ねぇ、オディール、退屈だから遊んで」と言って、マリオンがオディールたちが待機させられている控室にやって来たのだ。

オディールは〝天使の涙〟の扱いを悩みに悩んでおり、マリオンが邪魔だとしか思えずイライラしたが、それでも、辛うじて侍女としての体裁を保った。

次の瞬間、マリオンの身に纏うふわふわのドレスを目にし、オディールの脳裏に名案が閃く。そうだ、木の葉を隠すなら森の中だったのだと笑った。王家の至宝は王族の中に隠せばいいのだ。

「ドレスの襟の辺りが少々解れていますよ。すぐに縫って直して差し上げましょう。ご自分では見えにくいと思いますので、縫って差し上げますからこちらへどうぞ」

オディールは刺繍が趣味の同僚の針と糸を勝手に借りると、マリオンの襟元にあるボタンを一旦外し、裏に〝天使の涙〟を嵌め込んだ後で再び縫い付けた。多少位置がずれてしまったが、一時的な措置なので目立たなければそれでよかった。後でまたマリオンに会った時に回収すればいい。

オディールは目論見《もくろみ》通りに身体検査と自室の捜索を切り抜け、〝天使の涙〟も無事にマリオンから取り戻すことができた。

しかし、王宮の警察を束ねるシメオンから、今後王宮への出入りの際には、必ず身体検査を受けることになると聞き、どうしたものかと困惑することになった。これではいつまで経っても宝石を持ち出せない。

なんとかシメオンの注意を逸らすことはできないか――ここで、オディールはジュスティーヌを容疑者に仕立て上げようと画策した。ジュスティーヌにはフォーレ家での前科があり、それなりの貴族であれば事件の噂は耳にしている。生贄にするには格好の人材だった。

オディールは、エリーズの正体がジュスティーヌだと、侍女として王宮にやって来た時点で気付いていた。

かつて絶世の美女であったジュスティーヌは、苦労したのかすっかり貧層になっていた。真面目で仕事熱心な針子だが、同時に陰気で付き合いが悪いと噂されていた。また、下町の長屋には病身の妹がおり、彼女の薬代もあって、とても豊かな暮らしをしているとは言えなかった。

オディールはもとより、ソフィの病状が悪化した頃を見計らって、王宮にジュスティーヌの身元詐称を暴露しようと考えていた。フェルナンがジュスティーヌを追い出した時ほど、笑いが止まらなかったことはなかったからだ。もう一度夢も、希望も、仕事も、仲間の信用も、住む場所も何もかもを失い、あの美貌が絶望に歪むさまを眺めたかった。

オディールはジュスティーヌがそれほど嫌いだった。憎んでいた。なんでも我儘を聞いてくれた兄フェルナンの、初恋の男性であるノエルの、自分の周囲の男性の愛情を、すべて奪っていった悪女だったからだ。

オディールはジュスティーヌと再び出会うまでは、青年の手足でしかなかった。

だが、この時からみずからの意志と頭で、ジュスティーヌに罪を着せるべく策を練り、取り調べが行われている大広間へ向かったのである。

〝天使の涙〟の事件で発覚後、王宮ではジュスティーヌについての二件の噂が出回っていた。

一件は、ジュスティーヌがフォーレ家で盗みを働き、領地から追放された悪女だという噂。もう一件はその真逆で、何者かに濡れ衣を着せられ、召使に身を堕とさなければならなかった薄倖の令嬢だという噂だ。

いずれにしても話題性があったので、王宮の皆が面白おかしく口にしていたが、ある日を境に全員の意見が一斉に後者へと傾いた。なんと、ジュスティーヌがシメオンにエスコートされ、王宮を訪れたのだ。

オディールはこっそり様子を窺いに行き、優雅に歩くジュスティーヌを目にして愕然とした。

品の良いドレスに身を包んだジュスティーヌは、胸を張って堂々としており輝いていた。四年の年月はジュスティーヌから何も奪っていなかった。それどころか、彼女をより美しく磨き上げていたのである。召使らは「あんなに美しい人が盗人なわけがない」「シメオン様とお似合いだ」と口々にジュスティーヌを評価した。

オディールは悔しさに唇を噛み締めながら、必ずジュスティーヌを奈落の底に落としてやると誓った。

絶好の機会が来たと飛び上がったのは、仮面舞踏会に欠席者が出たので、急遽ジュスティーヌが招待されることになったと聞いた時だ。密かに手に入れた招待者名簿に目を通すと、確かにジュスティーヌの名と、予定する仮装の詳細が記されていた。

更に恋人の青年も招待されていたので、この仮面舞踏会を利用すれば、〝天使の涙〟を渡すこともできそうだと歓喜した。――まさか、すべてがシメオンの張った罠だとは思いもせずに。

都合がよすぎる状況となった時点で疑うべきだったが、世の中を舐め切ったその甘さが、ジュスティーヌではなく、オディール自身と青年を奈落の底に落とすことになった。

オディールの立てた計画は次のようなものだった。

恋人の青年は仮装をしてジュスティーヌに近付き、薬の入った酒を勧めて酔わせ、王宮のどこかに連れ込んで眠らせておく。

その後、オディールはジュスティーヌと同じ仮装をして、青年と落ち合い、親密な雰囲気を漂わせつつ大広間を抜け出し、人目のない階段の踊り場で〝天使の涙〟を渡す。青年は宝石を飲み込んで胃の中に隠し、気分が悪くなったからと言って帰宅する。その後、オディールは仮装を解いて何食わぬ顔でマリオンの元へと戻る。

幸いジュスティーヌとオディールは体型は似ているので、同じ仮装をしていけば、招待客らは自分をジュスティーヌだと勘違いするだろうと計算していた。

ジュスティーヌは現在、ジュスティーヌであるというだけで注目されている。誰もが彼女がどういった仮装をするか、興味津々で注目していることだろう。

男に誘惑され、しけこんだと噂されるだけでも、現在のジュスティーヌにとっては打撃になる。未婚でふしだらな女は貴族の世界で最も嫌われるだからだ。これでシメオンがジュスティーヌを見限ればしめたものだった。シメオンの庇護下から外れてしまえば、ジュスティーヌなど簡単に料理できるはずだった。

計画は笑ってしまうほど順調に進んでいた。大広間では打ち合わせていた通り、レーメン王国の騎士の仮装をした恋人の青年がジュスティーヌをダンスに誘っていた。この仮装は人気なので、遠目でも青年を見分けられるよう、金髪のカツラをつけ、腰にサーベルを挿すように連絡し合っていた。

青年はうまくジュスティーヌに酒を飲ませたようで、二人で大広間を連れ立って出て行った。所詮は簡単に男に騙される女なのだと、オディールは鼻で笑った。

そこまでは確かに計画通りだったのだ。オディールは続いて大広間へ向かい、青年の姿を探したのだが、どこにもいない。一時間が過ぎたところでさすがに諦め、怒りながら約束の階段の踊り場へ向かった。予想通りにその時間帯には人気がなく、受け渡しには持ってこいだった。

ところが、青年はそわそわしており様子がおかしい。

「なあ、お前が言っていたあの女、ジュスティーヌだったか。どこにもいなかったんだよ」

「……!? そんなはずはないでしょう。あなた、あの女とダンスをしていたじゃない。あの後一体どこへ行っていたのよ」

青年の顔色がみるみる青くなった。

「それは俺じゃない。俺はずっと大広間で女を探していた。だけど、レーメン王国の王妃の仮装をした女なんて、お前以外はいなかったんだ」

オディールはしまったと息を呑んだ。仮装を利用できたのは自分だけではない。警察に――シメオンにとっても条件は同じだったのだ。

なぜ自分が犯人だと発覚してしまったのか。混乱しながらも、逃げなければと身を翻したその時だった。階下に十人近くの衛兵と、金髪のレーメン王国の騎士が現れたのだ。

オディールはなぜこの騎士を青年と見間違えたのかと、自分の頭を殴り付けたくなった。全身から放たれる重厚、かつ高貴な存在感は、青年と似ても似つかない。

「……ルイ・ドゥ・バラス、オディール・ドゥ・フォーレだな。お前たちに逮捕状が出ている」

騎士はみずからの金髪に手を掛けると、仮面とともに足元に投げ捨てた。カツラが取れ、鮮血を思わせる深紅の髪と瞳が露わになる。

オディールはこの瞳を何度も見たが、「キスされると幸運になる」など、嘘だとしか思えなかった。自分を容赦なく鋭く射貫き、真実を暴こうとする瞳だったからだ。

「……〝天使の涙〟を渡してもらおう。おとなしく捕まり、洗いざらい自白すれば、減刑が考慮される可能性はある。尤も、確実に保証できることではないが」

次の瞬間、オディールは自分だけは逃げなければと、青年を階段から突き落とした。落ちる直前の青年の目は見開かれ、口は「信じられない」と言っていた。

青年が階段を転がり落ち、階下に叩き付けられ、衛兵が一瞬怯んだ隙に、オディールは反対側の階段に向かって駆け出した。冷静に考えれば、普段ろくに走りもしない、非力な令嬢の足で逃げられるはずもない。

だが、捕まれば何もかもを失うのかと思うと、そうせずにはいられなかったのだ。

＊＊＊

ジュスティーヌはロザリーからオディールの自白の内容を聞かされ、「……そうだったのですか」と溜息を吐くしかなかった。

「オディール様にそこまで憎まれていたとは思いませんでした……」

ここは、王宮のロザリーの私室である。ジュスティーヌは長椅子に腰掛けお茶を飲みつつ、ロザリーと今回の事件や、おのれの過去について語り合っているところだった。

ジュスティーヌの謹慎は一ヶ月前に解けており、すでにキャストゥル邸からは出ている。エマや侍女は残念がってくれたのだが、もう滞在する理由はなかったからだ。シメオンも無理に引き留めようとはしなかった。

ただし、療養から帰ってきたソフィはいまだに彼の別邸にいる。シメオンが、病気が完治するまで手元に置くと主張したからだ。ジュスティーヌは、またもや一切引かないシメオンに折れ、お願いしますと頭を下げるしかなかった。

シメオンは妹代わりに思っているのか、ソフィが可愛くてならないらしい。まったく、どんな形であれシメオンに愛されるなど、ジュスティーヌには羨ましくてならなかった。

ジュスティーヌ自身は現在王宮で暮らしている。召使の針子としてではなく、侍女として個室を与えられたのだ。

シメオンが以前言っていた通り、ジュスティーヌは針子を一旦解雇となった。

ただし、これは身元の詐称の処分というわけではない。詐称の処分は事情を考慮されたのか、ジュスティーヌでも払える罰金のみだった。

解雇の理由は単純で、王宮の規定では貴族出身の女性を召使にはできないため、あらためて侍女として採用しようということになったのだそうだ。ロザリーが嫁ぐまではロザリーの侍女に、以降は第五王女マリオンにどうかと話を持ち掛けられている。

マリオンは乳母に続きオディールまでもがいなくなったことで、すっかり落ち込んでいるのだそうだ。まだ幼いため今回の事件の事情が理解できないのは、幸運だったと言えるのかもしれない。大好きな侍女に騙されていたのだと知れば、どれだけ傷付くことだろうか。

ロザリーは皿の上に盛られた焼き菓子を、王女らしくもなくバリバリと音を立てて食べた。

「まったく、あの女はとんでもないことをしでかしてくれたわ。マリオンを盗みの道具にするなんて。でも、私たちも悪いのよね。あの子を構ってあげていなかったもの」

国王も王妃も兄王子らも姉王女らも、王族は全員が深く重く極限まで反省し、今後はマリオンを本人が嫌と言うまで甘やかすつもりなのだそうだ。

「左様でございますか。安心いたしました……」

ジュスティーヌにはマリオン以外に、もう一つ気がかりなことがあった。

「オディール様はどのような罰を受けるのでしょう」

ロザリーはお茶を飲みつつ首を捻った。

「裁判があって、判決が下らなければはっきりしないけど、無罪というわけにはいかないでしょうね」

おそらくオディールは貴族の令嬢としては初めて、五年以上の禁固刑を受けることになるだろうと推測されるのだそうだ。計画をした恋人の青年はもっと重い刑になるのだろう。

また、盗難に遭ったものは高額の宝飾品ばかりなので、被害者への賠償金は莫大なものになるだろう。これは、オディールの実家であるフォーレ家が負担することになる。

それでも、金でなんとかできるならまだましで、〝天使の涙〟についた傷はどうにもならない。おまけに、オディールは王家の至宝を損なっただけではなく、何も理解できない王女を犯罪に加担させている。

フォーレ伯爵家はこの責任を取って、お家取り潰しとまではいかないが、降爵処分となり、子爵、あるいは男爵に格下げになるとのことだった。

ロザリーは長椅子にどかりと音を立てて背を預けた。

「フォーレ伯は可哀想といえば可哀想だけど、当然だともいえるわよね。妹の犯罪を知っていて黙っていたんだから。私だったら首をちょん切るところよ」

「えっ……」

その話は初耳だった。

「ロザリー様、どういうことなのでしょうか？」

「あら、知らなかった？　シメオン兄様から聞いていない？」

ジュスティーヌはシメオンの名を聞き俯くしかない。彼とはキャストゥル家を出て以来、顔を合わせても話してもいない。時折届けられる手紙には、ソフィが回復していく様子が綴られていたが、それだけだった。

以前の自分ならそれだけで十分だったはずなのに。

「いえ……私はシメオン様とはなんの関係もないですから、詳細までは……」

「そう……。聞いても後悔しない？　あなたが傷付くことになるかもしれないわ」

ジュスティーヌは「構いません」と頷いた。

「修羅場はある程度潜ってきましたから」

「そう……じゃあ、覚悟して聞いてね」

ロザリー曰く、フェルナンもその母のコンスタンスも、オディールが悪い男に騙されているのだとは、薄々察していたらしい。マリオンに仕えている間にも、フォーレ家に金の無心を繰り返していたからだ。

嫌な予感を覚えたフェルナンは、オディールと恋人の青年について調査した。青年の実家が借金まみれであることや、ろくに稼ぐ手段もないはずなのに近頃順調に返済していること。更には、この数ヶ月で王宮で宝飾品が次々と盗難に遭い、警察が捜査中だと知って頭を抱えた。

「絶対妹が関わっているって思ったみたいね。これはノエル兄様から聞いた話なんだけど、あの子……オディールって、昔から盗癖があったみたいよ。出来心なんて嘘っぱち。立派な前科犯よ」

驚愕の情報にジュスティーヌは目を瞬かせた。信じられなかった。

「盗癖……？　オディール様が盗癖ですか？」

ノエルがいつかキャストゥル邸に飲みに来た際「ここまで出掛かっているのに、出てこない」と言っていたのは、その件なのだそうだ。

ノエルは王族、貴族、あらゆる階層に人脈があり、様々な噂にも通じている。その中に、オディールの友人の令嬢からのこんな情報があったそうだ。

オディールが遊びに来ると、ハンカチや、香水瓶や、髪飾りや、そうした小物がたびたびなくなる。彼女はオディールが盗んだのではないかと疑っていたらしい。しかし、どれも大した金額ではなく、また自分が忘れっぽい性格でもあったため、勘違いだったらまずいと、ずっと問い質せなかったのだと言う。

「それから、あなたが濡れ衣を着せられた事件……エメラルドの指輪が盗まれた事件があったでしょう。あの指輪、実はもう見つかっていたのよ。これはシメオン兄様が裏を取ったんだけど……」

フォーレ家の家宝のエメラルドの指輪は、盗まれてから一ヶ月ほど経った頃に、領地から遠く離れた街の質屋に持ち込まれたのだそうだ。フォーレ家の紋章と現状を知っていた店主は、すぐに指輪の裏側に刻印された紋章に気付いた。今をときめく伯爵家がこれほどの指輪を質に入れるはずがない。すぐに盗品ではないかと疑い、フェルナンに連絡を入れたのだ。

次々に明かされる事実に息を呑むしかない。

ジュスティーヌは絶句した後、やっとの思いで声を出した。

「指輪は……見つかっていたんですか？」

「ええ、そう。フォーレ伯が指輪を持ち込んだ男を問い詰めると、灰色の瞳の娘に売ってもらったって白状したそうよ」

男の証言から、フェルナンはそこでようやく真犯人が誰なのかを悟った。

ジュスティーヌは「どうして」と口を覆った。

「じゃあ、どうして……。事件から一ヶ月後に発見されていたのなら、私に伝えてもいいはずです。私はその頃フォーレ領の近くの街で働いていたんです。でも、泥棒は雇えないからってクビになって……。それからもどこへ行っても追い出されて……フェルナン様はどうしてそんなことを……」

説明されるまでもなくもうわかっていた。ロザリーが傷付くかもしれないと警告した理由も。

「そう……そうなんですか。フェルナン様が、私に濡れ衣を着せ続けていたんですね。オディール様とフォーレ家の名誉を守るために。あの方は、私を生贄にして家を救おうとしたんですね……」

なぜ、フェルナンが自分を執拗に追い詰めるのか、生きる手段を奪おうとするのか、当時は理解できずに悲しむしかなかった。

簡単な話で、フェルナンはみずからの手を汚すことなく、自分に死んでほしかったのだ。所詮後ろ盾のない、無力な娘だ。すべての働き口を奪ってしまえば、絶望して命を断つとでも考えたのだろう。容疑者は死亡した、もしくは行方不明なので、これ以上の捜査は不可能だと、警察に言い訳もできる。

ところが四年後、オディールから自分が生きていたと聞かされ、しかも、シメオンに保護されていると知り、おまけに指輪の盗難事件の再捜査が始まって、フェルナンはさぞかし焦ったことだろう。オディールの盗癖が明るみに出れば、王宮での盗難事件についても確実に疑いの目が向けられる。

だからこそ、フォーレ家における真実を隠ぺいするために、あれほどしつこく事件を蒸し返すなと訴え、求婚してきたのだ。

それだけではない。犯人扱いのまま、しかも純潔でもないのに結婚することで、自分に恩が売れる。元婚約者の罪を許して妻に迎えるなど、寛大な方だと社交界でも評判になる。一石三鳥になるはずだったのだろう。

しかし、オディールはフェルナンも対処しきれない罪を犯し、すべての工作、努力は水の泡となった。

「ジュスティーヌ、大丈夫？」

心配してくれているのだろうか。ロザリーが顔を覗き込んできた。「ええ、平気です」とジュスティーヌは笑って答える。

「もう終わったことです。腹は立ちますが、悲しくはありません」

「……そう。だったらよかった」

ロザリーはそこで話を切り上げると、「そうそう、相談があるの。あなたはどれがいいと思う？」と、テーブルに三枚のデザイン画を置いた。〝天使の涙〟をまた首飾りに作り直すつもりらしい。再カットする気はないらしく、表面についた傷もそのままデザイン画に描かれている。

「ロザリー様、傷はそのままでよろしいのですか？　大分目立ちますが……」

ジュスティーヌが問うとロザリーはにっと笑った。

「私は傷物って言葉が大嫌いなの。宝石についても、人間についてもね。傷付いて、そこから立ち直ったからこそより美しい今があるのに、どうしてそんな言い方をするのかしら？」

「ロザリー様……」

傷付いたからこそより美しい今がある――その言葉は最後に残っていたジュスティーヌの心の傷跡を、今度こそ綺麗に消してしまった。

「私もいつか娘を産んで、その子に〝天使の涙〟を譲る。こんなに面白い話があったんだって教えてあげるつもりよ」

ロザリーは窓の外に輝く太陽に細めた目を向ける。いずれ会う我が子を思い描いているのだろうか。ところが数秒後、「あ、そうそう、もう一つ」と、いきなりジュスティーヌを振り返った。

「いいニュースがあるの。なんと！　行方不明だったイレーヌが見つかったそうよ」

「ええっ⁉　生きてらっしゃったのですか⁉」

イレーヌとは幼い頃に旅先で川に落ち、亡くなったと聞いているシメオンの妹だ。

「ええ、そう。レーメン王国で見つかったの。キャストゥル家もうちも大騒ぎよ。ロランお祖父様も、クロエお祖母様も、ラウール叔父様も、エステル叔母様も大喜び」

ロザリーは焼き菓子の最後の一枚を口に放り込んだ。

「ねえ、ジュスティーヌ、これだけシメオン兄様のお世話になったんだもの。お礼を兼ねてイレーヌが見つかったお祝いに行ったらどうかしら？　きっとシメオン兄様もあなたに会いたくてうずうずしているわよ」

「そんな、まさか」

苦笑するジュスティーヌがもどかしくなったのだろうか。ロザリーはテーブルに音を立てて両手をついた。

「ろ、ロザリー様⁉」

ロザリーは相変わらず王女らしくない、室内に響き渡る大声で説教を開始する。

「ああ、もう。私よりずっと年上の大人のくせに、あなた達って本当にじれったいわね。好きなら好きって一言言えばいいだけじゃないの‼　怖がったってなんにもならないでしょ⁉　いい？　これは命令よ。シメオン兄様のところへ行きなさい。当たって砕けてきなさい。もう私からは三時に到着しますって連絡を入れてあるから」

「え、ええっ⁉」

「花嫁衣裳の素敵な刺繍のお礼よ」

サファイアブルーの瞳に悪戯っ子にも似た煌めきが浮かぶ。

「言うことを聞かなきゃ首をちょん切るわよ。……ねえ、ジュスティーヌ、まだ生きて、幸せになりたいでしょう?」

ジュスティーヌは激しく葛藤しつつも、ロザリーがすでに用意していたという、送迎用の馬車に乗るため玄関広間へ向かった。

シメオンにまた会えるのだと思うと嬉しくて堪らない。同時に、何をしに来たのだと思われはしないかと怖かった。

それにしても、ロザリーに恋心を悟られていたとは思わなかった。ロザリーからすれば「バレバレだった」らしいが……。シメオンも自分の気持ちに気付いていたのだろうか。だったら、顔を合わせるのも恥ずかしい。しかし、首をちょん切られるのは御免である。

フェルナンと出くわしたのは、中央階段の踊り場まで下り、何気なく階下に目を向けた時のことだ。フェルナンは王宮に用事があったのだろうか。そうなのだとすれば、フォーレ家の処分に関わることだろう。

「フェルナン様……」

フェルナンは目を見開き、「やあ」と力なく笑った。彼は一層痩せており、以前よりも更に五歳も、十歳も老けて見えた。やっとといった風に踊り場まで階段を上り、ジュスティーヌから大分距離を取った位置に立つ。以前なら、迷わず隣か前だっただろうに。オディールが逮捕され、フォーレ家が降爵処分となったことは、フェルナンから若さと自信を奪ってしまったようだった。

「久しぶりだね。元気だったかい？」

「ええ……。フェルナン様は……」

「僕は見ての通りさ。今日、陛下より男爵への降爵を言い渡された。その上直々に叱責までされる始末さ。オディールの保護者責任を問われただけでなく、君に濡れ衣を着せたことが許しがたいと……そう断罪された」

フェルナンはそれでも笑う。何事もなかったかのように、穏やかにすら笑う。

「まあ、取り潰しよりはマシさ。といっても、フォーレ家にはもう地位も、財産も、名誉もないけどね」

罰金と賠償金は払える額だったらしいが、フォーレ家の営んでいた事業が、現在どれも潰れかけているのだそうだ。ほとんどの取引先に縁を切られたかららしい。王家の不興を買った貴族とは付き合いたくないのだろう。更に、不運にも投資の失敗が重なり、借金まで負ってしまったのだと言う。

ジュスティーヌは気まずさに黙り込むしかなかった。慰めたところでどうにもならないし、フェルナンもそんなことは望んでいないだろう。

フェルナンは天井を仰いでくつくつとまた笑った。

「奇しくも昔の君と同じ立場になったというわけだ。最近、よく婚約者だった頃の君を思い出すよ。もしあの時君を裏切らずに守っていたら、僕がこうして何もかも失うことになっても、君はそばにいて支えてくれたんじゃないかってね……」

きっとそうしていただろうとジュスティーヌは思う。だが、すでに消えてしまった未来だ。

フェルナンはジュスティーヌに背を向けた。

「謝って、君に許すと言ってもらえたところで、今更どうにもならないことはわかっている。だから、謝罪はしないよ。せいぜい惨めな僕を嘲笑ってくれればいい」

フェルナンは階段に足を掛けたところで「……いいや」と首を振る。

「君は僕を馬鹿にしてはくれないな。あんな目に遭わされても、僕に同情し、思いやってすらくれているんだろう。目でわかるよ、ジュスティーヌ。君は結局優しい人だ」

最後に、「……これが罰か」と低い声で呻いて溜息を吐いた。

「僕は君の美しさと、優しさをことあるたびに思い出して、君を見捨てたことを……一生後悔し続けるんだろう」


ジュスティーヌは小刻みに揺れる馬車の中で、フェルナンと苦い初恋の結末を思った。彼にはもう怒りも恨みも覚えない。それは、すでに過去を振り切って、新しい道を歩み始めているからだとわかっていた。

窓の外に何気なく目を向けると、残雪が街路樹の枝から落ち、代わって柔らかな木の芽が芽吹いているのが見える。ようやく春が訪れたのだ。

キャストゥル邸の玄関広間では、エマと侍女らが待ち構えていた。ジュスティーヌを見るなりぱっと顔を輝かせる。ジュスティーヌの到着を今か今かとうきうき、わくわくしていたらしい。

「お久しぶりです、ジュスティーヌ様‼」

「エマ、元気だった？」

「ええ、ええ、それはもちろん。ジュスティーヌ様にまたお会いできましたし、イレーヌ様も見つかりましたし……嬉しいことがこんなにたくさん……長生きしてよかったですわ」

エマはキャストゥル家に長年仕えており、もちろんイレーヌもよく知っているのだそうだ。

イレーヌはすでにこの屋敷に戻ってきているのだろうか――ジュスティーヌの質問にエマは首を振った。

「いいえ、イレーヌ様はこちらにはいらっしゃいません。いずれは一度お戻りになるとは思いますが……」

はて、どういった事情があるのだろうか、
ジュスティーヌが首を傾げていると、エマは「旦那様にお聞きください‼」と笑った。

「イレーヌ様については、旦那様が最もよくご存じです。エステル奥様が中断した捜索を再開したのも旦那様、イレーヌ様を発見されたのも旦那様ですから」

ジュスティーヌはエマに案内され、屋敷の裏側にある庭園へ向かった。

赤、橙、黄、緑、青、藍、紫、ありとあらゆる色の薔薇が咲き誇っていたので、ジュスティーヌはその美しさ、愛らしさに目を見開く。キャストゥル邸を去った時には、まだ蕾でしかなかったのに。この世のすべての色はこの庭園にあるのではないだろうか。

小道の両脇には薔薇の茂みが、アーチにはツル薔薇が巻き付き、大小様々な種類の薔薇がジュスティーヌの目を楽しませる。そして、シメオンは庭園の中央にある、鳥籠を模した東屋の外に佇んでいた。

東屋にも深紅の、シメオンの瞳の色と同じツル薔薇が巻き付いている。シメオンはその一輪の花弁に触れ、珍しく目を細めていた。

「その薔薇が……お好きなのでしょうか？」

ジュスティーヌが声を掛けると、シメオンはゆっくりと顔を上げ、ジュスティーヌを振り返った。気配を察していたのか驚いた様子はない。

「……ああ、母が植えてくれたものだ」

シメオンの母の前公爵夫人エステルは、子が生まれるごとに、その子の瞳と同じ色の薔薇を植えたのだそうだ。

「これが私の薔薇で、ジュリエットの薔薇はお前の足元にあるもの。イレーヌの薔薇はアーチに絡んだ金色の薔薇だ」

「素敵な習慣ですね」

ジュスティーヌはシメオンから少し離れたところに立った。

「イレーヌ様が見つかったと聞きました。おめでとうございます」

甘さのない美貌がわずかに崩れ、口元に笑みが浮かんだ。

「……ありがとう。諦めずに探していて、よかった」

イレーヌはレーメン王国のとある貴族の屋敷で、召使として住み込みで働いていたのだそうだ。

彼女は川に落ちて流される中で、石か何かに頭をぶつけ、イレーヌとしての記憶を失ってしまった。その後運よく川岸に打ち上げられた際、旅芸人の一団に拾われ、手当てをされ、彼らと生活を共にしていたらしい。

前キャストゥル公とエステルが長年イレーヌを見つけられなかったのは、旅芸人の一団がイレーヌを連れ、フロリンを出国していたからだった。踊り子となって団員とともに稼ぎながら、西方各地を転々としていたのだという。

ところがイレーヌが十五歳となったころ、旅芸人の一団は流行り病にかかり、イレーヌと数人を残してほとんどが死んでしまった。途方に暮れる年端もいかぬイレーヌたちを、親切心から召使として引き取ったのが、現在イレーヌが仕えるレーメン王国の貴族だった。

「まあ……大変な目に遭われたのですね。イレーヌ様は現在もそちらにいらっしゃるのですか？」

「……いいや、少々面白い事態になっていた」

なんと、イレーヌはその貴族の年下の嫡男と恋仲になり、相手は結婚を両親に認めてもらおうと奮闘していた。しかし、嫡男と年上の召使との結婚など、いくら親切な貴族でも許可できない。おまけに、イレーヌはどこの馬の骨とも知れないのだ。貴族と嫡男は揉めに揉め、ついに嫡男が「では、身分を捨てて彼女と出て行く」と宣言したところで、イレーヌの身元が判明したというわけだ。

「……嬉しいことに、反対がなくなったので、イレーヌは来年結婚する。両親も大層喜んでいる」

イレーヌは現在、結婚まで実の両親と過ごしたいと言って、前キャストゥル公とエステルが暮らす遠方の保養地の別邸に滞在しているのだそうだ。

「よかったです……。本当によかったです……」

めでたいことが二つも重なったのだ。ジュスティーヌも心から嬉しくなった。

突然、シメオンがジュスティーヌの笑顔を見て、なぜか「……すまない」と謝る。シメオンに謝られる覚えなどなかったので、ジュスティーヌはわけがわからず目を瞬かせた。

シメオンは真顔より深刻な表情になっている。

「……お前が辛い思いをしているというのに、つい嬉しく、イレーヌのことばかり話してしまった」

「……？　辛いこととは？」

ジュスティーヌのぽかんとした顔に、今度はシメオンが不思議そうに拳を口に当てた。

「……私は、お前の愛する男を没落させただろう」

「愛する男？　……？　それはシメオン様のことでしょうか？」

「……は？」

どうも話が嚙み合わない。

ジュスティーヌはシメオンの言葉の意味を必死で理解しようとしていたが、数秒後、うっかり愛の告白をしてしまっていたのだと気付いた。シメオンはシメオンで愛する男が自分だと言われ混乱しているらしい。

「……？　お前は、フォーレ伯……いや、フェルナンを愛しているのだろう？」

「違います！　私が愛しているのはあなたです‼」

冗談ではない誤解にジュスティーヌは声を上げた。もう恥も外聞も何もなかった。こうなれば勢いで打ち明けてしまえと開き直る。

「針子をしていた頃からお慕いしておりました。シメオン様が私の荒れた手を褒めてくださって、本当に嬉しかったのです。抱いてほしいとお願いしたのも、あなたを愛していたからです。女は、愛する人にしかそんなことは言えません」

「……なんてことだ」

シメオンは絶句し、大きく溜息を吐いた。俯き、拳を固く握り締める。

「……そうだったのか。なら、もっと早く愛していると言えばよかった」

「えっ……？」

信じられない台詞にジュスティーヌの心臓が大きく鳴った。

今、シメオンは自分を愛していると言わなかっただろうか。夢なら早く覚めてほしかった。いや、やはり覚めてほしくはない。こんなに幸せな夢はきっともう見られないだろうから。

シメオンの手がそっと伸ばされ、ジュスティーヌの頬を包み込む。

「お前に初めて会った時のことを、今でもよく覚えている。……なんて綺麗な目をした娘だろうと思った」

ボタンを手に自分を見上げたジュスティーヌは、ひどく傷付いて怯えた、だが、気高い瞳をしていた。同時に、どこか自分に似ているとも感じた。

その瞬間、ジュスティーヌに恋に落ちると共に、なぜそれほど怯えるのか、どう生きてきたのかを知りたくなった。

「今思えばお前は愛する者に裏切られた過去を、私は少年時代の寂しさを抱えたまま、癒すすべもわからず、立ち竦んでいたところが似ていたのだろう。……やっと私のためだけの女を見つけたと思った」

シメオンはそう呟いた。

＊＊＊

針子のエリーズは働き者で、仕事を誇りとしていた。優しい女でもあり、妹を大切にしていた。独身だと知った時、どれほどほっとしたことだろう。

『この上着の刺繍だって、職人が手間暇かけ、精魂込めて施したものです。解かれてしまったただなんて知ったら、きっとがっかりしてしまうでしょう』

彼女に会いたくてわざと刺繍を解いた時、エリーズはそう指摘した。

おのれの浅ましさを責め、恥ずかしさを感じ、同時に彼女の清廉さにますます強く心惹かれた。

どうしてもエリーズのすべてが欲しかった。

容姿も身分も関係ない。針を動かす彼女を見ながら、時が来たら求婚しようと考えるようになった。

彼女の身分が平民であっても、一度貴族の養女にするなどして、合法的に身分を上げて結婚する手段はあるので、その件についてはまったく悩まなかった。

だが、エリーズ……ジュスティーヌが身元を詐称していたと知った時には驚いた。おまけに、真実の身分は貴族であり、あのロレーヌ家の出身なのだと言う。

オディールから彼女に前科があると聞いても、はなから信じなかった。公務上、身分を問わず何人もの犯罪者と接してきたことで、罪を犯す者に対する独特の嗅覚が育っていたからだ。ジュスティーヌからはその匂いがしない。一方で、オディールからはぷんぷんと漂ってくる。オディールは何かを隠していると直感した。

取り敢えずロザリーにジュスティーヌの事情を話し、彼女を自宅で保護することにしたのだが、すぐに失恋する羽目になり、らしくもなく落ち込むことになる。どうもジュスティーヌはかつての婚約者をいまだに愛しているらしい。

例え権力を使って彼女を手に入れたとしても、心が得られなければ意味はない。何度も諦めようとしたが諦められず、いっそ強引に押し倒してしまおうかと、自棄になりそうなこともあったが、理性を総動員しておのれの中の獣を押し留めた。

そんな中でジュスティーヌに、「抱いてほしい」と懇願され、拒み切れずに抱いてしまったのだ。

数日間は自己嫌悪のただ中にいたはずなのに、一度彼女の柔らかさを知ってしまうと、もう一度、またもう一度と、身も心もジュスティーヌを求めてしまう。せめて、彼女がフェルナンに抱かれていると錯覚すればいいと、顔を見せないようといつも後ろから抱いた。

だが、人の心とはままならないもので、すっかり恋に溺れ、再び彼女の愛を切望してしまう。それと時を同じくしてシメオンはオディールがフォーレ家での事件だけではなく、王宮での五件の盗難にも関わっていると突き止めたのだ。

宝石の売却先となりそうな質屋、宝石店、裏組織などを虱潰《しらみ》しに捜査した結果、オディールの恋人ルイ・ドゥ・バラスが捜査線上に浮上した。

しかし、ルイ・ドゥ・バラスはこの一年宮廷への出入りがない。となれば、彼と親密な仲であり、マリオンの侍女である、オディールが実行犯となっているとしか考えられなかった。

それまで、〝天使の涙〟をどう盗んだのかは、オディールの名が挙がるまでは謎に包まれていた。ようやく推理できても、子どもを利用するなど信じられなかったし、信じたくはなかった。マリオンはシメオンも昔から可愛がっている。決して許さないと怒りの炎を燃やした。

国王、及び警察大臣に許可を得て、仮面舞踏会当日、証拠を握るために罠を仕掛けた。

同時に、ジュスティーヌの笑顔が脳裏に浮かんだ。

ジュスティーヌはフェルナンに未練がある。愛する男がこの捜査の結果没落することになれば、自分は彼女にどう思われるのだろう――正しい、正しくないなど関係ない。もしジュスティーヌが不利益を被ることになれば、自分はそんな仕打ちをした者を必ず憎むに違いなかった。

ジュスティーヌの心を求めているのに、それどころか、憎まれることになるのかもしれない。

仕方がないと自分に言い聞かせようとしたが、胸が痛くて、苦しくてならなかった。

＊＊＊

「だから、今日お前が来るとロザリーから聞いて驚いた」

憎まれているだろうから、来るはずがないと思っていたのだそうだ。

ちなみに、ロザリーからは『シメオン兄様ったら、大人のくせに臆病ね。好きなら好きって一言言えばいいだけじゃないの‼ そうじゃないといつまで経っても失恋すらできないわよ⁉』と発破を掛けられたのだそうだ。

「あいつには、とっくに私の心が誰にあるのかバレていたらしい」

「わ、私もです。ロザリー様に当たって砕けて来いって命令されて……」

シメオンと顔を見合わせ、つい一緒に吹き出してしまう。ジュスティーヌはロザリーのサファイアブルーの瞳を思い浮かべた。

「ロザリー様には敵わないわ……」

ロザリーの性格は母方の祖母に当たる、伝説の女辺境伯マルグリット・ドゥ・ヴァールにそっくりなのだそうだ。七十近くにしていまだに女傑《じょけつ》と呼ばれる女性である。ロザリーもきっと女傑と呼ばれるブリタニア王太子妃となるだろう。

ジュスティーヌと愛し合っているとやっと実感し、どうしていいのかわからなくなったのだろうか。シメオンがにわかにおろおろとし出した。

「そうだ。お前に求婚しなければ。だが、指輪もなければ何もない……」

しかし、すぐに笑顔を見せたかと思うと、東屋から深紅の薔薇を一輪引き千切り、跪く。

「ジュスティーヌ、私の妻になってくれないか。生涯お前ひとりだけだと誓う」

ジュスティーヌは胸がいっぱいになりながらも、差し出された薔薇を受け取って髪に差し、「もちろんです」と頷こうとした。ところが、直前にシメオンの上着の第二ボタンが、またもや取れかけているのに気付き、笑顔になる。

「……シメオン様、私からもお願いしてもいいですか」

「なんだ？」

ジュスティーヌは天使の笑顔を浮かべ、シメオンの紅い瞳を見上げた。

「私をあなたの一生の専属のお針子にしていただけますか？　私、侍女や淑女として振る舞うよりも、やっぱり刺繍やお裁縫の方が好きなんです」


まだ日は明るいのだが、気持ちを確かめ合った二人は、とても結婚式後の初夜まで待てそうになかった。

ジュスティーヌは「重いですから」と恥ずかしがったのだが、笑うシメオンに軽々と横抱きにされ、そのまま寝室へと連れ込まれてしまう。途中、エマや侍女らとすれ違ったが、すでに互いの顔しか見えていなかったので恥ずかしいと感じなかった。エマたちはそんなジュスティーヌとあるじを微笑みながら見送った。

ベッドに下ろされる間際、愛する人の耳元にこう囁いた。

「私がこのお屋敷に来た日、シメオン様がソフィを抱え上げたことがあったでしょう？」

「ああ、そんなこともあったな」

半年も前のことではないのに、もうはるか昔であるかのように懐かしい。きっと過去に纏わる事件のすべてが終わり、真の意味で未来を見つめられるようになったからだろう。

「子どもみたいなんですけど、私あの時ソフィに嫉妬していたんです……シメオン様に守られているみたいで」

ソフィになりたかったと打ち明けると、シメオンは「……それは私もだ」と苦笑した。ジュスティーヌの隣に腰掛け、藍玉色の目を覗き込んで微笑む。

「お前に大切にされるソフィが羨ましかったよ」

ソフィに妹のイレーヌを重ねるのと同時に、ジュスティーヌの生きる意味にすらなっている、ソフィが羨ましくてならなかった。だからこそ、弱ったジュスティーヌに代わって、ソフィを守らなければと感じたのだと言う。

「お前にとって大切な者は、私にとっても大切な者だ。できれば今日から私もその中に入れてほしい」

そして、ジュスティーヌの頬に口付け、再び甘く低い声で愛を囁いた。

「私は、お前にとって最上の、たった一人の男になりたい」

ジュスティーヌは愛おしさでいっぱいになりながら、「ええ、もちろんです」と頷く。手を伸ばしてシメオンの頬を包み込むと、そっと口付け瞼を閉じた。

「私も、あなたにとってたった一人の、最も美しい女でありたい」

シメオンはジュスティーヌの右手に自らのそれを重ね、深紅の瞳に優しい光を浮かべた。

「初めからそうだったさ」

長い、骨ばったシメオンの指が、ジュスティーヌのドレスのボタンを外していく。気が急いているはずなのに丁寧な動きだった。ドレスを引き裂くこともない。また、以前より格段に手際がよくなっている。おたおたしていた初めての夜が嘘のようだ。

ジュスティーヌがまじまじと手の動きを見つめているのに気付いたのだろう。シメオンはジュスティーヌが何を聞きたいのかすぐに悟ったらしく、少々気まずそうに「……練習したからな」と告げた。

「えっ？」

思わず尋ね返したジュスティーヌを前に、ほんの少しではあるが頬を染める。

「私はどうも手仕事については不器用なのだ。だが、いつまでもボタン一つ簡単に外せないようでは、お前に示しがつかないからな」

ジュスティーヌはしばし唖然としていたが、やがて堪え切れずに吹き出してしまった。

シメオンは宮廷では有能な堅物だと評判の公爵だ。だが、彼にもこんなに可愛いところがあるのだ。そして、そうした一面を知るのはきっと自分だけであり、これからも見つけていけるのか思うと、幸福が再び胸を満たして笑みがこぼれる。

シメオンは最後にジュスティーヌの髪飾りを外し、摘まんだそれをベッドの下に落とした。淡い、青みを帯びた長い金髪が落ち、下着に代わって華奢な肩と豊かな胸を覆い隠す。続いてジュスティーヌがシメオンの上着を脱がせ、シャツのボタンから外していった。

窓から差し込む陽の光で見る体は、二人とも初めてだからだろうか。どこか気恥ずかしく、それでいて目を逸らせない。

初めに手を伸ばしたのはジュスティーヌだった。露わになった逞しい胸と引き締まった腹、脇腹にある傷を撫でる。最後に、シメオンを抱き締め「……ありがとうございます」と、シメオンだけに聞こえる声で礼を言った。

「私を見つけてくださって、ありがとうございます……」

シメオンもまたジュスティーヌの背に手を回す。優しく、どこか不器用な手つきだった。言葉などなくともシメオンの心を感じ取れた。

シメオンはそっとジュスティーヌをベッドに横たえた。紅玉を思わせる深紅と藍玉の視線が宙で交差する。もう気持ちを偽らなくてもいい、見つめ合ってもいいのだと思うと、ジュスティーヌはそれだけで体が火照ってしまう。シメオンも同じ思いなのか、ジュスティーヌの髪をすくいながら、その美貌を熱の籠った眼差しで眺めていた。

互いの熱が最高潮に高まった頃、シメオンがそっと右の膨らみに触れた。更に左胸に唇を落として何度も口付ける。決して力は込めずに、愛撫に近い優しさで揉まれ、ジュスティーヌは小さな声を上げた。

「んんっ……」

まだ始まりだというのに、もう幸福で気持ちよくなっている。ただ体を重ねているのではなく、愛し合っているからだと実感できた。

不意にシメオンが「愛している」と呟く。言葉とともに胸にかかった吐息の熱にまた感じながら、ジュスティーヌは「私も愛しています」と返した。いつかのシメオンの言葉を思い出す。

『私は、この世のどこかに自分だけのための女がいるのだと信じている』

そして微笑みを浮かべ、シメオンの中にいるはずの、寂しがり屋の少年ごと胸に抱いた。

この光景をもし誰かが目にしていれば、きっとジュスティーヌが聖母に見えたに違いない。

「私は生涯あなただけの女です」

すると、次いでシメオンの左手が下に伸ばされ、淡い茂みのうちにある花唇を指でなぞった。

「やんっ……」

体がベッドの上で小さく跳ね、まったく嫌ではないのに嫌だと言ってしまうのだから、我ながらわけがわからない。すると、シメオンがすぐに顔を上げた。

「嫌か？　なら、どうすればいい？」

今までになかった遣り取りに混乱し、目を瞬かせるジュスティーヌに、シメオンは照れくささの混じった顔で告げる。

「私はお前をただ抱くのではなく、愛したいのだ。だから、お前の望むようにしたい」

シメオンにとって愛するとは尊重し、大切にするということなのだろう。

「そんな、シメオン様、私の望むようにだなんて……」

シメオンになら何をされても構わないのだ。だが、シメオンの性格のことだから、そのような抽象的な答えでは、却って悩んでしまうことになりかねない。だからといって、次は指を入れてください、その次は舐めてくださいだのと、具体的に指示するのもどうかと思う。

そこで、ジュスティーヌはシメオンにこう頼んだ。今、ベッドの上で唯一シメオンに望むことだった。

「では、私の名前を呼んで、愛していると言い続けてくださいますか。私はシメオン様の声を聞いていたい。目、耳、肌、すべてであなたを感じたいのです」

シメオンは切れ長の目を見開いていたが、やがて「可愛いことを言ってくれる」と言って微笑んだ。そして、早速「ジュスティーヌ愛している」と囁きながら、ジュスティーヌの胸に顔を埋める。

「お前の意志の強さも、脆さも、すべてが愛しい」

再び足の間に滑り込んだ左手の動きが、次第に激しいものになっていく。蕾のうちにある花芯を掻かれた時には、「ああっ」と悲鳴に近い喘ぎ声を上げてしまった。視界に火花が散って体がびくびくとなる。

「あっ……気持ち、いいです。いい……好き……」

「それは、私がか？　それともこの行為がか？」

どちらもに決まっているとわかっているだろうに。だが、シメオンも愛を囁いてくれているのだからと、ジュスティーヌは羞恥心を抑えながら、熱い息とともにその言葉を吐き出した。

「シメオン様が、与えてくださるものは、なんでも、好きぃ……」

「そうか。なら、こちらにもだ」

シメオンは右手で膨らみの頂を摘まんだ。紅石英色のそれはすでに硬く尖っている。乳首を責められると首筋に弱い雷にも似た何かが駆け抜け、ジュスティーヌは背を仰け反らせた。体の奥から蜜が滾々と溢れ出し、ジュスティーヌの花園を一層潤す。

その蜜の在り処を探るかのように、シメオンの指の一本が蜜口に入っていった。湿ったいやらしい音を体で感じてジュスティーヌは呻く。

「う、ん……。あ……。……っ」

シメオンはジュスティーヌの弱いところを知り尽くしているらしい。ジュスティーヌは途中、前触れもなくそこを軽く突かれて、「ひゃあっ」とあられもない嬌声を上げてしまう。「駄目」と言いそうになってしまうのだが、シメオンが熱っぽい声で告げる愛の言葉を耳にすると、そんな気力もなくなり身を委ねてしまうのだった。

「ジュスティーヌ、愛しているよ」

長い指がジュスティーヌの中から抜かれる。シメオンはぬらぬら光る蜜を舐め取ると、ジュスティーヌの頬を両手で覆って唇を奪った。

どちらからともなく舌を絡め合う。「愛している」という気持ちが、唾液に混じっているような気がして、シメオンとジュスティーヌは、陶然として互いのそれを貪った。美酒以上の甘い味に酔い痴れる。

そうして唇で愛を交わす間に、ジュスティーヌは、自分の下肢に当たるシメオンの分身が、熱く、硬くなっているのに気付いた。シメオンの興奮がどくどくと脈打つ屹立から伝わってくる。

数分後、口付けを終わらせたシメオンが、二人の間にある唾液の糸を断ち切って、膝でジュスティーヌの脚を割った。蜜に濡れた熱いものがあてがわれ、ジュスティーヌは大きな期待と、少々の恐れを胸にシメオンを見上げる。

深紅の双眸がジュスティーヌだけを映していた。

「愛している」

隘路がゆっくりと押し広げられ、内側から征服されていくのを、ジュスティーヌは喉を仰け反らせながら感じる。

「うっ……ん。んんっ……。……あっ」

やがて、胎内がシメオンでいっぱいになり、シメオンのこと以外を考えられなくなった。

「……っ。シメオン様……愛して、います」

シメオンがジュスティーヌの頬に口付ける。

「可愛いぞ、ジュスティーヌ」

甘く優しい言葉に、ジュスティーヌの心が再び蕩けかけた次の瞬間、最奥を強く、激しく一突きされた。

「は……あっ」

いきなり貫かれた衝撃が同じだけの激しい快感に変換され、ジュスティーヌは耐え切れずに、シメオンの二の腕を掴んだ。シメオンが美貌をかすかに歪めながら謝る。

「ジュスティーヌ、すまない。優しくしようと思ったが、お前を目の前にすると、どうしても、止まらなくなる」

途切れ途切れのシメオンの声に、ジュスティーヌはふるふると首を振った。あのシメオンが理性を失くしてしまうほど、自分に欲情していることが嬉しかったのだ。

「私は、あなただけの女です、シメオン様。どうぞ、あなたの、お望みのままに……」

ジュスティーヌの声はその後の動きによるベッドの軋みと、繋がった箇所から漏れ出る水音に掻き消されていった。

「好き……愛して、います、シメオン様。……っ。だいすき」

ジュスティーヌの口にした「好き」「愛しています」の数は、もはや突かれる数と同じだけになっている。シメオンはさらにその倍「愛している」と囁いた。

やがて、言葉だけでは物足りなくなったのだろうか。シメオンはジュスティーヌのまろやかな腰の下に手を入れ、繋がったままで一気に膝の上に抱え上げた。

「な、何を……っ」

ベッドの縁に腰掛け、体勢を調節する。

ジュスティーヌはシメオンと向かい合い、その膝に腰掛ける形にさせられた。

横たわっている時よりも、シメオンの分身が一層奥に届いている。また、膨らみがシメオンの硬い胸に密着して圧し潰され、彼の激しく脈打つ心臓をおのれのもののように感じ取れた。更に、互いの顔がより近くなり、汗の一粒一粒の煌めきすら見えてくる。

快感で遠ざかっていた羞恥心が戻ってきた。思わず顔を背けそうになったのだが、その前にシメオンに腰を捕まれ上下に揺すぶられてしまう。

「ああっ……」

ジュスティーヌは耐え切れずにシメオンに縋り付いた。繰り返し子壺の扉を小突かれるうちに、快感が小刻みに何度も全身を駆け抜けていく。

「あっ……あっ……い、っちゃう……」

もはや口から出るのは喘ぎ声と涎ばかりだ。長い睫毛に縁取られた藍玉の目からは、澄んだ涙がいくつも零れ落ちていた。

シメオンはその一滴一滴を唇で吸い取っていたが、やがて、ジュスティーヌと同時に限界がやってきたらしい。切れ長の目が閉ざされたかと思うと、ジュスティーヌを今までになかった力で抱き締めた。

「あ、あーっ……」

ジュスティーヌはシメオンの首に手を回し、背を仰け反らせて室内に響き渡る嬌声を上げた。頭の中が真っ白になり何も考えられなくなる。なのに、最奥で爆ぜたシメオンの熱い飛沫だけははっきりと感じた。

「あ……つい」

仰け反ったまま硬直していた体が、徐々に弛緩し、力を失くしてシメオンに寄り掛かる。いまだに息の荒いジュスティーヌの背を、シメオンはゆっくりと労わるように何度も撫でた。

「……ジュスティーヌ、愛している」

シメオンも絶頂を迎えたばかりだというのに、律義に約束を果たそうとしているのがおかしい。

ジュスティーヌはようやく息を整えると、愛しさを込めてシメオンの肩に額をつけた。

「ええ、私もです、シメオン様」

数え切れないほど贈り合った愛の言葉なのに、不思議と何度聞いても、何度言ってもまだ足りなかった。

エピローグ

――空が明るく爽やかな青に染まっている。一点の曇りもない、どこまでも飛んでいけそうな青だ。その空を番《つがい》と思しき二羽の白い鳥が羽ばたいていた。

フロリンの春の空の色はフロリンブルーと呼ばれ、サファイアを溶かして混ぜたような独特の色味をしている。夏に差し掛かるとその青が徐々に淡くなり、澄んだアクアマリンブルーへと変化していく。

シメオンが夏の空の色を「お前の瞳と同じだ」と言ったので、晴れた渡った七月の今日、結婚式を挙げることになった。通常は半年から一年以上を掛けて結婚準備する。求婚されてまだ四ヶ月しか経っていないのだが、ロザリーに一刻も早くと急かされた結果こうなった。

ロザリーの勝手な言い分はこうだった。

「私がお嫁に行く前にシメオン兄様に結婚式を挙げてもらわなきゃ、ジュスティーヌの花嫁姿が見られないのよっ……！」

ところが、シメオンも「……それもそうだ。善は急げだな」と同調し、大貴族には有り得ない早さでの結婚となったのだ。

ジュスティーヌが後にシメオンにそうも急いだ理由を聞くと、「……逃げられると困るからな」だった。

ジュスティーヌの花嫁衣裳は、ロザリーのために最初に仕上げた、あの純白の絹地に金糸で不死鳥の刺繍を施した布地を仕立てたドレスだ。ロザリーが「あなたに相応しい衣装だ」と提供してくれたのだ。

キャストゥル家の当主の結婚式は、フロリン国教の本拠地である王都のディジョン大聖堂で執り行われることになった。大聖堂の花婿と花嫁の控室は別々となっている。式が始まる一時間前、ジュスティーヌは侍女に囲まれ、「お飲み物はいかがですか」「お化粧は取れていませんか」などと気を遣われていた。

生まれて初めての、かつ最初で最後の結婚式だと思うと、緊張から来る体の強張りがなかなか取れない。

そんなジュスティーヌの心を一気にほぐしたのは、侍女に付き添われて控室を訪れたソフィだった。

「姉様、今日はおめでとう！」

ソフィは治療の甲斐があって杖はいるものの、一人で立ち上がれるまでになっている。姉の結婚式に是非でも出席したいという思いも、彼女の体力を回復させたようだった。

ソフィはニコニコと笑いながら、ジュスティーヌの顔を覗き込んだ。

「綺麗！　きっとフロリンで一番よ！」

ジュスティーヌもソフィの頭を撫でながら微笑む。

「あなたもとっても素敵よ。その赤いドレス、よく似合っている。花の精みたいよ」

「本当？　ありがとう！」

はにかんで笑うソフィの頬はふっくらとして、随分と少女らしく可愛らしくなっている。すべてはシメオンのおかげだと感謝していたのだが、他にも理由がありそうだとすぐに察することになった。

ソフィはしばらくもじもじとしていたのだが、やがて思い切ってというふうにジュスティーヌに耳打ちしたからだ。

「あのね……姉様、一つお願いがあるんだけど、いいかしら？」

「ええ、なんでも言ってちょうだい」

「結婚式が終わったら、ブーケの花を一輪でいいからくれない？」

ジュスティーヌはついまじまじとソフィを見つめてしまった。なぜなら、花嫁のブーケをもらった女性は次の花嫁になる、あるいは恋が叶うと言う言い伝えがあるからだ。

（ソフィもそんな年頃になったのね）

相手はつい最近キャストゥル邸に遊びに来た、シメオンの遠縁だというあの少年だろうか。ソフィと年が一歳しか違わないこともあり、随分仲良くなったようではあったが……。

ジュスティーヌは妹の成長を喜びながら、ちらりと不安にもなってしまう。近頃のシメオンはソフィの義兄というよりは、父親みたいになっている。まさにソフィの一挙一動を心配しているのだ。

ソフィが初恋をしたかもしれないなどと知ると、相手の少年を呼び出した挙句、「ソフィとの交際は認めない」などと、困ったことを言い出しはしないだろうか。いかにも有り得そうで困ってしまったが、それも今は幸せな悩みでしかなかった。

ソフィとおしゃべりをしていると、あっという間に時間が過ぎていく。彼女を見送ってまもなく、侍女が「そろそろですよ」と告げたので、ジュスティーヌは小さく頷いて立ち上がった。

大聖堂の祭壇前はステンドグラスの窓から差し込む光に満ち溢れていた。

ジュスティーヌはフロリン中の人々の祝福を受け、大主教の前でシメオンとともに誓いの言葉を述べる。

最後に結婚証明書にサインをし、晴れて二人は夫婦となった。

ジュスティーヌはシメオンと腕を組むと、開け放たれた扉から外に出、教会前に敷かれた臙脂色の細長い絨毯に、ともに足を一歩踏み出した。

ここから先は二人で歩いて行く道になる。先に何が待ち受けているのかわからない。だが、もう怖いものはなかった。きっと乗り越えて行けると感じた。

頭上から両脇の招待客らの投げた深紅の薔薇の花弁が降ってくる。アクアマリンブルーの空と組み合わさり、風に舞う深紅はより一層美しく見えた。

不意にシメオンが自分を見下ろした。それきり目を離さないので、ジュスティーヌはどうしたのだろうと首を傾げる。

シメオンは目を細めて腰を屈め、ジュスティーヌだけに聞こえる声で囁いた。

「月明りで見るお前も美しいが、日の下での笑顔が一番だ」

その言葉にジュスティーヌの脳裏に、シメオンに出会うまでの日々と出会ってからの日々が過ぎ去る。

シメオンも同じ思いだったのだろうか。二人で感慨にふけっていたのだが、やがて、

「主役が何をやっているの⁉」

との、ロザリーの声が現実へと呼び戻した。招待客の中からひょいと姿を現したロザリーが、身を乗り出してジュスティーヌのヴェールを引っ張る。そして、ニヤリと笑ってこう尋ねたのだった。

「ねえ、ジュスティーヌ、深紅の瞳の持ち主にキスされると幸福になるって言い伝えって、本当だった？」

ジュスティーヌはしばし目を丸くし、夫の——シメオンの横顔を盗み見る。すると彼はすぐにこちらに気が付き、やわらかな深紅の視線をくれた。

ジュスティーヌはロザリーに向き直り、にっこりと笑ってこう答えた。

「ええ、本当でしたよ、ロザリー様！」

あとがき

こんにちは。東万里央《あずままりお》と申します。

このたびは『濡れ衣を着せられまして 見捨てられた令嬢と深紅の公爵』をお手に取っていただきありがとうございます！

ありがたいことに、ガブリエラブックス様では二冊目の本となりました。

今回のこの物語ではちょっと名前にこだわってみました。

文中でも言及されていますが、ヒロインのジュスティーヌと言う名前は、〝正義〟が語源だそうです。これで彼女は本来真っ直ぐな性格であり、そう生きたいと願っていることを表現しました。

一方、ヒーローのシメオンですが、こちらは古代ユダヤ語由来で、〝神が聞く、耳を傾ける〟といった言葉なのだとか。濡れ衣を着せられたジュスティーヌの言い分を聞き、気持ちに寄り添う……そんな意味を込めております。

あらためて原稿を読んでみると、なんだかあんまり話は聞かずに押し倒している気もしますが、それはそれとしてお許しいただければ幸いです（笑）。

また、お助け王女様のロザリーの名前は〝薔薇〟が由来で、どこにいても色鮮やかに咲く女性と言ったイメージです。

名前もこうして意味や語源を辿っていくと面白いですよね。

さて、話は変わりまして。

すでにお気付きの方もいらっしゃるかと思いますが、この物語は前作『離縁されました。再婚しました。仮面侯爵の初恋』と同じ世界での出来事です。そして、シメオンは前作カップルの●です。

物語はそれぞれ独立していますが、前作を読んでいただいた方には、「なるほど、だからシメオンはこんな外見なのか」とニヤリとしていただけたら嬉しいです。

最後になりますが、イラストを描いてくださいました白崎《しろさき》小夜《さよ》様。美麗なイラストをありがとうございました！　ヒーローはキリリとしたイケメン、ヒロインは絶世の美女で堪らなかったです！

担当いただいた編集者様。何もかもがギリギリになってしまい、申し訳ございませんでした。柔軟に対応していただいたことに心から感謝しております。

そして、このあとがきを読んでいただいている読者様。面白かったでしょうか？　ドキドキしたでしょうか？　ときめいてくれたでしょうか？

少しでもそうした気持ちになっていただいていれば、これほど嬉しいことはございません。

いつかまたどこかでお会いできますように！

ガブリエラブックスをお買い上げいただきありがとうございます。
東 万里央先生・白崎小夜先生へのファンレターはこちらへお送りください。

〒110-0016 東京都台東区台東4-27-5 (株)メディアソフト
ガブリエラブックス編集部気付 東 万里央先生／白崎小夜先生 宛

gabriella books

MGB-005

濡れ衣を着せられまして
見捨てられた令嬢と深紅の公爵

2019年12月15日 第1刷発行

著者 東《あずま》 万里央《まりお》
装画 白崎小夜《しろさきさよ》
発行人 日向晶
発行 株式会社メディアソフト
〒110-0016
東京都台東区台東4-27-5
TEL：03-5688-7559 FAX：03-5688-3512
http://www.media-soft.biz/
発売 株式会社三交社
〒110-0016
東京都台東区台東4-20-9 大仙柴田ビル2階
TEL：03-5826-4424 FAX：03-5826-4425
http://www.sanko-sha.com/
印刷 中央精版印刷株式会社
装丁 小石川ふに(deconeco)
組版 大塚雅章(softmachine)

ISBN 978-4-8155-4018-0